두 번째 페미니스트

두 번째 페미니스트

서한영교 지음

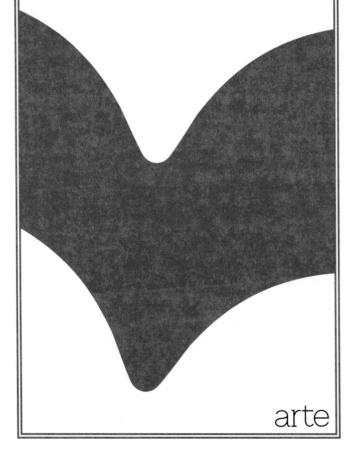

arte

차례

우와, 의 세계

사랑은 재발명되어야 한다.

◆ 랭보

우와, 손등에 앉은 무당벌레 보고. 우와, 냇물에 노란 은행잎 떠내려가는 걸 보고. 우와, 멸치 반찬을 꿀꺽 삼키고는. 우와, 타자기를 신나게 두드리더니. 우와우와. 아가는 요즘 세계를 우와, 한다. 우와, 의 세계는 질감으로 넘친다. 둥근 무당벌레의 등껍질은 우와, 의 동공이고, 은행잎은 우와, 의 걸음걸이고, 멸치 반찬은 우와, 의 맛이 된다. 아가는 우와, 로 세계를 경이롭게 한다. 세계의 경이로움에 아가는 우와, 로 응답하고 있는 중이다. 처음 겪는 세계의 미세한 질감들이 우와, 의 세계에 쌓이고 있다. 나의 세계도 점차 우와, 로 번지고 있다.

우와의 세계를 겪으며 늘 받침이 되어준 두 분의 스승이 있다. 조한혜정 선생님의 글은 나에게 혼돈의 페미니즘을 우와, 하고 열어주셨다. 선생님의 삶은 내게 하나의 이정표로 자리 잡고 있다. 이 책 곳곳에 그의 눈빛이 있다. 또 J시인은 시와 시적인 삶을 어떻게 구성해나가야 하는지에 대한 우와, 의 기본기를 일러주셨다. 시인이 슬쩍 보여준 모국어의 속살이 이 책 전반에 깔려 있다. 또 두 그룹에게 감사를 표하고 싶다. (처음 고백하지만) 내 사랑하는 페미니스트 동료들이 없었다면 이 글은 앙상한 낙서 정도로 끝났을 것이다. 이 글의 행간에 그들의 말과 삶이 묻어나 있다. 그리고 공동 육아방, 문화센터, 공원. 가깝고 또 멀게 만나고 마주친 살아 있어주어 고마운 엄마들의 말과 표정도 담겨 있다. 모든 엄마들에게도 감사와 존경의 인사를 드리고 싶다.

나는 잊지 않기 위해 기록했다. 출산 후 침대에 누워 회복하고 있는 아내의 눈빛을 잊지 않기 위해, 젖을 먹다 잠에 든 아가의 귀밑머리를 잊지 않기 위해, 썼다. 기도가 아니면 안 되는 순간들을 위해 썼다. 몸에 열이 펄펄 끓는 아가 머리맡에서, 먹은 걸 모두 게우고 있는 아내를 화장실 문밖에서 기다리면서 썼다. 이 기록의 혈관 속에 기억의 혈액이 떠돌고, 기도의 유전자가 흐르고 있다. 기록, 기억, 기도를 밑천 삼아, 나는 감히, 사랑하고자 한다. 감히, 무모하고 아름답기를.

이 책을 우와, 에게 바친다.

1부

감히, 우리라고 말하기 위해

나의 세계는 점점 금이 가기 시작했다.
남성으로 살아왔던 계절이
저물어가고 있음을 예감했다.
금이 한번 가기 시작하자 멈출 수 없었다.

나의 페미니스트 연대기

다만 있는 일만으로 족하리라
◆ 김정란, 「나비의 꿈」 중

나는 대개 편하게 살았다. 운동도 곧잘 했고, 적당히 욕을 섞을 줄도 알았기에 남자아이들 사이에서 별 어려움 없이 지냈다. 그 전까지는.

반장 점순이가 처음 브래지어를 하고 학교에 왔을 때 처음 놀린 것도 나였다. 티셔츠 뒤로 솟은 걸쇠를 잡아당기며 장난을 걸었던 것도 나였다. 내가 놀리니 다들 따라 놀렸다. 별 이상할 것 없이 지냈다. 그 전까지는.

밥은 어머니가 해주셨고, 빨래도 해주셨다. 청소도 해주셨고, 이불 정리도 해주셨다. 냉장고에 오렌지주스를 채워 넣는 것도, 도시락 반찬을 위해 장을 보는 것도, 현관에 엉망으로 벗어놓은 운동화 코를 정돈하는 것도 모두 어머니가 해주셨다. 일상을 누리는 데 별 어려움이 없었다. 그 전까지는.

1.

문학 소년이었다. 시집을 죽도록 읽었다. 읽다가 죽어도 좋을 만큼 시가 좋았다. 무슨 말인지 알 듯 말 듯한 그 글썽거림의 세계에 완전히 매혹되어 있었다. 세계의 글썽거림을 담고 있는 시들은 나의 감각을 뒤흔들었다. 죽을 때 관 속에 품고 가고 싶은 시집들을 만났다. 시를 읽는다는 것은 느낄 수 없었던 것들을 느낄 수 있게 하는 통로였다. 장래 희망을 쓰는 칸에 시인, 문학평론가, 작가를 채워 넣었다. 빈칸에 시인, 이라고 쓰는 것만으로도 좋았다. 고등학생 시절을 증거해줄 시집들이 숱하게 있지만 그중에서도 김정란 시인의 『다시 시작하는 나비』라는 시집은 닳고 닳도록 보았다. "나는 금이 간 영혼을 사랑해." 같은 문장 앞에서 내 영혼이 어서 금이 가버리길 기도하던 밤들이 있었다.

열아홉 살이던 2001년. 창작과비평사 온라인 게시판에 박남철 시인의 소위 '욕시'가 올라왔다. 김정란 시인을 두고 "암똥개", "열린 ××와 그 적들", "벌린 ×" 등 온갖 욕설이 난무하는 시. 그날 밤 잠을 이룰 수가 없었다. 정말 영혼에 금이라도 간 것처럼 말 비린내가 진동했다. 어떻게 이럴 수가. 도대체 어떤 일이 있었기에. 궁금했다. 무슨 엄청난 일이 있었던 걸까. 도대체 얼마나 괴물 같은 짓을 저질렀기에 이렇게 모욕과

굴욕의 시를 쓰게 되었을까. 며칠간 온몸이 쿵쾅거리는 상태로 댓글과 답글을 모조리 읽으며 상황을 파악했다. 상황은 이러했다. 한 술자리에서 막 등단한 여성 시인이 박남철 시인으로부터 성희롱과 구타를 당한 것. 그 뒤로 박남철 시인에 대한 폭로가 계속되었다. 성폭행당할 뻔했다는 잡지사 편집자, 학생 등의 고백이 이어졌다. 이에 대한 진상 규명을 촉구하는 '박남철 대책위'가 구성되었고 그 안에 김정란 시인이 있었다. 아, 그래서. 아, 그런데 이렇게까지. 아, 이게 뭐지. 뭔가 이상하다. 정말 이상하다.

그 뒤 펼쳐진 상황. 박남철 시인을 비판한 논객 진중권은 모욕죄로 200만 원 벌금을 선고받았고, 한 문예지는 문제의 그 '욕시'를 버젓이 게재했다. 한 평론가는 박남철 시인을 한국 최고의 시인이라며 두둔했고, 대다수 문인과 문학 출판사는 침묵으로 일관했다. 이 사건을 계기로 『페니스 파시즘』이라는 책이 나왔다.

그 책은 말하고 있었다. 한국 문단에는 패거리 권력이라는 것이 있는데 그것은 대형 출판사를 중심으로 한 남성 문인들을 가리키고, 이는 남성우월주의 즉 페니스 파시즘을 작동하게 한다고. 비단 문단에서뿐만 아니라 일상적으로 페니스 파시즘이 작동하고 있다고.
도대체 문단이 어떤 곳이기에 이토록 괴물들이 득세한단 말인가. 비위가 상했다. 또한 당연하고 마땅하게 여겼던 이 세계의 추악함을 깨닫게 되었다. 내가 살고 있는 이 세계는 여성이 남성에 의해 착취당하고 있었다. 남성은 권력 집단이었다. 그렇기에 한 여성 시인을 두고 아무렇지 않게 폭언을 일삼아도 아무도 말리는 사람이 없었다. 그것을 알고 난 뒤로 세계가 뒤틀렸다. 내가 여성을 보고 있는 관점과 시점, 내가 다니는 학교 내 여자·남자 선생님 사이 권력관계, 우리 집안 내 아버지로 대표되는 남성과 증조할머니부터 어머니를 포함한 여성의 권력관계, 그리고 그 안에서 자라나며 가지게 된 여성을 바라보는 내 관점까지. 내가 지내고 있는 세계가 이토록 끔찍한 줄 전에는 상상도 못 했다. 징그러웠고 매스꺼웠다. 그즈음부터 시집을 손에 잘 들지 못했다. 열아홉 살이었다.

그러니까, 그게 영 불편했다. 그게 영 이상했다. 내가 그 이상한 세계에서 너무도 편히 지냈다는 사실이. 여성들은 그 이상한 세계 속에서 계속 상해가고 있는데 남성인 나는 아무렇지 않다는 것이 이상했다. 그 세계에 금이 가기 시작했다. 김정란 시인이 사랑하는 "금이 간 영혼"은 그렇게 탄생하고 있었다. 나의 세계는 점점 금이 가기 시작했다. 남성으로 살아왔던 계절이 저물어가고 있음을 예감했다. 금이 한번 가기 시작하자 멈출 수 없었다.

2.

나는 덜덜덜 흔들렸다

그 이후로 나는 대체로 불편해졌다. 축구경기가 시작되고 축구팀을 이끌던 한 작가가 능숙하게 욕을 해대기 시작했다. 경기에 처음 참가한 나를 두고 "빨리 안 뛰어? 뭐 하는 거야 새끼!" 나는 대개 불편해졌다. 그런 수컷들의 살기 어린 승부욕이 불편해졌다.

나는 대체로 불쾌해졌다. 속옷이 비치는 블라우스를 입은 여성을 두고 하는 말이. "아예 벗고 다니지. 왜 저렇게 아슬아슬하게 입어. 저런 애들이 진짜 밝히는 애들이야." 짧은 바지를 입고 다니는 여성을 두고 하는 말이. "아예 나 먹어주세요, 광고를 하는구나." 친구의 솟구친 말이 불쾌해졌다.

왜 집안일은 엄마가 다 하는 걸까. 부인들은 남편 아침밥은 꼭 챙겨야 한다는 세상의 말을 당연히 여기며 왜 아침부터 한 상 차려내야 하는 걸까. 시장에 가면 왜 온통 할머니와 아줌마뿐이고, 아기를 돌보는 것도 죄다 그들이고, 학교에서 반장과 회장은 늘 남자애들이 하고, 운동장도 남자애들이 다 점령하고, 여성 선생님들은 출산과 동시에 학교에서 얼굴이 보이지 않고, 여성들은 귀갓길 택시 안에서도 왜 불안해야 하는 걸까.

불공평한 세상이 불편해졌다. 세상은 그대로인데, 나만 불쑥 바뀐 것처럼. 너무나 확실했던 남성의 세계는 점점 내게 불확실해졌고, 아무렇지도 않게 여성을 비하하는 남성들의 언어

017

에 자주 불끈거렸다. 불화를 겪은 적 없던 젠더-세계에서 나
는 점점 불온해져갔다. 남성들의 세계를 잃을까 봐 불안하기
도 했지만 페미니즘의 불씨는 그칠 줄 몰랐고, 그 불길을 붙잡
아둘 방도가 없었다. 나중에 알았지만 페미니즘에 입문하고
나서 누구나 한 번쯤 겪는 성장통이라고 했다.

3.

가능하면 더 깊은 곳을

그 뒤로 페미니즘 공부를 시작했다. 아니 페미니즘이 나에게
들이닥쳤다. 당시 『IF』라는 페미니즘 잡지를 구독하면서 다시
금 눈이 열렸다. 당시 '영 페미니스트'라고 불리는 그룹이 뜨
겁게 활동 중이었는데 '안티 미스코리아', '내 겨털을 사랑해
캠페인' 등등 이 그룹의 프로젝트와 퍼포먼스는 놀랍고 강렬
한 영감을 주기에 충분했다. 친구와 함께 『IF』에서 주관한 '안
티 미스코리아' 축제 현장에 처음 갔을 때 그 생동감과 발랄함
에 압도당하기도 했다. 미스코리아 무대에 올라갈 수 없는 휠
체어 장애인부터 노인, LGBTQ 등등 소수자들이 무대에 올랐
다. 그 광경은 그야말로 놀라웠다. 한 참가자는 말했다. "아름
다움에 등수란 있을 수 없습니다."

대학에 들어가서는 총여학생회에서 활동하기도 했다. 어머니
성을 붙여서 서영교가 아니라 서한영교라는 이름을 본격적으
로 쓰기 시작했다. 여성 단체에서 진행하는 강좌를 수강하고,

위안부 문제를 위한 활동을 하기도 했다. 페미니즘 고전이라 불리는 책을 탐독하며 친구들과 세미나를 했다. 정당에 가입해 활동하기도 했다. 멈춰지지 않았다. 나에게 페미니즘의 생동감은 대단한 것이어서 쉽게 멈춰지지 않았다. 이 담론은 보다 깊은 곳으로까지 나를 밀고 나갔다.

그리고 나의 미세한 언어들을 점검했다. 처음부터 말을 다시 배우는 것처럼, 버릇처럼 쓰고 있던 말을 고쳐나갔다. 남녀라는 말을 여남으로 순서를 바꿔 부르는 연습을 했다. 당시 내가 가장 많이 했던 말은 "다른 적절한 말이 없을까"였다. 익숙했던 문장 구조를 바꾸어 부르는 훈련을 했다. 상대방의 얼굴과 외모에 대한 이야기를 스스로에게 금지했다. 가끔 누가 너무 잘 어울리는 옷을 입고 오면 칭찬을 하고 싶어 입이 터질 것 같았지만 꾹 참았다. 여자친구들의 월경 날이 되면 루이보스 차를 끓이고, 지압을 해주고, 면 생리대를 만들어 선물해 사용법을 자세히 알려주기도 했다.

여성과는 친구가 될 수 없다고 생각했는데, 그 뒤로 여성들과 두루두루 우정을 나누기 시작했다. 친구, 누나, 이모, 할머니 할 것 없이. 세상엔 참 좋은 친구가 많다는 것을 알게 되었다. 나는 가능한 한 더 깊은 곳까지, 가능한 한 더 먼 곳까지 페미니즘 여행을 하면서 그 여행에서 만난 페미니스트들을 통해 나의 세계를 몇 번씩 반복해 뒤집어나갔다.

4.

버려버릴 것을 모두 가벼운 날갯짓으로 벗어버린 뒤에

페미니스트로서의 몸만들기는 쉬운 일이 아니었다. 거의 대부분의 순간을 긴장 속에서 지내야 했기 때문이다. 남성으로서 범접할 수 없는 느낌의 세계는 온전히 '이해' 가능하지 않을뿐더러 '인식'으로 접근할 수도 없었다. 술자리를 마치고 집으로 돌아가는 택시를 타기 무섭다며 집에 닿을 때까지 통화하자는 친구들을 온전히 이해하기란 쉽지 않았다. '혹시나'에 불안을 느낀다는 것 자체가. 일상적으로 성폭력의 공포에 시달린다든지, 월경 날의 육체적 심리적 변화라든지, 일상 속에서 감내해야 하는 성차별과 성희롱 등등.

그 느낌의 세계로의 진입은 사실상 불가능에 가까웠다. 머리로 이해할 수 있는 범위는 한계가 있어 언제나 오해의 가능성이 다분했다. 피와 살의 느낌이라는 것은 이해가 아니라 가까워지려는 '노력'에 의해서 겨우 가능할까 말까 했다. 그것도 여의치 않았다. 또 수천 년 동안 인류가 축적해온 젠더 무의식은 꼭 실수를 하고 나서야만 깨달을 수 있었다. 그럼에도 무릅쓰고 멈출 수가 없었다. 나의 어머니, 이모, 친구와 동료 중 절반이 여성이고 내 안의 여성성도 들끓고 있으니까. 여성들과 훌륭하게 살아가기 위해서 몸을 만들고 또 만들었다. 반복할 수밖에. 오직 반복뿐. 다른 뾰족한 수가 있을 리 만무했다. 하지만 스스로를 페미니스트라고 떠벌리고 다닐 수는 없었다. 떠벌리고 다니지 않아도 나는 충분히 주변 남성들로부터 온갖 공격과 음해에 시달리고 있었다. 페미니즘 관련 공부와 활동을 부지런히 하는 나를 두고 몇몇 고학번 선배가 "무슨 남자 새끼가? 고추 부끄럽게시리!" 하고 수군거리며 은근히 나를 밀어내는 시선을 보냈다. 은근히 경멸하고, 은근히 불편해하고, 은근히 남성 공동체로부터 추방시키려는 그 은근한 시선은 생각보다 자주, 생각보다 더 많은 곳에서 마주쳐야 했다. 이 은근함의 온도는 그때마다 서늘하지만 무어라 딱 꼬집어 이야기할 수 없어서 설명하기 어려웠다. 고개를 숙이지 않으려고 무진장 애썼다. 남성으로서 페미니스트라고 말하는 순간 노골적으로 변할 경멸을 견뎌낼 자신도 없었다.

게다가 나에게 남아 있는 남성-이데올로기에 금이 가긴 했지만 이는 쉽게 사라지지도 않았다. 남성으로서 과시해야 했던 폭력적인 면모가 몸속 어딘가에 웅크리고 있었다. 피부 아래에 자리 잡고 있는 젠더 무의식을 맞이해야 했다. 축구를 할 때면 살기 어린 승부욕이 넘쳐흐르기도 하고, 남자들만 있는 그룹에선 괜스레 강한 척하고 싶어 오버하려고 하고, 마음대로 되지 않는 일을 만날 때면 폭력성이 불끈 드러나기도 한다. 특히, 제압하고 싶은 충동이 들 때면 나 스스로가 무서워지기도 했다.

적극적으로 가담하지 않았지만 연루되어버리는 일, 그것은 사내가 싸나이로 커나가야만 하는 과정 속에서 발생한다. 페미니스트 역사학자 거다 러너(Gerda Lerner)는 "남성은 새로 시작할 필요가 없다. '아버지'의 어깨 위에서 인류의 지적 전통을 자연스레 전수받으며 세계를 조망하기 때문이다."고 했다. 세계는 아버지의 이름에 의해 호명되고 구성되어 있기 때문에 남성은 세계를 잘 익히기만 하면 된다. 이에 반해 여성은 끊임없이 자신을 단속해야 하며 아버지의 어깨 위로 올라가 세상을 조망하지 못한다. 내게 있어 남성-아버지의 세계는 무서울 정도로 익숙하고, 낯섦이 없었다. 아버지 어깨 위에서 세계를 조망하는 시야를 가진 남성인 내가 스스로를 '페미니스트'로 호명하는 건 아무래도 억지 같기도 했다.

유년 시절의 경험을 포함한 내 문화적/정서적 배경이 나에 대한 이해에 중요하겠지만, 페미니즘을 공부하면서 한 가지 알게 된 사실이 있다. 그것은 나에게 부과된 남성, 학생, 노동자 같은 사회적 이름에 대한 이해가 곧 나에 대한 이해와 이어진다는 사실이다. 페미니즘을 공부하면서 나는 남성, 학생, 노동자로서 내가 잠재적 가해자의 위치에 있음을, 직접적인 성차별의 수혜자의 위치에 있음을 인정하지 않을 수 없었다. 그것은 나의 성격, 가치관, 특성과는 무관하게 위치 지워진 남성의 자리가 있음을 알아가는 일이기도 했다.

이렇게 "금이 간 영혼"을 받아들이고, 나는 음담패설이 주요 대화거리가 되는 남성 무리와 잘 어울리지 못하는 몸이 되었다. 워낙 운동을 좋아해서 남성 무리에 섞일 때가 있는데, 그 속에서 나오는 여성 혐오 발언에 몇 번 저항을 해보았지만 무리일 때가 많았다.

내가 사랑하는 만화책 『원피스』도 전과 달리 불편해졌다. 여성의 특정 부위를 과도하게 노출시키는 장면들이. 그 외에 영화, 텔레비전, 소설, 회화 등에서도 눈에 거슬리는 불편한 감각들이 내 안에 쌓여갔다. 그럴 때면 때로는 괄호 치기(특정 묘사에 신경 덜 쓰기), 때로는 낙후시키기(촌스러운 것으로 여겨버리기) 전략을 구사해 나름의 즐거움과 불편함을 동시에 유지시켰다.

그렇게 10년을 넘게 지내다 보니 페미니즘이라는 실천 이념이 몸에 조금씩 붙기 시작했다. 여전히 나는 나를 페미니스트라고 말하는 것이 때로는 겁이 난다. 그 책임감에 몸이 움츠러들기도 한다. 또 어떤 때는 숨어 있고 싶기도 하다. 그러나 이제 몸이 먼저 반응한다. 아무리 두려워도 나 스스로가 어쩔 수 없음을 느낀다.

5.

동료 페미니스트들과 세미나를 하면서 읽은 한채윤 선생님의 글에서 발견한 것이 있다. 그것은 성소수자들의 커밍아웃은 "한 번으로 끝나지 않"고 "평생 거듭"해서 반복해야 한다는 문장이다. "어떤 이는 못 들은 척하고, 어떤 이는 기억을 못 하기도 하며, 또 어떤 사람은 나의 말을 부정하고 존재에 모욕을 가하기도 하기에 계속 반복해야 한다." 『피해와 가해의 페미니즘』에 수록된 「소수자는 피해자인가: 커밍아웃, 아웃팅, 커버링」 속에서 이 구절을 읽고, 번개라도 맞은 듯했다.

사뮈엘 베케트의 격언 "실패하라. 더 낮게 실패하라."가 떠오르며, 남성 페미니스트로서의 나는 어쩌면 평생 끊임없이 더 낮게 실패하기 위한 과정에 있는지 모른다는 생각이 들었다. 남성 페미니스트로서의 운명이란 끊임없이 실패하는 것일지도 모르겠다. 그것도 "평생 거듭"해야만 하는 실패 속에 있어야 할 운명인지도 모른다.

나는 아직도 어느 자리에서 나를 서한영교, 라고 소개하려 할 때 주변을 살피게 된다. 비아냥거리며 "호적에 올라가 있는 이름이야?"라는 질문을 마주해야 하고, "그럼 당신 아이 성은 서한이야?"라는 조롱을 견뎌야 하기도 한다. "그럼 왜 어머니 성을 앞에다 쓰지 않는 거죠?"라는 물음 앞에서 아직도 나는 반격의 충동을 느낀다. 그래서 가끔 싸우고, 가끔은 무시한다. 때로는 아무렇지 않은 듯 그저 편하게 지내고 싶기도 하다. 어쩌면, 나는 끝끝내 이 싸움을 계속해서 반복해야 할 것이다. 이기지도 못할 싸움 속에서 실패의 역사를 모아야 할지도 모른다. 하지만 내가 선택한 것이니 이 이름 앞에서 물러서고 싶은 생각은 다행히, 아직 없다.

6.

　　잘 몰라, 하지만 어쨌든 그들에게선 좋은 냄새가 나

나는 여전히 흔들리지만 무너지지 않는다. 다시 한 번 더, 를 외칠 수 있게 하는 동료 페미니스트들이 있기에 흔들리지만 무너지지 않는다. 간디는 말했다. "너 자신이 원하는 그것이 되어라." 나는 내가 원하는 그것이 되기 위해 지금 여기의 순간에 시적이면서 정치적이기를 고집하고자 한다. 페미니즘은 나에게는 하나의 관계의 정치학이자 자유의 형이상학이며 사랑의 변증법이다. 나는 페미니즘이라는 이름 아래 남성으로서 다시 한 번 실패할 것이다. 그렇지만, 그럼에도, 다시 한 번 더! "내게 백만 번의 경험을 내리소서!"(제임스 조이스, 『젊은 예술가의 초상』중).

여인, 미인, 연인 그리고 애인

여인

열여덟 살 겨울, 당시 하고 있던 록밴드가 허명을 얻게 되면서 광주, 대구, 대전, 부산, 서울 등지의 라이브클럽을 돌아다니며 연주했다. 지방의 작은 소도시에서만 살던 내가 밴드와 함께 대도시를 돌아다니는 일은 마냥 즐거운 일이었다. 막나가는 친구들 틈 속에서 나는 막나가지 못하는 어정쩡한 아이였고, 화끈한 친구들 틈 속에서 화끈해질 타이밍만 노리던 소심한 아이였다고, 나는 기억한다. 그날은 부산에서 공연이 끝나고 뒤풀이로 경성대 근처에 위치한 어느 호프집에 갔다. 술집은 처음이었다. 부산도 처음이었다. 낡고 더러운 소파를 등지고 지미 헨드릭스, 산타나, 지미 페이지 같은 전설적인 기타리스트들의 사진이 줄지어 걸려 있었다. 어색하게 자리를 잡자마자 일행들은 자신이 요즘 듣고 있는 음악 이야기를 나누며 술을 나눠 마셨다. 소심한 나는 말 한마디 꺼내지 못하고 그들의 이야기를 듣고만 있었다.

그날 나는 그 여인을 만났다. 쭉 찢어진 눈. 얼굴에 피어싱이 가득했다. 혀, 코, 볼, 눈썹, 이마 할 것 없이 피어싱으로 가득했다. 머리는 보라색 실을 엮어 땋은 블레이즈(레게 머리)를 늘어뜨리고 있었고 힙, 한 하늘색 반바지에 힙, 한 브랜드 로고가 크게 박힌 박시한 하얀색 티셔츠를 입고 있었다. 그는 단언컨대 내가 만나본 여인들 중에 가장 인상적이었다. 나 같은 소심한 인간이 이런 사람을 마주 보고 앉을 수 있다는 것만으로도 좋았다. 그에게 한마디 말도 붙이지 못한 채 이따금 표정과 말투를 살피며 힐끔거렸다. 여인은 서울 사투리를 썼고, 목소리는 낮고 단호했다. 뒤풀이는 새벽이 되어야 간신히 마칠 기색이었다. 곧 마칠 것 같았던 자리는 얼마 전에 나온 R.A.T.M(Rage Against The Machine)의 신보를 듣자며 근처의 음향장비를 갖춘 어느 누나네 집으로 이어졌다. 자리를 털고 일어났다.

나는 계속해서 그 여인의 동선을 좇고 있었다. 여인의 뒷모습을 보면서 걸었다. 여인은 바지에서 말보로 레드 한 갑을 꺼냈고 불을 붙였다. 시내 한복판에서, 여자가. 걸어 가면서. 담배를. 그해는 2000년이었고. 보수적이기로 유명한 부산이었다. 나는 길거리에서 걸어 다니며 담배를 피우는 여인을 그날, 그 시간에, 태어나서 처음 보았다. 후광이라도 비추는 듯했다. 매혹적이었다.

새벽에 노래 하나를 듣겠다고 들어간 어느 누나네 집은 더러운 냄새가 났지만 중요하지 않았다. 나는 조용하게 방구석에 앉아 무라카미 류의 『한없이 투명에 가까운 블루』라는 소설을 펼쳐 든 그 여인을 지켜보았다. 저 책은 내가 읽은 책이다. 저 책은 내가 좋아하는 책이다. 저 책의 작가가 쓴 다른 소설 몇 권을 나는 읽었다. 지금이다. 나는 말을 붙여봐야 한다. 저 여인이 저 책을 덮기 전에. 방구석으로 슬며시 자리를 잡고 앉았다. 무슨 말을 했는지 기억나지 않지만 그 여인은 내가 귀엽다는 듯 살짝 콧소리를 섞어 웃어주었다. 전화번호를 물었고, 심심할 때 연락하라며 번호를 내게 일러주었다. 창밖으로 아침놀이 기어 나오고 있었고 그날의 아침은 피곤했고, 더러웠고, 선명했다.

미인

그 뒤로 종종 나는 여인에게 편지를 보내고, 엽서를 보내고, 안부를 물었다. 친구라고 하기도 좀 그렇고, 연인이라고 하기도 좀 그렇고. 그냥 아는 사람이라고 하기도 좀 그런 사이였다. 우리는 서로가 거느린 아름다움을 곁눈질로 힐끔거리는 그런 사이가 되었다. 음악, 소설, 시, 그림, 사진 등등 우리가 탐닉하고 있는 아름다운 것들을 서로 주고받으며 서로의 주변을 살피는 그런 가깝고도 먼 사이로 지냈다. 그와 편지를 주고받으며 나는 '미인'에 대해서 생각했다. 아름다움을 주고받는 사이, 서로의 아름다움에 매혹된 사이. 친구들이 가끔 누구에게 편지를 쓰길래 이토록 공을 들이는 거야? 라고 물으면 나는 미인, 이라고 대답했다. 그렇게 1년에 한두 번씩 만나 각자가 즐겨 읽는 책을 주고받으며, 가벼운 안부와 아름다운 것들에 대해서 이야기를 나누고 헤어지기를 10년간 반복하였다. 그게 좋았다. 적당한 간격, 적당한 관계, 적당한 긴장이 주는 부담 없는 시간들이.

스물일곱 살에 나는 첫 에세이를 출간했다. 많이 팔리지는 않았지만 나름 주목받았고, 주변 친구들로부터 부러움을 사기도 했다. 당시에 외국에서 일을 하고 있어 책 출간을 실감나게 느낄 수는 없었지만 각종 인터뷰 제안과 지면을 주겠다는 언론사와 잡지사들이 연락을 해왔다. 뭔가 시작된다는 느낌에 들떠 있었다. 그러나 얼마 지나지 않아 나는 크게 요동쳤다. 믿었던 사람에게 배신당하고, 영원할 것 같았던 사람은 어쩌자고 무작정 떠나버렸고, 영혼을 팔아가며 준비했던 시는 번번이 낙방했고, 직장 상사에게 빌려준 돈을 돌려받지 못했으며, 누군가의 무서운 비밀을 알게 되었다. 그해 나는 한꺼번에 나타난 너무 많은 불행들 앞에서 벌벌 떨고 있었다. 모든 부분에서 실패했다고 생각했다. 이유를 알 수 없는 두드러기가 올라와 하루 종일 허벅지와 팔뚝을 벅벅 긁기만 했다. 점차 거세지는 가려움에 밤잠을 설쳤다. 다니고 있던 회사를 그만두고, 생의 절반쯤을 내어주었던 시 쓰기를 그만두고, 책 읽기도 그만두었다. 불행은 일시불로 들이닥친다더니. 진짜였다. 모든 연락을 끊고, 혼자서 처참하게 무너졌다. 무너지는 것을 지켜보는 것이 내가 할 수 있는 유일한 일이었다. 절벽에 간신히 매달려 있는 것만 같았다. 내가 해왔던 모든 것을 멈추고 한국을 떠나기 위해 준비했다. 오래전부터 준비만 해오던 철학 공부를 위한 프랑스 유학을 떠날 절호의 때라고 생각했다. 어떻게 해서든 이 모든 상황들로부터 달아나고 싶었다. 이 빌어먹을 한국, 내가 뜬다. 입학 원서를 쓰고, 외국어 시험을 봤다. 전 재산 500만 원뿐이었지만 어떻게든 지금, 여기를 벗어나고 싶었다. 몇 개월 뒤 프랑스의 한 학교로부터 조건부 입학통지를 받고 온 몸을 뒤덮은 두드러기를 벅벅 긁으면서 지금, 여기를 탈출할 준비에 들어갔다.

그 무렵, 미인을 오랜만에 다시 만났다. 홍대의 한 식당에서 만나기로 한 미인이 입구에 들어섰다. 손을 가볍게 들어 기색을 내비쳤지만 미인은 나를 알아보지 못한 듯 두리번거렸고, 나는 입구까지 나가 미인에게 인사했다. 미인은 뭔가 이상했다. 의자를 찾지 못해 손을 몇 번씩 허공에 내저었다. 물잔을 찾기 위해 탁자를 조심스레 더듬었다. 미인은 앞이 보이지 않는다고 했다, 갑자기. 내년에 실명이 될 거라고 했다. 녹내장 말기라고 했다. 내 얼굴이 형태만 보인다고 했다. 미인의 얼굴은 항생제 후유증으로 퉁퉁 부어 예전의 생긋함이 사라지고 없었다. 미인은 이제, 나를 보지 않을 것이라고 했다. 다시는 만나지 말자고 했다. 혼자 조용히 죽을 거라고 했다. 마지막 인사를 하러 온 것이라고 했다. 미인은 자리에서 일어섰다.

발끝으로 천천히 식당 바닥을 더듬었다. 간신히 문고리를 찾아 밖으로 나갔다. 나는 앉아 그 모든 광경을 지켜보는 사람, 어떤 말을 해야 할지 모르는 사람, 앉아 있는 것인지 주저앉아 있는 것인지 헷갈려 하는 사람이었다. 일 년에 한두 번씩 서로의 안부를 가볍게 묻고 서로가 탐닉하고 있는 아름다움을 곁눈질로 핥는 그런 기묘한 관계에 있는 내가 미인에게 할 수 있는 말은 단 하나도 없었다. 문밖으로 뛰쳐나가 미인을 돌려세워 마지막이라니, 어떻게 네가 나한테 이럴 수 있어, 라고 말할 수 있는 사이가 아니었다. 적당한 간격, 적당한 긴장, 적당한 관계에 있는 내가 앞이 보이지 않는다는 미인을 두고 괜찮아질 거야, 라고 말할 수 있는 그런 사이가 아니었다. 나는 그날, 멀어져가는 미인을 그저 바라보았다. 그것이 최선이라고 굳이 생각하면서.

집에 돌아와 침대에 누워 잠들지 못했다. 단 한 번도 내 곁을 내어준 적 없지만 10년을 넘게 서로를 힐끔거리던 그 사람을 두고 할 말이 없다는 게 이상하게 미안했다. 내가 건넬 수 있는 것이 아무것도 없다는 게. 미인과 나는 서로가 각자의 절망에 허우적거리고 있었다. 우리는 절망의 끄트머리에서 만나 절망의 비린내를 서로 풀풀 풍기고 있었다. 처참했다.

연인
프랑스 유학을 위해 비행기 티켓을 끊고, 기숙사 신청을 하고,

비자 발급을 위해 프랑스에서 받은 서류와 공증받은 각종 서류들을 챙겨 대사관에 제출하고 집으로 돌아가는 길. 눈부시게 날이 좋았다. 살이 너무 많이 빠져 걸을 때마다 바지춤을 올리며 걸었다. 지하철역으로 가는 길의 줄지어선 은행나무는 여름을 맞아 초록이 한창이었다. 은행나무를 한참 올려다보았다. 대전의 한 소년원에 들어간 동생을 뒷바라지한다며 미인이 잠시 살았던 2001년의 대전시 은행동이 떠올랐다. 허름한 모텔을 개조한 월세방에 살고 있던 미인을 만나기 위해 낯선 동네를 걸으며 보았던, 가로수라고 하기엔 지나치게 웅장했던 은행나무가 떠올랐다. 호프집에서 설거지를 하며 푼돈을 모아가며 동생의 출소를 기다리고 있다던 미인의 목소리가, 쓰고 있는 시는 잘 되고 있냐며 나를 위해 한 번 읽어줄 수 있냐고 묻고서 깜박이던 눈동자가, 생각났다.

문득. 종로 시네마테크에서 폴 토머슨 앤더슨의 영화를 보고 나와 편의점 김밥에 아메리카노를 먹으며 걸을 때 지나치게 많이 떨어져 있던 2005년의 노란 은행잎이, 이태원에서 멕시코 요리를 먹고 아침이 올 때까지 걷다 지쳐 앉았던 지나치게 거대했던 은행나무 아래 2008년의 벤치가 떠올랐다. 미인과 함께했던 수많은 은행나무들이 스쳐지나갔다.

문득 궁금해졌다. 나는 무엇으로부터 달아나고 싶어서 이토록 악을 쓰고 있는 걸까. 내가 벗어나고자 했던 것은 내가 망쳐버린 관계인 건지, 이 끔찍하다고 상상한 세계인 건지. 진절

머리 날 정도로 소심하고 겁이 많은 나인지, 아무리 열심히 해도 열패감에 시달리게 하는 당신들인지. 미인은 나를 어떤 사람이라고 느낄까. 나는 왜 그토록 미인과의 관계에서 망설였던 것인지. 생각들은 은행나무 숲속으로 빠져들어 헤어나오질 못했다. 집으로 돌아가는 지하철 안에서 유리에 비친 내 얼굴을 보았다. 실의에 빠진, 열패감과 우울에 빠져 있는, 반쯤은 죽었고 남은 반쪽도 살아 있다 할 수 없는. 너무 불쌍해 보여서 살짝 웃어보려고 했지만 웃어지지도 않았다. 내가 실패했다고 생각하는 관계, 문학, 우정……들의 역사 속에서 오랫동안 나를 지켜주었던 사람. 나를 궁금해 해주었던 사람. 나를 참아주며 견뎌주었던 사람.

미인은 10년간 내 곁으로 조금씩 다가오려고 했지만 나는 단 한 번도 미인을 위한 자리를 내어준 적이 없었다. 나의 삶으로 초대한 적도 없었다. 어쩌면 난 단 한 번도 미인을 제대로 만난 적이 없었다는 것을 깨달았다. 나의 자리를 맴돌았던 미인을 알고 싶었다. 미인에게 전화를 걸었다.

없는 전화번호입니다. 확인하시고 다시 걸어주세요. 죽었구나, 그사이에. 없는 전화번호입니다. 확인하시고 다시 걸어주세요. 죽었다는 걸 어떻게 확인하지. 그제서야 비로소 미인과 나 사이에 아무도 없다는 걸 알았다. 그래도 10년을 넘게 알고 지내온 사이인데 미인과 나 사이에 아무도 없다니. 미인의 안부를 물어볼 사람이 단 한 사람도 없었다. 다급해진 나는 미인의 SNS 계정에 들어가 안부를 확인하려 했지만 업데이트되지 않은 지 1년이 넘어 있었다. 아직 다하지 못한 나의 말을, 말해 보지 못했던 미인과의 시간들에 대해서, 아무 말도 하지 못하고 보내버린 그날 밤에 대해 말하고 싶었는데. 미인과 내가 만났고, 헤어졌고, 애틋해 하다가, 돌아서고를 반복한 이야기들을 증언해줄 사람이 단 한 사람도 없었다. 미인의 SNS 계정과 연결되어 있는 미인의 친구들에게 메시지를 보냈다. 미인에게 하고 싶은 말이 있어요. 미인과 나누지 못한 이야기가 있어요. 이제는 전할 수 있을 것 같아 미인에게 전화를 했는데 전화번호가 바뀌었는지 받질 않네요. 안부를 확인하고 싶어서요. 제 번호는 011-××××-0821입니다. 혹, 이 메시지를 확인하시면 꼭 좀 답장 부탁드려요.

며칠 뒤 미인의 한 친구에게 연락이 왔고, 미인의 바뀐 전화번호를 일러주었다. 전화를 걸어 약속 장소와 시간을 잡았다. 일요일이었고, 2층이었고, 창밖에는 은행나무가 크게 자라고 있었고, 미인이 왔고, 그러니까, 나는 미인 앞에서 말이라는 것을 시작했다. 두 시간을 넘게 나 혼자 떠들었다. 나의 머뭇거림에 대해서, 서성거림에 대해서, 과거에 대해서, 비열한 나에 대해서, 사랑의 역사에 대해서, 아픔에 대해서, 지금 내가 마주하고 있는 절망에 대해서. 거의 모든 것들에 대해서. 마애미륵불처럼 약간 고개를 기울인 채 미인은 오래 눈을 감고 내 이야기를 들었다. (이야기를 마쳐갈 때쯤 나는,) 너랑 한번 깊게 만나 보고 싶어. (미인은 감은 눈을 뜨고,) 어떻게 될지 잘 모르겠지만 너랑 함께 시간을 충분히 보내고 싶어, (미인은 다시 눈을 감고,) 너랑 함께하지 못해 후회하기보다, (미인은 다시 눈을 뜨고,) 차라리 함께 아프고 싶어.

미인은 나중에 다시 연락할게, 라는 말만 남기고 자리를 홀연히 떠났다. 그리고 며칠 뒤 문자메시지가 왔다.

그래. 그러자. 같이 아프자.

애인
망설일 것이 없었다. 연인이 된 지 2주 만에 우리는 동거를 시작했다. 앞이 잘 보이지 않는 연인과 약속 장소를 잡는 것도 약속 시간을 맞추는 것도 쉽지 않았기에 같이 살자, 라고 제안했고 같이 살자! 라는 대답이 돌아왔다. 당시 내 방은 세 평짜리 단칸방이었는데 보일러가 되지 않아 겨울이면 전기장판 하나로 견뎌야 하는 작고 작은 방이었다. 사실 창고에 가까웠지만 우리는 그곳에서 장난하듯 서로를 오래 보듬어가며 겨울을 보냈다.

연인은 내 곱슬머리가 예쁘다고 말해주었다. 태어나서 처음 듣는 이야기였다. 내 곱슬머리가 예쁘다고. 너무 사랑스럽다고 말해주었다. 특히 비오는 날, 부풀어 오르는 내 머리칼이 너무 신비롭다고 했다. 중학생 이후로 저주스럽기만 하던 내 곱슬머리가 탐스럽다고 했다. 연인은 내가 가끔 입고 다니는 원피스가 너무 잘 어울린다고 했다. 내가 아니면 그 누구도 어울리지 않을 것이라고 했다. 내가 불러주는 노래들이 좋다고 했다. 음치에 박치까지 골고루 갖춘 내 노래가 좋을 리 없었지만 계속해서 불러달라고 했다. 내가 쓰고 있는 시가 좋다고 했다. 그 누구도 알아주지 않고 해마다 등단에 미끄러지는 내 작품이 좋다고 했다. 절망의 질량에 비척거리고 있던 내가 연인을 통해서 구원받고 있다는 느낌이 들 정도였다. 비로소 나는 "위대한 사랑은 그 자신이 사랑할 자까지 창조한다."라는 니체의 문장을 정확하게 이해했다. 연인은 자신이 사랑할 '애인'을 먼저 만들어나갔고 나는 '애인'의 자리에서 스스로를 극복하며 새로운 내가 탄생하고 있음을 느꼈다. 강렬했고 매혹적이었다.

절망의 끄트머리에서 진동하는 서로의 비린내를 감당해가며 우리는 시작했다. 잘 보이지 않는 불안하기만 한 미래를 더듬거리며. 바다를 건너려는 나비들처럼.

애인은 시각장/애인이에요

어머니. 제가 요즘 만나는 사람은 시각장애인이에요.

어머니는 한참 동안 아무 말씀이 없으셨다. 나중에 통화하자,
며 전화를 끊으셨다. 오랜만에 서울에 사는 아들을 보려고 올
라오시겠다는 어머니의 전화였다. 그리고 며칠 뒤 인사동의
어느 한식집으로 애인과 함께 나갔다. 어머니는 말씀이 별로
없으셨다. 나는 다만 식탁에 올라온 밑반찬들이 어떤 것이 나
와 있는지 애인에게 말해주며, 고등어 살을 발라 애인의 앞접
시에 덜어주었다. 부모님은 놀란 눈치였지만 티를 내지 않으
셨다. 일상적인 이야기를 가볍게 나눈 뒤 절반 가까이 음식을
남긴 채 급하게 자리를 뜨셨다. 돌아가는 길에 애인은 체한 것
같다고 몇 번씩 걸음을 멈추고 가슴을 두드렸다. 집에 도착해
서 바늘로 애인의 열 손가락을 다 땄는데 피는 한 방울도 나오
지 않았다. 전화가 왔다.

니가 자원봉사자가? 니 우짤라고 그라노? 니 한평생 그 눈먼

애를 우찌 데리고 살 낀데? 니 하나도 제대로 못 챙겨서 빌빌 거리는 놈이? 어머니의 목소리는 격앙되어 있었다. 보이긴 하는 기가? 일일이 반찬까지 다 챙겨줘야 하는 기가? 한평생을? 니가? 우찌 데리고 살 낀데, 정신 차리라. 당장 헤어지그라. 더 듣고 싶지 않아서 전화를 끊었다. 옆에서 듣고 있던 애인은 화장실로 달려가 구역질을 했다.

시각장애가 있는 애인과 함께 살아간다는 것은 생각보다 간단한 일이 아니었다. 애인은 현관문에 놓인 신발을 잘 찾지 못했고, 욕실에 있는 칫솔을 쉽게 구분하지 못했다. 탁자 앞에 잘 우려낸 차가 담긴 찻잔을 몇 번씩 더듬거려 찾아내야 했고, 식당에 가면 어떤 밑반찬이 나왔는지 일일이 이야기해주어야 했다. 함께 길을 갈 때면 연석과 계단의 위치를 설명해주어야 했고, 낯선 공간에 갈 때면 발끝으로 길을 더듬어가느라 시간이 훨씬 오래 걸렸다. 생리를 하는 날이면 방바닥에 떨어진 몇 방울의 생리혈을 몰래 닦아주어야 했고, 변기에 잘못 떨어진 가래침을 조용히 샤워기 물로 밀어내야 했다.

그러는 사이 아무런 불편함 없이 지냈던 비장애인-남성인 나의 세계에 미세한 시력으로 세계를 더듬으며 생활하는 애인을 통해서 낯설고 불편한 세계가 드러났다. 비장애인문명이 만들어놓은 건널목, 계단, 골목, 유적지, 건물 등등. 어디 만만한 곳이 하나도 없었다. 애인은 내가 없으면 혼자서 외출하는 것에도 쉽게 겁을 먹었고, 낙차가 있는 길이면 쉽게 발목을 삐었다. 무릎 아래로 솟아 있는 안전막대나 설치물에 정강이뼈를 자주 부딪혔다. 무릎 아래의 세계는 생각보다 위험한 것이 많았다. 또, 소리에 예민한 애인은 자동차 경적 소리, 공사하는 소리, 우렁찬 오토바이 소리에 깜짝 깜짝 놀라며 쉽게 날카로워졌다. 유리창 닫는 소리, 문 닫는 소리, 책상에 책을 내려놓는 소리 등등. 그중에서도 주방 찬장 닫는 소리에 자주 놀랐다. 그 소리가 무섭게 들린다고 했다. 그리고 정리정돈은 필수였다. 연인은 자신이 원래 두었던 자리에 물건이 없으면 찾을 수가 없었다. 면봉, 안약, 지갑과 같이 날마다 쓰는 물건들은 반드시 그 자리에 있어야 했기에 어지르기에 익숙한 나는 몇 십 번의 같은 핀잔을 반복해서 들어야 했다. '나'에서 '우리'로 도약하는 과정에서 '나'와 '애인'의 차이는 매혹적이면서 동시에 감당해야 할 부분이 한두 가지가 아니었다. 시간이 지날수록 슬슬 겁이 났다.

그사이 프랑스로 떠날 날이 다가오고 있었다. 지금보다 훨씬 더 많은 것들을 감당해야 할 일이 그제서야 눈앞에 펼쳐지기 시작했다. 낯선 공간, 낯선 사람들, 낯선 언어, 낯선 소리와 냄새 등등. 이 낯섦의 세계가 조금은 익숙해질 때까지 내가 돌봐야 할 애인의 동선이 떠올랐고, 학교와 도서관에서 거의 살아야 할 나의 미래와 혼자 방안에 남겨질 애인의 미래가 떠올랐다. 이러한 걱정의 셈법 속에서 나는 그 누구보다 먼저 겁을 먹고 있었다.

그즈음, 〈조제, 호랑이 그리고 물고기들〉이라는 영화를 다시금 보게 되었다. 하반신을 쓰지 못하는 장애를 가진 조제와 그의 주위를 맴도는 남자 쓰네오의 사랑 이야기가 담긴 영화다. 조제를 돌보고 있는 할머니는 조제 주변을 맴도는 쓰네오에게 "저 아이는 몸이 불편해서 댁 같은 사람은 감당할 수가 없어. 알겠어?" 라고 말한다. 그럼에도 쓰네오는 조제에 대한 호기심과 동정과 사랑을 복잡하게 느끼며 조제와 연애를 시작하게 된다. "좋아하는 남자가 생기면 가장 무서운 것을 보고 싶었다."는 조제의 말에 같이 호랑이를 보러 가기도 하고, 동네를 산책하기도 한다. 얼마 지나지 않아 쓰네오는 장애인인 조제와의 연애를 이어나가기 위해서 얼마나 큰 어려움을 겪어야 하는지를 실감하면서 결국 조제를 떠난다. 마지막 장면쯤, 쓰네오는 조제네 집에 있던 자신의 물건을 모두 빼서 돌아가는 길에 주저앉아 운다. 운다. 나도 운다. 나는 쓰네오를 격려했다. 우리는 모두 각자의 자리에서 실패하잖아. 누구나 돌아설 때가 있어. 우리는 각자를 견디며 사는 거야. 괜찮아. 자신이 감당하지 못할 것 같은 불안의 무게를 억지로 짊어지고 갈 필요는 없어. 구질구질해지기 전에 떠나는 것도 괜찮은 거야. 이건 내가 나에게 하고 있는 말과도 비슷했다.

그즈음 프랑스어 공부를 위해 철학자 알랭 바디우와 니콜라

트뤼옹이 사랑에 대해 나눈 대담집 『Éloge de l'amour』(한국 판 『사랑 예찬』, 2010)을 읽고 있었는데, 이 책은 흔들리는 나를 위해 세상에 나온 것 같다는 생각이 들었다.

"사랑은 하나의 관점이 아닌 둘의 관점에서 만들어지는 하나의 삶이에요. (……) 하나가 아닌 둘에서부터 시작해 경험하게 되는 세계죠. (……) 두 사람의 관점으로 세계를 돌파하는 것이에요. (……) 사랑은 끈질기게 이어지는 하나의 모험이죠. (……) 최초의 장애, 갈등, 권태와 마주하여 사랑을 포기해버리는 것은 사랑에 대한 엄청난 왜곡일 뿐이죠. 참된 사랑이란 공간, 세계, 시간이 사랑에 짐을 지우는 장애들을 지속적이고 거침없이 극복해나가는 그런 사랑일 테죠. (……) 우리가 알고 있듯이 사랑은 삶의 재발명 이자 사랑의 재발명이죠."

◆ 『Éloge de l'amour』, Alain Badiou, Nicolas Truong, 2009, FLAMMARION, 10-43p

이 책은 반복해서 사랑의 지속성과 두 사람의 관점에서 구축 되는 세계에 대해서 말하고 있었다. 그 세계를 지속하고 극복 해나가는 과정 속에서 사랑은 선언되고, 사랑은 삶을 재발명 하며, 사랑은 하나의 실존적인 제안이 된다고 말한다. 쓰네오 가 조제를 두고 돌아섰을 때, 사랑에 관해 말하기를 그만두었 을 때 어쩌면 하나의 세계가 멸망해버린 것일지도 모른다. 쓰 네오가 정말 실패한 것은 사랑이 아니라 자기 자신이었는지 도 모른다. 쓰네오는 오직 자신의 관점 속에서 조제의 세계를 구경하며 지냈는지도 모른다. 영화에서 오직 단 한 사람, 조제만이 사랑에 뛰어들었다. 어떻게 될지 모르는 사랑 속으로. 그 사랑에 배신당하게 될 것을 계속해서 예감하며. 그렇지만 머뭇거리지 않고 오직 조제만이 사랑을 고백하고, 사랑에 대해서 말하고, 사랑의 의미를 알아갔다. 그것을 통해 조제는 사랑의 삶을 재발명하여 전동 휠체어에 앉아 세계를 겪어나가게 된 것일지도 모른다. 어쩌면 나는 조제의 모험하는 사랑과 쓰네오의 머뭇거리는 사랑의 모습을 동시에 가지고 있는지도 모르겠다는 생각을 했다.

사랑을 포기할 이유는 앞으로도 끊임없이 생길 것이다. 사랑 앞에서 절망하게 되는 날도 마찬가지로 끊임없을 것이다. 끝도 없는 불안과 좌절 앞에 마주해야 할 것이다. 이 고통의 과정을 얼마나 잘 겪어내느냐에 따라서 사랑의 품위가 만들어질 것이다. 나는 결정했다. 이 고통과 혼란의 과정을 감수하면서 살겠다고. 지속으로 대면하겠다고. 사랑한다는 행위가 존재론적 차원에서 이루어지는 지속과 충실함에 있다면 그렇게 하겠다고. 사랑은 감정의 질서이기 이전에 존재론적 결단이라는 말을 믿기로 했다.

시각장애가 있는 애인과 끊임없이 삶을 새롭게 만들어나가겠다고. 안전한 사랑에 대한 열망을 버리고 어떻게 될지 모를 불안과 걱정을 가진 채 나아가겠다고. 이제 시각장애는 내 삶의 조건이 되었다. 그것은 시각장애를 가진 애인이 거쳐야 할 수 많은 세계의 과정을 함께 겪는 일이 될 것이다. 나의 관점과 애인의 관점이 포개진 새로운 세계는 언제나 위험과 우연을 감수해야지만 들어갈 수 있는 모험의 세계였다. 모험을 하지 않으면 세계는 만들어질 수 없었다.

그즈음 우연한 기회에 애인의 눈을 치료해줄 한 선생님을 만 났다. 중국에서 침술학교와 침술원을 운영하시는 선생님이었 다. 나는 별다른 고민 없이 애인에게 중국에 가자고 말했다. 중국에 가서 치료를 받아보자고. 애인은 프랑스 유학은? 이라 고 물었고, 일단 중국으로 가자! 고 대답했고, 우리는 2011년 봄에 중국으로 가서 10개월간 집중 치료를 받았다. 동시에 나 는 애인의 눈을 직접 치료해줄 수 있는 침술과 양생요법을 침 술학교에서 배워 추나침구사 자격증을 땄다. 그 뒤로 2013년 봄까지 치료 여행을 계속했다. 태국의 한 공동체 마을에 들어 가 디톡스 요법을 배웠고, 인도에서 양생술을 익히기도 했다. 여행을 하면서, 프랑스 유학 계획을 접었다. 애초에 도망치려 고 준비했던 유학이었고, 나는 더 이상 도망다니고 싶지 않았 다. 내게 주어진 상황과 세계 앞에서 도망가지 않겠다고, 끝까 지 가보겠다고 다짐했다.

긴 여행에서 돌아왔을 때 부모님이 서울에 올라오셨다. 어머 니는 고등어구이 살을 발라, 밥 위에 올려놓으시며 말했다.

"고등어구이다. 뼈를 다 발랐으니 그냥 먹으면 될 게다. 그리고 그땐 미안했다. 내가 부족한 사람이라 너를 힘들게 했구나." 애인은 어머니를 보았다. 어머니는 고개를 들지 못하신 채 잠깐 글썽였다. 잠깐, 우리 모두는 식탁 앞에서 같은 울음소리를 참고 있는 사이가 되었다. 어쩌면 이것이 가족의 시작이 될지도 몰랐다.

감히, 우리라고 말하기 위해

숲이 있다. 바람이 불고 햇살이 비친다. 우리가 사랑하는 보랏빛 수국이 피어 있다. 사랑하는 사람들의 표정이 있다. 건강한 음식들이 있고 친구들이 설거지를 한다. 저녁에 보름달이 떠 있고 모닥불을 피우니 풀벌레들이 운다. 우리는 캄캄한 방에 누워 우리의 혼인 의례를 상상/준비했다.

말들을 떠올렸다. 남자가 장가든다는 뜻을 가진 결혼結婚이라고 하지 않고 여자와 남자 모두가 시집, 장가간다는 의미가 담긴 혼인婚姻이라고 표현하기로 했다. 신랑 신부라고 하지 않고 신부 신랑이라고 순서를 정했다. 며느리, 사위라는 말 대신 이름을 불러달라고 부모님께 요청하기로 했다. '평생 동안 이 한 사람만 사랑하겠습니까?'라는 문장은 '오래도록 서로 우정과 사랑을 나누며 살아가겠습니까?'로 바꾸었다.

구체적인 사물들을 떠올렸다. 신부 측, 신랑 측 자리를 따로 구분하지 않고 다 같이 앉는 공간 구성을 했다. 한번 입고 다시는 입지 않을 웨딩드레스 대신 관 속에 누울 때도 입을 수 있는 '기억의 옷'을 입기로 했다. 반지는 꽃반지로 하고 예물은 하나도 하지 않는 것으로. 지금으로도 충분한 살림살이를 혼수라는 이름의 새것으로 바꾸지 않기로 했다. 이미 넘치게 사랑받으며 지냈으니 축의금은 받지 않기로 했고, 음식은 GMO로 범벅된 음식이 아니라 단출하고 건강한 음식을 만들어내기로 했다.

사람들을 떠올렸다. 우리가 지금까지 사랑과 우정을 나누며 살아온 분들을 초대하고 싶었다. 그래서 우리 '삶의 선언'을 마음 다해 축복해줄 수 있는 분들을 초대했다.

또 어른들이 나서는 것을 철저하게 막았다. 내용도 없이 의례적으로 하는 일은 가능하면 하지 않겠다고 다짐한 터였다. 우리는 우리 삶을 충실하게 살아가는 것이 우리의 효도라 여겼다. 그래서 우리는 혼인 의례에 부모님을 초대했다. 바쁘시면 오지 않으셔도 괜찮다는 전제도 붙였다. 이렇게까지 단호해지지 않으면 '부모'라는 이름으로 '혼인'에 함부로 개입할 듯해서였다.

대신 부모님께 받고 싶은 선물이 있으니 준비해달라고 요청드렸다. 한때 기타리스트였던 애인의 아버지께 축가를 부탁드렸다. 에릭 클랩턴의 〈Change the World〉. 그리고 시인인 내 아버지께 축시를 부탁드렸다. 두 분 모두 못 하겠다고 손사래를 치셨지만 사실은 뒤에서 정말 치열하게 준비해주셨다. 애인의 아버지는 서울재즈아카데미에서 기타 수업을 수강하는 열정까지!

혼인 의례를 상상/준비하면서 우리의 자세는 점점 분명한 한 문장으로 압축되어갔다. '혼인 의례는 우리라는 삶을 선언하는 날이다.' 그래서 우리는 선언문을 여러 번 공들여 썼다.

하나, 지구와 어울려 사는 품위를 갖추며 살겠습니다.
생명 가진 것들과 우정을 나누며
지구와 우주와 어울려 살아갈 수 있는
생명의 품위를 갖추도록 애쓰겠습니다.

하나, 곁을 가꾸며 살겠습니다.
곁이 우리를 가능하게 했던 것처럼
기꺼이 우리도 누군가의 곁이 되어 살도록 하겠습니다.

하나, 사랑과 우정을 나누며 살겠습니다.
우리가 익히고 배운 지혜들을 나누며, 감사하며 살겠습니다.
삶의 여정 속에서 만나는 인연과 우연, 사연과 운명에 감사하며 살겠습니다.

선언문을 쓰고 몇 번씩 읽어보았다. 우리가 감당하고자 하는 내용들을 포괄해서 잘 전달할 수 있도록 몇 번이고 읽고 고치고, 대화하고 고치고를 반복했다. 우리는 차근차근 혼인 의례를 준비하면서 서로를 자주 격려했다. 가능한 한 우리가 깨우친 삶의 지혜들을 함축해서 담고자 했다.

혼인 의례를 3일 앞둔 날, 혼인식장을 마련한 곳에 내려갔다. 청소를 하고, 음향을 점검하고, 의자와 테이블을 닦으며 손님 맞을 준비를 했다. 이 대부분의 일을 친구들과 동료들이 나서서 하나하나 도와주었다. 혼인 의례 음식은 물론 뒷정리까지. 어떤 친구는 풀을 깎아주었고, 어떤 친구는 입구에 만다라를 그려주었다. 어떤 친구는 모닥불을 전담해서 피웠고, 어떤 친구는 사진을 찍어주었다. 식비로 사용한 100만 원 말고는 큰 돈이 들지 않았다. 서로가 서로에게 선물이 된다는 것은 이런 것일 테다. 3일간의 혼인 의례 준비를 통해 우리는 우리를 지지해주고 격려해주는 곁의 소중함을 다시금 알 수 있었다.

마침내 혼인 의례가 시작되었다. 봄이었고, 화창했고, 째지는 기분이었다. 젬베(나무와 가죽으로 만든 타악기)를 치는 친구가 앞장서 우리를 식장으로 이끌었다. 우리가 사랑하는 사람들이 웃으며 손뼉 치고 있었다. 우리는 두 손을 맑게 잡았다. 꼭 잡았다. 감히, 우리라고 말할 수 있기를. 무모하고 아름답기를. 우리, 라는 사랑의 모험이 다시 한 번 시작되고 있었다.

불안의 떨림에서 설렘의 떨림으로

캄캄한 방 안. 우리는 누워 있다. 잠들기 전 우리는 캄캄한 대화를 즐겨 한다. 듣고 말하는 것에만 몰입되기 때문이다. 가령, 한강에 철새가 지나가는 것을 보았다, 고 말하면 캄캄한 눈 속으로 철새가 촤르르 지나가기도 한다. 또 점심때 먹은 된장찌개가 짰어, 라는 말을 듣고 있으면 캄캄한 입속으로 짠맛이 스미기도 한다. 우리는 잠들기 전 누워 서로의 하루, 서로의 느낌, 서로의 떨림을 나눌 수 있는 캄캄한 대화를 즐긴다. 대화의 주제는 시시콜콜한 일상, 철학과 정치, 음악과 예술 이야기까지 무궁무진하다. 대화를 하면 할수록 할 이야기는 넘쳐난다.

그리고 그날, 우리는 아이에 대해 이야기를 나누었다. 아이를 낳자고, 아가를 길러보자고, 더 나이 들기 전에 낳고 싶다고, 아이가 우리 삶을 크게 바꾸어놓겠지만 그 삶의 모험을 함께 겪고 싶다고, 6년간 동거인이었던 애인은 말했다. 잠시 감은 눈 위로, 한 아가가 떠올랐다가 가라앉았다. 잠시 캄캄한 귓속으로 한 아가가 울었다. 멈추었다. 아가. 아가. 아가라. 캄캄하게 멈칫했다.

내 삶에 아가를 떠올리니 불안도 함께 떠올랐다. 이 가혹한 시대에 아이를 키운다는 것이 영 자신이 없었다. 지금 우리가 누리고 있는 삶의 균형이 깨질지도 모른다는 불안도 함께. 그 뒤로도 애인은 종종 캄캄한 밤의 대화 속에서 임신, 출산, 육아와 같은 단어로 나를 이끌었다. 나는 자꾸만 머뭇거렸다. 서성거렸다. 산후우울증, 독박육아, 몬스터 패런츠 같은 단어들이 함께 떠올랐다. 과연 이 괴물 같은 시대에 유능하지 못한 내가 해낼 수 있을까. 모아둔 돈도 거의 없고, 돈을 꾸준히 벌 수 있는 직업에 대한 욕망도 거의 없는 내가 과연 아가를 낳고, 기를 수 있을까. 미래에 대한 불안과 괴물 같은 시대적 상황은 나의 상상을 나아갈 수 없게 했다. 서성였다. 겨울이었고, 유독 외풍이 거세게 느껴지는 밤이 이어졌다.

그런데 그쯤부터 눈에 잘 들어오지 않던 사람들이 눈에 띄기 시작했다. 유모차를 끄는 엄마들, 놀이터에서 놀고 있는 아이들, 배가 잔뜩 부른 임산부, 어린이집 차 안에서 창밖을 내다보는 아이들. 눈길이 자꾸 기울었다. 아이가 있는 직장 동료들에게 임신과 육아에 대해서 물어보기도 했다. 엄마들, 아이들이 눈에 자꾸 들어왔다. 그 생기 넘치는 모습들이 내 속에 쌓여가면서 불안의 떨림은 설렘의 떨림으로 모양을 바꾸어나갔다.

내 설렘의 상태는 괴물 같은 시대를 돌파할 수 있을 것만 같은 반짝이는 상상들로 이어졌다. 아가를 안고 나들이 가는 상상, 엄지만 한 신발을 신기는 상상, 자장가를 불러주고 있는 상상. 아가를 상상으로 떠올릴수록 설렘의 떨림도 더해갔다. 설렘의 상태와 반짝이는 상상, 이 두 가지가 박자를 맞춰가며 불안한 나를 두드려 깨웠다. 역시 설렘은 힘이 세다.

그리고 그날, 우리는 캄캄한 방 안에 누웠다. 이불 속 애인의 손을 쥐고, 먼저 말했다. 아가를 낳아 함께 기르자. 캄캄한 방 구석에서 누가 눈을 끔벅이고 있는 것 같았다.

2부

집사람

우리는 서로에게
'집사람'이라고 이름을 붙였다.
집을 근거로 삶을 살아가는 사람,
집을 길들일 줄 아는 사람,
그런 사람, 바로
집사람.

처음 심장

두 줄이 떴다. 병원에 갔다. 4주차라 했다. 엘리베이터 앞. 애인의 얼굴에도 두 줄이 떴다. 등을 다독였다. 엘리베이터가 열렸다. 새로운 세계가 열리듯. 거리는 한산했다. 거리에서 유아차를 탄 아이가 눈에 들어왔다. 나는 손을 흔들었다. 안녕. 작게 울먹였던 것 같다.

집에 돌아와 애인과 함께 초음파 사진을 한참 보았다. 보고 보고 또 보았다. 0.76센티미터. 얼마 전 화분에 심은 바질 씨앗만 했다. 애인이 말했다. 고래 같아. 깊고 먼 흑백 바다에 떠 있는 작은 고래. 0.76센티미터의 고래.

그날 밤 고래 꿈을 꾸었다. 음파음마엄마, 하며 흑백 바다에서 음파아빠엄마, 하며 물속에서 몸을 굴리며 놀고 있었다. 잠결에 일어나, 잠든 애인의 배에 귀를 기울였다. 깊고 먼 바다 소리가 났다. 고오오오. 그걸 들을 수 있는 유일한 인간으로 다시 잠에 들었다. 꿈속에서 아가 고래가 입을 벌리자 나비가 솟구쳤다. 한 마리, 두 마리, 나비가 떼 지어 입속에서 날아 나왔다. 날개 펄럭이는 소리가 음파음마엄마아빠음파 했다. 태몽?

다시 잠에서 깨 애인의 얼굴을 들여다보는데 나비처럼 웃고 있다.

너로 인해 우리는 마법에 걸렸단다

그때부터 나는 우주가 어떤 맛인지 알았다
◆ 기욤 아폴리네르, 「포도월」 중

애인의 배가 점점 동그라져간다. 퇴근하고 돌아와 동그란 배
에 손을 대고 동글동글 돌린다. 애인의 배를 하도 문질러서 그
런지 배가 반짝반짝하다. 마법 구슬을 돌리듯 한참을 돌리다
보면 까칠한 애인의 성격도 동그래진다. 신기한 마법이다. 동
글동글 돌리며 오늘 모아둔 반짝거림에 대해서 말한다.

자전거 탄 출근길에 말야, 한강을 따라 철새들이 짝을 맞춰 하
늘을 나는데 정말 아름다웠단다.
점심때 생오이가 나왔는데, 오이 씹는 소리가 얼마나 경쾌한
지 너도 들어보면 놀랄 거야.
여유 시간에 잠시 시집을 읽었는데, 한 구절 읽어줄게. "커다
란 예쁜 고래 한 마리가 내 방에 들어와 있었다." 네가 바로 예
쁜 고래야!
아가, 너에게 들려주기 위해 요즘 나는 세상의 반짝이는 것들

을 발견하려고 몸을 쫑긋 세우며 지내고 있단다.

마법 주문을 외우듯 오늘의 반짝임을 하나하나 들려준다. 일상 속 반짝임을 발견해나가며 덩달아 나의 삶도 반짝이기 시작한다. 태담의 마법에 홀딱 빠져 지낸다. 이렇게 두근거림으로 가득한 나를 훼방 놓으려 "낳아봐라, 길러봐라." 하지만 전혀 신경쓰지 않는다. 미래에 다가올 불안에 지금 나의 두근거림을 방해받지 않으려 한다. 이 마법 주문을 계속해서 외고 싶다.

잠자리에 누워 애인과 함께 아가가 처음 발음하게 될 낱말들을 떠올렸다. 어떤 낱말을 처음 익히게 하면 좋을까. 바다, 나무, 사슴, 고래, 풀, 하늘, 숲 같은 말을 떠올렸다. 아가가 '바다'를 발음하는 장면을 상상해본다. 내가 먼저 바다가 되는 기분이다. 벌써 '파도'를 발음하는 아가를 상상한다. 먼저 내가 출렁인다. 오늘 밤 바다 꿈을 꾸자고 약속하고 잠에 들었다.

새벽녘 잠결에 애인의 둥근 배를 둥글게 돌리며 마법에 걸린 나를 고백해본다. 아가, 나는 너를 본 적도 없는데 어쩌자고, 벌써 너를 사랑하게 되어버렸어!

새로운 눈으로 여행하기

나에게 임신, 출산, 육아는 그야말로 미지였다. 미지에 대해 알고 있는 것이라곤 책을 뒤적거리면서 만난 입체감 없는 2차원의 세계뿐이었다. 미지의 세계를 향한 탐험을 준비하다 보니 눈에 보이지 않던 것들이 보이기 시작했다. 특히 임산부, 신생아에게 눈길이 자주 머물렀다. 프루스트는 "진정한 탐험은 새로운 풍경이 펼쳐진 곳을 찾는 것이 아니라 새로운 눈으로 여행하는 것이다"라고 했는데, 놀라울 정도로 예전에 보이지 않던 장면들이 내 눈에 들어왔다. 한 번도 눈길이 머문 적 없던 임신, 출산, 육아의 현장들을 수집하며 준비에 들어갔다.

핑크 월드

한 여성이 뷰티 살롱에 간다. 분홍색 가운을 입는다. 분홍색 머릿수건을 한다. 손을 내밀고, 손톱 손질을 받는다. 머리를 감겨주는 손에 몸을 맡기고, 파마 롤을 만 채 핑크색 의자에 앉는다. 장난감으로 지어진 듯한 이곳은 제법 비싸 보인다. 이 여성은 현재 7세다. 직장 동료가 자기 딸도 여길 좋아한단다.

강남역

강남역 시위에 나갔다. 수많은 포스트잇이 손톱처럼 붙어 있었다. 그곳에서 만난 문장들을 주워다 다짐했다. "제 아들은 여성을 차별하고 혐오하는 사람으로 키우지 않을 것입니다." "딸을 '단속'하지 않고 아들을 '교육'시킬 것입니다." "남녀가 서로의 고통을 나눌 수 있기를."

아기 사진

육아휴직을 마치고 직장에 복귀한 한 작가는 책상 앞에 아기 사진을 놓지 못하겠다고 했다. 다른 사람들은 책상 앞에, 휴대폰 배경화면에 넣고 다니는데 자신은 도저히 눈에 밟혀서 그럴 수가 없다고. 아기 사진만 봐도 일이 손에 잡히지 않고, 자기가 뭔가 잘못하고 있다는 생각에 죄책감이 든다고 했다. 그런데 아빠들 책상에는 하나같이 아이들 얼굴이 액자 속에서 빛나고 있다.

태아보험

어느 선생님이 태아보험은 들었냐고 물었다. 처음 듣는 낱말에 깜짝 놀랐다. 태아에 보험을 든다고? 어떻게 될지 모르니 일단 빨리 하나 들어놓으라고 했다. 주변 사람들에게 물어보니 요즘 같은 세상에 태아보험은 필수라고 한다. 대개 어른들이 선물처럼 하나씩 들어준다고 했다. 유산을 하거나, 선천적 질병을 가지고 나오면 보험금을 지급한다고 했다. 순간, 섬뜩

했다. 태아에게도?

아빠 육아 시대

신문에서 아빠 육아 시대라고 한다. 역시 젊은 아빠들은 다르다고 한다. 남성 전업주부 숫자가 무려 17만 명이라고 대대적으로 보도한다. 역시 시대가 변했구나. 혹시나 싶어 여성 전업주부 숫자를 검색해보았다. 710만 명 정도였다. 비율을 계산해보니 전업주부 중 97.9퍼센트가 여성이었다. 97.9퍼센트!

동료 여성들

회사에 육아휴직을 낼 예정이라고 하니, 동료 여성들이 열렬히 격려해주었다. 육아휴직 수당이 한 달에 70만 원이라고 하니, 동료 페미니스트들이 생활비 떨어지면 바로 연락하라고 했다. 젠더 육아에 관한 책을 선물받았고, 자기가 직접 깎은 유아용 수저 세트를 선물해주겠다고 나서기도 했다. 이렇게 알아주는 곁들이 있어 "폭폭한 이 시상 건너 왔겄제"(화가 이진경).

기형아 검사

산부인과에서 2주 뒤에 기형아 검사를 한다고 했다. 우리는 하지 않겠다고 했다. 배 속에 있는 아이가 장애아로 태어난다고 해서 아이를 지우고 싶은 생각은 1도 없다고 했다. 혹시 어떻게 될지 모르니 검사를 권장한다고 했다. 우리는 확률적으로 출산할 수밖에 없는 장애아/기형아를 낳게 된다면 그것도 우리가 감당해내야 할 운명이라고 말했다. 합리적으로 예측된 확률보다 불확실한 우연을 맞이하는 것이 사랑의 기원이기에. 안전하게 통제 관리된 사랑보다 예측 불가능한 우연을 사랑하는 사람으로 감당해야 하는 몫을 지고자 했다.

편의점 매대

사탕, 젤리, 초콜릿, 마시멜로같이 아이들이 좋아할 만한 과자들이 편의점 매대 가장 아래에 있는 이유를 알게 되었다.

헬리콥터 맘

이 말을 듣고 한국에 헬기를 몰고 다니는 엄마들이 있단 말야? 라고 순진하게 생각했다. 알고 보니 자녀 주변을 헬리콥터처럼 맴돌며 관리, 훈육, 통제하는 엄마들을 두고 하는 말이었다. 일본에는 이를 두고 몬스터 패런츠(monster parents)라고 부른다고 한다. 아이에 대한 합리적 관리(행복, 건강, 경쟁력)를 하는 것이 마땅히 부모가 해야 하는 일이라고, 그것이 '부모의 도리'라고 말하는 사회에서 그것을 정확하게 잘 수행하려는 이들을 두고 하는 말치고는 좀 심한 말 같다. 부모 노릇을 점점 어렵게 만들어 과도하게 안전/질병/실패에 대한 불안을 가중시키는 사회 자체에 오히려 헬리콥터 사회, 몬스터 사회라고 이름 붙여야 하지 않나. 그리고 이런 몹쓸 이름들은 왜 꼭 여성들에게만 붙나.

선택에 관한 조언

선택에 관한 조언들을 요즘 자주 생각한다. 카프카는 "나와 세상의 싸움에서 세상 편을 들라."고 조언했다. 오에 겐자부로는 "어려운 선택을 해야만 한다면 힘든 쪽을 선택하고 후회하지 않고 뒤돌아보지 않는다."고 조언했다. 정치인 노회찬은 "선택의 기로에서 어떤 선택이 최선일지 당장 알 수 없을 때는 가장 힘들고 어려운 길을 가라. 그것이 최선의 선택일 것이다."라고 조언했다. 내가 존경하는 사람들은 하나같이 나의 선택을 지지해주고 있다. 고맙다.

'새로운 눈'으로 세상을 조망하면서 얻게 된 이미지와 말이 하나하나 모여가면서 헷갈리는 일들이 많았다. 끝도 없이 불안을 야기하는 위험 사회와 그 속에서 고군분투하며 아이에게 처해질 위험들을 합리적으로 관리하며 모든 책임을 져야 하는 개인들(부모)은 버거워 보였다. '육아휴직을 하겠다는 무책임한 아빠'와 '어머니를 겪겠다는 페미니스트 아빠' 사이의 간극은 거대했다. '핑크 월드' 속 일곱 살 여자아이와 강남역에서 만난 수많은 여성 사이의 시차 또한 대단했다. 그 시차에 멀미가 날 지경이었지만 "단단한 생각은 온탕과 냉탕을 왔다 갔다 하면서 나온다."고 말씀해주신 나의 문학 선생님의 조언에 힘입어 그것을 견뎌내며 사유하는 수밖에 없다.

밤하늘의 별들은 저마다 다른 시간대에 속한다. 어떤 별빛은 수만 년 전의 것, 어떤 별빛은 300년 전의 것, 또 어떤 별빛은 수억 년 전의 것이다. 이렇게 시차를 가진 각각의 별들이 하나의 성좌를 이루듯, 이 시차를 견뎠을 때 새로운 감각과 사유가 불쑥 머리를 내민 두더지처럼(마르크스), 조용한 비둘기 걸음으로(니체) 내게 올 것이다. 견디며 사유의 각도를 만들어나갈 수밖에.

저는 잔액 부족 하우스의 집사람입니다

아이가 우리 삶에 들어선 뒤 우리는 이사를 해야겠다고 마음을 모았다. 우리는 햇볕이 잘 안 드는 여섯 평짜리 허름한 다가구주택에 살았는데, 겨울이면 외풍이 너무 거세서서 자고 일어나면 코끝이 땡땡하게 얼어 있곤 했다. 갓 태어난 아이의 코가 캉캉 얼어 있을 생각을 하니 이사를 결심하지 않을 수가 없었다. 아기도 아기집에 살고 있으니 우리도 아기를 맞을 집이 있어야겠다고 생각했다.

스무 살 이후, 무수한 방에 살면서 내 인생에서 절대 하지 않겠다고 다짐한 나름의 경제 원칙이 있다. 첫째, 잉여가치를 획득함으로써 사회구성원에게 돌아가야 할 몫을 약탈하는 '투기'. 둘째, 실재하지 않는 돈을 '빛'으로 획득해 욕망의 환상을 품게 하는 '대출'. 셋째, 미래의 불안을 밑천으로 삼아 장사하는 '보험'.
이 원칙을 깨고 대출을 받았다. 두 달 넘게 집을 보러 다니다가 딱, 이다 싶은 열네 평짜리 집을 구하기 위해서였다. 어쩔 수 없다고 생각했다. 난생처음 대출받으러 은행 가던 날, 심장이 너무 두근거려 청심환 하나를 사 먹었다. "저저…… 대출……받으러 왔……어요." 대출 서류들을 넘기는데 도장 찍는 소리가 가슴에서 먼저 쿵쿵 났다.

처음으로 거실도 있고, 주방도 있고, 화장실이 실내에 있는 집을 얻었다. 이름도 예쁜 연희동에. 물론 남쪽에는 노인 병원, 동쪽에는 빌라, 서쪽에도 빌라가 있어 햇볕이 잘 안들기도 하고, 경의중앙선이 집 바로 근처여서 기차 소리가 5.1채널 사운드로 들려 가끔 놀라기도 한다. 그래도 북쪽으로 궁동산 이마가 보이고, 작지만 새소리도 들린다. 게다가 말했듯이 화장실도 실내에 있다!

이사를 하면서 우리는 다짐했다. 집을 근거로 해서 삶을 꾸려나가겠다. 집을 소외시키지 않겠다. 남성-공적 영역/여성-사적 영역으로 성 역할을 분배하는 공간 배치를 거부하겠다. 집을 우리 삶의 장소로서 가꾸겠다. 그러면서 우리는 서로에게 '집사람'이라고 이름을 붙였다. 집을 근거로 삶을 살아가는 사람, 집을 길들일 줄 아는 사람, 그런 사람, 바로 집사람. 눈사람이라는 말과 비슷해서 제법 귀엽기도 하다. 이날부터 애인과 나는 서로를 집사람이라고 다른 사람들에게 소개한다. 물론, 새롭게 태어날 아가도 집사람이다. 우리는 모두 집사람으로 해야 할 몫을 함께할 것이다.

작가 존 버거는 이렇게 썼다. "원래 집이란 말은 세상의 중심을 말했다. 지리적이 아닌 존재론적 의미에서 그랬다." 집사람, 이라는 말로 우리의 존재론이 구성될 수 있기를 바라며, 오늘도 나를 이렇게 소개한다.

"안녕하세요. 저는 잔액 부족 하우스의 집사람입니다."
집사람, 이라는 말 이렇게 좋을 수 없다.

지구에서 첫 번째 밤을 보내게 될
너를 위해

아가, 천사는 인간에게 가장 먼저 노래를 가르쳤단다. 불 피우
는 걸 알려주기도 전에 말이지. 첫 불을 피웠을 때, 그 기념으
로 노래 부를 수 있게 말이야. 불을 처음 본 인간이 환호할 수
있게 말야. 있지 있지, 요즘 난 지구에서 첫 밤을 보내게 될 너
에게 불러줄 자장가를 연습하고 있단다.

어떤 노래를 네 머리맡에서 불러주면 좋을까. 오늘도 음악을
한참을 뒤지며 몇 곡 연습해본다. 옆에서 못 들어주겠다는 듯
네 엄마는 저주받은 목소리라며 타박을 준다. 별수 없지. 꿋꿋
해지는 수밖에. 도저히 안 되겠다 싶을 땐, 춤이라도 춘다.

어머니는 나 어릴 때 조용필 노래를 자장가로 불러주었는데,
스무 살이 넘어 라디오에서 "그 언젠가 나를 위해 꽃다발을
전해주던 그 소녀"라는 조용필 노래의 구절을 처음 들었을 때
귓속에서 어머니의 목소리도 함께 들렸다. 그 자장가는 들리
지 않을 정도의 낮은 볼륨으로 내 몸속 어딘가에서 20년 동안

울리고 있었던 것이다. 자장가란 그런 것이다. 삶에 숨어 있는 영원한 BGM.

듣고 부르는 노래의 힘을 믿는다. 어머니도 그랬고, 할머니도 그랬다. 잠든 아가의 머리맡에 노래를 파종하는 일은 우리 집안 전통이다. 물론 음치도 전통이다. 오늘은 루시드폴의 〈별은 반짝임으로 말하죠〉라는 노래를 작게 따라 불러보았단다.

자장가는 분명 "세상 모두 잠"에 빠졌을 때에도 아가의 몸속에서 "반짝이는 몸짓"으로 남아 있게 될 것이라 감히, 믿어본다. 네가 이 낯선 세계에서 첫 밤을 보낼 때, 연습했던 이 자장가를 꼭 불러줄 테다.

술과 담배를 끊었다

임신을 하면서부터 여성에게 금지되는 사항이 많지만 남성에게는 그렇지 않았다. 임신한 여성들은 먼저 담배를 끊고, 술을 끊고, 커피를 끊고…… 좀 이상했다. 임신의 과정에서 여남이 함께 겪는 일이라면 마땅히 함께 겪어야 하지 않나 싶어 애인과 함께 술과 담배를 끊었다. 고등학생 시절부터 늘 함께였던 술과 담배였다. 그걸, 끊었다. 환. 장. 하. 겠. 다. 아가가 생겼다는 걸 알게 된 뒤부터 애인과 함께 끊었다. 딱 1년만 끊어보자. 그래서 딱 끊었다.

담배를 끊고 술도 끊었는데 좋은 게 하나도 없다. 살찌고, 자꾸 조마조마하고, 뭘 해야 할지 모르겠고. 하아하아. 친구들아, 미안타. 하아하아. 내가 뭔가 배신한 것 같은 이 기분. 팔굽혀펴기 하나, 둘, 셋, 넷. 하아하아. 다섯, 여섯, 일곱. 하아하아. 몇 개나 했지. 하아하아. 딱 한 대만 필까. 혀끝이 쩍쩍 갈라지는구나. 하아하아. 미쳤지. 미쳤어.

술과 담배를 끊은 지 이제 1년. 미칠 것 같던 금단 증상도 이제는 좀 낫다. 그래도 길을 지나다 담배 냄새가 나면 그렇게 고소할 수가 없고, 술 한 잔 먹으러 나오라는 친구들의 전화에서 나는 술 냄새가 그렇게 유혹적일 수가 없다.

그래도, 이제 아이를 안으면서 몸에서 나는 재떨이 냄새 걱정 없고, 당신을 두고 한 잔, 두 잔, 석 잔에 새벽을 홀라당 보낼 걱정 없다. 아이가 생기면 절대 먹어본 적 없던 마음을 먹기도 한다. 아이가 미움을 먹듯이. 세상에서 가장 먹기 힘든 게 마음이라던데. 또 무슨 마음을 먹어야 하니. 술, 담배 끊는 것보다 더 어려운 마음을 먹기도 해야 하는…… 거…… 겠지?

어떤 파괴 - 독박육아

남편이 죽었으면 좋겠어

카페에 여자 세 명이 들어왔다. 그중 한 명은 잠든 아이를 안고 있다. 의자에 앉을 때 그 여자는 엉덩이를 슬쩍 빼고 천, 천천, 천천히 앉는다. 그리고 아이가 자고 있는지 확인하고 안도의 한숨을 쉰다. 첫마디로 다른 여자 두 명에게

말했다.

"남편이 죽었으면 좋겠어."

여자는 아이를 낳은 지 200일이 갓 지났다. 남편은 일본 사람이다. 아리가토를 원어민 발음으로 잘하겠지. 여자는 아이를 혼자 기르고 있다. 남편은 야근 인간이다. 회식이 잦다. 남편은 사회생활 하려면 어쩔 수 없다고 늘 이야기한단다. 어쩌다 집에 일찍 오는 날이면 아이를 찾는 대신 통닭을 시키고 텔레비전을 켠단다. 오락 프로그램을 본단다. 혼자 실실 웃는단다. 소파 옆에 남자가 벗어놓은 양말을 볼 때마다 여자는 역겹단

다. 간신히 아이를 재우고 나와 불도 켜지 않고 주방 구석에서
자주 운단다. 우울하단다. 슬프단다. 그렇지만 다음 날 아이
미음에 무엇을 넣을까 생각한단다. 그러는 게 또 슬프단다. 그
런데 남편 새끼는 아무렇지도 않게 소파에 앉아 닭을 뜯고 있
단다. 그때 문득, 불현듯, 남편이 죽었으면 좋겠다고 생각했단
다. 본인이 죽이면 시끄러워지니 깔끔하게 의문의 객사를 했
으면 좋겠다고 생각했단다. 남편이 죽는 상상을 자주 한단다.
아이가 잠에서 깨려는 듯 몸을 뒤척이자, 여자는 말을 멈추고
자리에서 일어나더니 아이의 엉덩이를 가볍게 두드렸다. 다
른 여자 두 명의 얼굴은 어떤 표정을 찾고 있었다. 그 여자는
코를 훌쩍이며 눈물을 훔쳤다.

"남편이 객사했으면 좋겠어."
퇴근길에 깔끔하게. 그러고는 천, 천천, 천천히, 자리에 앉는
다. 그 여자, 아이를 버리고 싶단다. 쓰레기봉투에 넣어 버리
고 싶을 때가 있단다. 달리는 차 안에서 아아아아악 하고 던져
버리고 싶을 때가 있단다. 베란다 창문을 열고 던져버리고 싶
을 때가 있단다. 다른 여자 두 명이 드디어 표정을 찾았다. 아
래턱을 살짝 벌리고, 어쩌면 가능했을 끔찍한 허공을 응시하
는 표정. 그 여자, 공포에 어린 두 명의 표정을 보고는 자신의
표정을 바꾼다. 그래도 말이야, 아이는 참 예뻐.

나는 전속력으로 무서워지고 있다.

김지연 씨의 약력

똑똑한 사람이었다. 학교에서도 전교 1등을 놓친 적 없다. 당연한 코스로 명문대에 진학했다. 미국으로 유학을 갔다 돌아와 최고의 법률 사무소에 취직했다. 그녀의 능력은 실로 대단한 것이어서 동료 직원들과 선임자들도 출중한 그녀의 실력에 감탄했다. 승승장구했다. 그러던 김지연 씨는 결혼하고, 아이를 낳았다. 휴직을 했다. 1년 뒤 퇴사했다. 남편은 상관하지 않았다. 그녀를 스카우트하려고 좋은 조건을 제시하는 회사가 있었지만 커리어를 이어갈 수는 없었다. 아이가 있었기 때문이다. 울고 있는 아이가 있었다. 김지연 씨는 육아에 매진했다. 세상 그 어떤 일보다 숭고하다고 여겼다. 세상이 그걸 몰라줘도 그만이라고 생각했다. 세상은 상관하지 않았다. 어떻게든 잘해보리라 다짐했다. 보란 듯이 잘 키워 변호사로 만들 거라고. 남편은 상관하지 않았다. 김지연 씨 역시 그런 남편을 상관하지 않으며 아이를 세상 모두에게 칭송받는 사람으로 키우고 싶었다. 아이를 영어 유치원에 보내고 영재 학원에 보내면서 TV 영재 스쿨 프로그램의 애청자가 되었다. 여전히 남편은 상관하지 않았다. 마침내 아이가 성과를 냈다. 영어 말하기 콘테스트에서 1등을 한 것이다. 김지연 씨는 아이를 사랑했다. 아이에게 미국의 한 사립 초등학교 입학시험을 보게 하면서, 그곳에서 아이를 키우며 박사학위를 받겠다고 결심했다. 그녀에게 아이는 '자기 꺼'였다. 세상 무엇보다 소중한 내 새끼라고 했다.

이름이 뭐야? 나는 아이에게 물었고, 아이는 마이 네임 이 즈…… 라고 대답했다.

나는 전속력으로 서늘해졌다.

혼자 두지 않을게

조언을 구하기 위해 사람들을 만나러 다니면서 공통적으로 가장 많이 들었던 말이 산후우울증과 독박육아였다. 현장에서 직접 듣고, 관찰한 현실은 생각보다 잔인했다. 정말이지 이렇게까지 심각할지 몰랐다. 이렇게까지 모두가 겪고 있는 것일지 상상도 못 했다. 직접적으로, 혹은 간접적으로 전해 들은 독박육아와 산후우울증의 사례들은 섬뜩할 정도였다. 한 사람의 생애 주기에서 가장 슬프고, 끔찍한 이야기가 이 시기에 다 들어 있는 것처럼 보였다.

"먼 여행을 떠나는 자를 홀로 보내지 않는다. 길을 잃어버리지 않기 위해 반드시 길벗과 함께여야 한다."는 격언이 있다고 한다. 육아라는 여행길을 반드시 함께하겠다고 마음먹었다. 혼자서는 도저히 감당할 수 없는 일이라고 확신했다. 나는 "이 시대의 사랑"(최승자)에 대해서 생각해본다. 이 시대적인 것과 맞설 수 있는 사랑에 대해 질문하며 반드시 함께하겠다고 다짐에 다짐을 더했다.

곁에 있어

임신을 하고 난 뒤 우리가 놀란 것이 있다. 임신, 출산, 육아에 대해 거의 모른다는 것. 아무것도 모른다는 것. 놀라울 정도로 모르고 있었다는 것이었다. 이렇게까지 모를 수 있나 싶을 정도로 관심이 없었다. 마을이 해체된 이후의 세계에 살았던 우리는 옆집 아이를 만날 수 없었고, 돌봄의 가치에 대해 교육받지 못해 우리의 시선은 돌봄이 있는 곳과 접속할 시공간이 없었다. 그러니 이 지경이지. 우리는 조언과 격려가 필요했다.

아이를 기르고 있는 집들을 방문하기 시작했다. 아가가 아플 때 조언을 구할 수 있는 한의사 선생님, 육아에 필요한 실질적인 정보를 전해줄 애 셋 기르는 이모, 이유식에 관해서 조언을 해줄 동료 엄마, 아이의 신체 발육 상태에 대해서 여쭈어볼 수 있는 간호사 선생님 등등.

이렇게 우리는 가족, 친구, 동료에게 말을 구했다. 그들의 말에 귀를 쫑긋 세워 열심히 메모했다. 임신 중에 조심해야 할 음식, 아가를 품에 안는 자세, 아가를 편하게 잠들 수 있게 하는 법, 꼭 필요한 육아용품, 추천 책 등등. 그렇게 엄마들을 만

나면서 입체감 있는 육아 이야기를 들을 수 있었다.

우리는 곁을 만드는 일을 무엇보다 중요하게 생각한다. 늘 곁의 자리를 먼저 생각하는 습관은 우리의 생존법이기도 하다. 여행을 가서도 돈을 아끼는 좋은 방법 중 하나는 친구들을 사귀는 것이고, 궁핍함을 헤쳐나갈 때도 곁을 두텁게 두면 크게 흔들리지 않는다는 것을 몸소 알았기 때문이다. 사회학자 엄기호는 "둥글게 모여 앉아 자신의 경험을 다른 이에게 참조점이 될 수 있는 이야기로 바꾸어 말하고, 남의 이야기를 들으면서 성장하는 일"이 곁을 만들면서 일어난다고 했다. 우리도 곁을 통해 끊임없이 영감을 받으며 성장해나갈 수 있는 원동력을 얻었다.

곁에는 세 가지 층위가 있는데 스승 그룹, 동료 그룹, 지지 그룹이 그것이다. 스승의 조언과 충고는 일단 귀를 기울인다. 그 말이 나중에 틀린 말이라는 것이 확인되더라도 긍정하고 수긍하며 배우는 자세를 취한다. 삶의 중요한 참조 지점을 만들 수 있기 때문이다. 동료 그룹은 같은 상황에 처해 있는 또래의 주변 가족들이다. 일상을 나누며, 서로 안부를 묻고, 음식을 나눠 먹을 수 있는 곁이다. 마지막으로, 느슨하게 연결된 지지 그룹은 아이의 성장과 우리의 분투를 응원해주는 그룹이다. 자주 만날 수는 없지만 멀리서 온기를 전해준다.

이렇게 곁이 두꺼울수록 크게 넘어지지 않고 지나치게 당황하지 않을 수 있다. 곁의 두께를 충분히 확보하면 무엇을 하건

안정감이 든다. 인터넷과 책으로 정보를 구하기 전에 곁에 있는 주변 그룹에게 조언과 지혜를 구했다. 한번은 젖병을 미리 준비해둬야 하는지에 대해 곁들에게 의견을 구했더니 누구는 자기네 집 젖병을 챙겨주기도 하고, 누구는 아가 상태에 따라 젖병이 필요 없는 경우도 있으니 기다려보라고 하고, 누구는 병원이나 산후조리원에서 젖병을 준다는 정보를 주기도 했다. 젖병 하나를 두고도, 이렇게 참조할 만한 이야기가 많다. 곁이 있어 고민과 걱정의 두께를 줄일 수 있고, 안절부절못하는 마음의 온도를 맞출 수도 있게 되었다. 곁이 가진 힘은 생각보다 든든하다. 인기척이 있기 때문이다. 바로 옆에 없어도 곁에 있다는 부스럭거리는 인기척이.

만삭

오늘의 달은 만월입니다. 만삭인 오늘의 당신처럼요. 퇴근길의 보름달. 달이 너무 밝아, 달의 실핏줄과 혈관이 다 보입니다. 당신의 둥근 배처럼요.

이렇게 큰 달을 품고 있는 당신이 둥그러져가는 건 어쩌면 당연한 일인지도 모르겠다고, 생각해봅니다. 집에 가는 길, 걸음이, 자꾸 빨라집니다. 혼자 걷는 시간이 오면 전 요즘 당신이 자꾸 궁금합니다.

집에 도착하려면 아직 몇 분 더 가야 합니다. 우리 집이 저 보름달 방향이라 그런지 저 보름달이 우리 집 같습니다. 나는 별들의 걸음을 흉내 내며 총총총 집으로 갑니다. 예정일이 일주일 앞으로 다가왔습니다. 당신의 둥근 바다 우주에서 열 달 동안 지낸 아가는 둥근 달을 손에 쥐고, 별똥별 같은 울음을 쏟아내겠지요.

층계를 성큼 오릅니다. 딩동. 문을 열기 위해 당신이 움직이는 소리가 들리고. 문이 활짝 열리고. 우리 집에도 보름달 하나 떠 있습니다.

해달

요즘, 당신은 배 위에 손을 자주 올립니다. 그 모습이 해달을 닮았습니다. 그게 좋아 해달, 해달 하고 자꾸 말하다 보니 당신 배 아래에 해와 달이 잠들어 있는지도 모른다고 생각해보기도 했습니다. 당신은 배 위로 손을 올린 채 잠에 들고, 햇볕을 쐬고, 산책을 합니다.

당신은 빵을 먹습니다. 지상의 유일한 양식인 듯 당신은 빵을 좋아합니다. 빵 부스러기들을 당신은 배로 받아냅니다. 해달이 배 위에서 조갯살을 꺼내 먹듯, 손끝에 침을 묻혀 부스러기들을 눌러 먹습니다. 나는 또 그게 좋아 해달, 해달 하고 또 놀려먹습니다. 그렇게 놀려먹다 보니 해가 지고 달이 뜬지도 몰랐습니다.

해달은 잠을 잘 때, 바다 밑에 뿌리를 둔 수십 미터나 자란 해초 다발에 몸을 감고 잔다지요. 태풍이라도 불라치면 밤새 한숨도 못 자고 어린 새끼를 배 위에 올려놓고 동그랗게 몸을 말

아 태풍이 지날 때까지 그렇게 동그랗게, 동그랗게 뜬눈으로
밤을 지새운다지요.

막달인 당신의 바다에는 요즘 태풍이 자주 부나봅니다. 숨 쉬
기가 힘들고, 갈비뼈가 아프고, 배가 뭉치고, 골반이 아픈 당
신은 몇 번이고 자꾸 새벽에 혼자 깨어 몸을 동그랗게 말아 새
벽을 건넙니다. 나는 가능한 한 질긴 해초 다발이 되어 당신이
떠내려가지 않게 등을, 배를, 허리를, 종아리를 스윽스윽 감아
다시 눕힙니다.

해달이 하루에도 400회가량 물질을 하듯 당신은 하루에도
400회가량 배를 쓰다듬습니다. 쉴 새 없이 아가가 있는 바닷
속으로 잠수해 들어가 아가를 쓰다듬고 나온 당신은 또 두 손
을 배 위에 올려 아가를 품습니다. 햇볕과 햇살과 햇빛의 차이
를 궁금해하는 당신 두 손 위로 햇발이 들이치는 오후입니다.

초유

오늘 밤, 당신의 가슴에서 초유가 나온 밤입니다. 블루베리 끝에 이슬이 맺힌 것처럼, 한 방울의 젖이 매달려 있습니다. 쉬이 잠들지 못하는 밤, 어머니의 젖 냄새를 기억해보려 합니다. 제 몸 안으로 밀고 들어왔던 그 첫 방울의 질감을 떠올려보려 합니다. 도무지, 생각나지 않습니다.

아가는 젖을 먹는다고 합니다. 바로, 당신의 젖을요. 6년을 넘게 함께 살아온 당신의 가슴에서 젖이 나온다니요. 잘 믿기지 않습니다. 젖을 꼴깍꼴깍 먹은 적이 있다고 합니다. 바로, 제가요. 늙수그레하게 수염을 잔뜩 기른 제가요. 잘 믿기지 않습니다. 더구나 내가 아는 대부분의 사람이 어머니 품에서 젖을 먹은 적이 있다는 것이.

아가는 태어나자마자 젖 냄새를 가장 먼저 맡는다고 합니다. 눈을 뜨기도 전에 어머니 젖을 찾는다고 하죠. 그래서 포유류를 두고 젖 냄새를 기억하는 동물, 이라고 부르나 봅니다. 젖을 먹고 자라는 동물, 이라고 하나 봅니다. 우리가 포유류임을, 새삼 다시 떠올려보는 밤입니다.

고래는 죽기 전에 흰 젖을 토하고 죽는다고 합니다. 한평생 젖으로 몸을 덥히다가 마지막 순간에 흰 젖을 토한다지요. 사람은 죽기 전에 괄약근이 풀리면서 속옷을 더럽힌다 하고요. 그 속옷에 아주 조금은 젖이, 남아 있지 않을까 생각해보는 저녁입니다.

젖이 도는 기분은 어떤가요. 젖이 차는 느낌은 어떤가요. 정말 핑핑 하고 도는 느낌이 있나요. 당신이 느끼고 있는 그 느낌의 세계에 초대받고 싶습니다. 어느 시인은 자신을 어미라 부르는 어린것 앞에서 말랐던 젖이 차올라 겨드랑이까지 찡해졌다던데, 정말 그런가요. 오래전에 빠진 젖니 자리가 한참, 시큰합니다. 오늘 일기장에 초유, 젖이라고 써놓고 나니 문득 어머니가 보고 싶은 밤입니다.

스무 살이 되어 엄마를 어머니라고, 아빠를 아버지라고 불러야겠다고 마음먹은 이후 엄마로 시작하는 문장을 사용한 적이 없는데, 내일 아침에 일어나면 어머니께 엄마라고 부르며 전화를 드려봐야겠습니다.
어머니의 겨드랑이가 찡해지려나요.

분홍의 시간

1

산모 팬티에 손바느질로 '서로 엄마'라고 새겼다. 앞치마에는 '서로 아빠'라고 새겼다. 누구의 엄마, 누구의 아빠라는 이름이 이렇게 감격스러울 수가 있을까 싶어, 바늘이 떨렸다. 바느질이 이렇게 성스러운 일이라니. 일요일 저녁을 먹고 거실 소파에서 앉아 바느질을 할 참이면, 너무 평화로워서 소리라도 지르고 싶을 지경이 되고 만다. 이 반복의 파토스, 한 땀 또 한 땀의 에로스. 산모 팬티에, 배냇저고리에 아이의 이름을 바늘로 적고 나니 입에 바늘구멍이 났는지 웃음이 실실 새어나왔다. 자꾸 분홍에 가까워지는 기분. 바늘귀에다 사랑하는 사람들의 이름을 속삭이는 바늘의 시간, 들리니, 너? 응?

2

예비 부모 교육 같은 강좌에 가면 예비 아빠들은 겨우 일어난 눈으로 앉아 어마어마한 하품을 연거푸 날린다. 쉬는 날,

이게 뭐 하는 짓인가 하는 표정의 예비 아빠들이 앉아 있다. 귀를 쫑긋 세우고 있는 건 대부분 예비 엄마들. 날쌘 엄마들은 빠짐없이 메모하고 꼼꼼히 유인물의 빈 공간에 강사의 말을 받아쓴다. 그 옆, 아빠들은 어떻게든 집중해보려 하지만 다시 잠들기 직전이다. 아빠들은 점점 졸다가 깨기를 반복한다. 이쯤 되면 조금 민망하다. 옆에서 쿡쿡 찔러보지만 정신은 이미 나가 있다. 아빠들은 바쁘다. 그냥 바쁜 게 아니라, 정말 미치도록 바쁘다. 이렇게 바쁘게 일하는데 세상이 좋아지지 않는다는 게 함정이다. 이토록 오래 실컷 일하는데도 세계는 점점 구려지고 있다. 이게 함정이다.

OECD 국가 중 연평균 노동시간 1위. 그러나 가사 분담률은 꼴찌. OECD 삶의 질 평가에서도 하위권. 그 평가 항목 중 '삶과 일의 균형'은 거의 꼴찌. 우리 시대의 아버지들은 격렬한 노동에 시달린다. 결혼하고 아이를 낳으면서 본격적으로 돈벌이에 나선다. 최악을 경신해가는 실업률과 점점 둘레를 넓히고 있는 위험 사회는 아버지들을 더욱 아등바등하게 만든다. 연극배우 A는 아이를 낳은 이후 "나 요즘 새벽에 대리운전 뛰어." 했다. 용접공 B는 "요즘 가끔 철야도 뛰어." 했다. 아이를 낳고 난 뒤로 어떻게 된 일인지 노동시간이 더 늘어난다. 아이가 생기면서 여성들 절반 이상이 자신의 고용 형태를 바꾸어 노동시간을 줄이는 데 반해, 남성들은 가장으로서의 역할에 더욱 집요해진다. 시간 빈곤층이 한국에 많은 이유다.

3

아버지만 가장이 되어버린다. "외롭고 높고 쓸쓸"(백석)하기 까지 한 아버지들은 아무도 알아주지 않는 무게를 혼자 진다. 그게 문제다. 아무도 알아주지 않는다는 것. 그 짐을 마땅히 가장이 지어야 할 세상의 무게라 여기고 그걸 미덕으로 삼으며 살고 있다. 한 산부인과 병원 게시판에 '아가를 기다리는 아빠들의 편지'들이 붙어 있었다. 편지 대다수에서 공통적으로 발견되는 단어, 돈. "돈 많이 벌어 맛있는 거 많이 사줄게." "돈 많이 벌어서 내년에 이사 가자." "아빠가 돈 많이 벌어서 장난감 많이 사줄게." 돈 버는 일을 지상 최대의 과제로 받아들인 아빠들은 바쁘다. 정말 바쁘다.

애너벨 크랩은 『아내 가뭄』이라는 책에서 "남자들은 어떻게든 가족을 보호하고 돈도 벌어야 한다는 구시대의 역할"뿐만 아니라 동시에 "자녀에게 좀 더 자주 얼굴을 보이면서 동시에 직장에서도 존재감을 주어야 한다는" 모순된 역할을 요구받는다고 썼다. "여러 가지 모순되는 기대들에 시달리"고 있는 남성들은 "시대에 뒤떨어진 남성 버전의 '두 마리 토끼'"의 질문을 받고 있다고 지적한다. 이는 남성들을 더욱 바쁘게 한다. 지금의 세계는 "여성들에게 적극적으로 나서라고 열심히 독려할 뿐, 남성에게 가끔 뒤로 빠져도 괜찮다는 확신을 주지"못하고 있다고 덧붙인다. 사회는 남성들이 일터에서 벗어나 사적 영역(가사노동, 육아, 돌봄노동)으로의 진출을 권장하지 않을 뿐더러 아이가 생겼으니 계속해서 스스로 동기부여하며 일할 것을 권한다. 잠시 뒤로 빠져서 아이를 돌보고, 집안 살림을 해도 괜찮다는 제안을 하지 않는다. 오히려 실업에 대한 불안을 불러들여 남성들이 사적 영역으로 진출하는 것을 가로막는다.

여성학 연구자 정희진은 "한국에서 '사적 영역'의 변화 없이는 여성의 지위는 별다른 변화가 없을 것"이라고 진단한다. 남성들의 가사노동, 육아, 돌봄노동이 없으니 "여성들은 이에 대한 자구책으로 비혼(저출산)과 파트타임(비정규직)을 선호하거나 다른 여성(시어머니, 친정어머니)의 희생과 연대로 사적 영역에서의 노동 부담"을 간신히 감당하게 된다. 이런 상황에 대해 남성들은 "아이는 국가가 키워야 한다."고 주장하며 북유럽의 사례들을 인용하기 바쁘다. "왜 남성들은 아이를 '키우겠다', '키워야 한다'고 스스로 말하지 않는가. 왜 그들에게 육아는 언제나 남(여성, 국가, 사회)의 일인가."라고 일침을 가한다. 이에 더해 "육아에서 국가보다 남성 개인의 인식과 태도가 훨씬 중요하다. 국가는 남성을 '따라갈' 뿐이다."라며 "'육아로 고통받는' 남성 대중의 압력을 받지 않는 한" 국가는 절대 아이를 키우지 않을 것이라고 한다(『양성평등에 반대한다』).

4

나는 애인과 함께 임신과 출산을 준비하면서 바쁘지 않게 지내기 위해 애쓴다. 함께 산책하고, 육아서적을 읽고, 바느질을 한다. 육아에 관한 조언을 얻기 위해 여행을 하고, 영감을 얻기 위해 아이를 키우고 있는 친구들 집을 찾아다닌다. 육아휴직을 신청하고, 앞으로 겪게 될 일들을 떠올리며 출산을 함께 준비했다. 사적 영역으로의 진출을 준비하며 느낀 바느질의 아름다움은 기저귀 파우치, 수유 가방을 만들기에 이르렀다. 이런 나에게 한 페미니스트 동료가 『손바느질로, 옷 짓는 책』을 선물해주었다. 책의 들머리에 이런 글귀가 적혀 있었다.

밥 짓고, 집 짓고, 옷 짓고 사는 일이 이젠 손이 아니라, 돈으로 하는 일이 되었습니다. 삶을 산업으로 만들어버린 우리 시대 (……) 쉬운 것부터 하나씩 다시 우리 손이 하는 일로 되돌리는 작업을 하고 싶었습니다. 천천히 (……) 손으로 사는 삶을 그려보고 싶습니다.

손으로 사는 삶, 손의 회복, 그것이 주는 분홍의 시간들.

나는 연극배우 A와 용접공 B에게 연분홍 실이 담긴 바느질 세트와 함께 『손바느질로, 옷 짓는 책』을 선물했다. '감동받을 권리를 요구하자'라는 짧은 메시지와 함께. 이 바쁘고 피곤한 아버지들이 분홍에 옴팡 젖은 상태에서 머무를 수 있는 시간 속에 있기를. 설렘 속에 머무르는 분홍의 시간에 있기를. 우리가 어느 일요일에 아이들과 함께 옹기종기 모여 손바느질로 아이들이 들고 다닐 가방을 직접 지어보게 될 날을 꿈꾸며.

언어의 경계에서 덜컹거리며 말하기

나는 누구든 "야!"라고 불렀다. 나이가 어리다고 무시당하던 시절 "몇 살이야?"라고 누가 물어보면 "너보다 많아."라고 답하거나 "먹을 만큼 먹었어."라고 말하곤 했다. 나이가 들통나서 상대가 바로 형, 누나 노릇을 하려 하면 나도 맞먹으려 들었다. "말 놔도 되지?" 하면 "어, 그래. 같이 놓지 뭐!" 하고. 그러면서 "야!"를 계속 사용했다. 한국 사회의 지긋지긋한 에이지즘ageism을 헤쳐 나가는 거친 방법이었다.

그러다 보니 "야!"가 입에 붙어 애인과의 연애 초반에도 야, 라고 호명하는 일이 잦았다. 그게 못마땅했던 애인이 말했다. "내 이름 불러. 나 이름 있어." ("야!"는 이제 우리 집에서 금칙어가 되었다. 내가 "야!"라고 할 때마다 만 원씩 내기로 했고 거의 50만 원 정도의 벌칙금을 물었다.)

그 뒤부터 강도 높은 언어훈련은 계속되었다. 여성들에게 '꽃'에 관련한 비유 사용하지 않기, 청소년들에게 '애들'이라든가 '친구들'이라는 표현 쓰지 않기, 식당에 가서 '이모'라고 부르지 않기, 습관적으로 욕하지 않기, 외모와 관련해서 말하지 않기, 나이 어린 사람에게 반말하지 않기. 머릿속에 금칙어를 넣고 다니면 일상에서 말들이 덜그럭거린다. 그래서 말을 하려다 멈칫할 때가 있다. 내가 "야!", 이 한마디를 고치기 위해 50만 원을 날렸듯 언어를 다루기 위해서는 50번 이상의 담금질이 필요했다. 그 과정에서 무엇보다 좋았던 것은 다르게 말하는 방식을 얻음으로써 내가 언어를 돌보고, 언어도 나를 돌보고 있다는 느낌을 받는 것이다. 이 상호 돌봄 속에서 내가 커나가고 있다는 확신을 얻었다.

언어가 세계의 그림이라고 정의한 비트겐슈타인은 "내 언어의 경계는 내 세계의 경계를 의미한다."고 진술했다. 기존에 습관적으로 써오던 언어의 용법을 바꾸면 내 언어의 경계가 달라지고, 내 세계의 경계도 달라진다. 니체는 "언어의 감옥에서 사유하기를 거부하려면 사고를 멈춰야 한다."고 말했다. 습관적인 언어의 감옥에서 벗어나려면 금칙어를 정해 사고가 아니라 혀를 멈춰야 한다. 언어를 돌보기 위해 혀를 멈추면서, 내 세계의 경계를 넘나들며 다르게 말할 수 있는 가능성을 오늘도 탐색해본다.

아이를 기다리면서 만나게 되는 언어들이 있다. 자궁, 유모차, 산모 수첩 등등. 기존 젠더 관성이 내포되어 있는 이런 낱말들을 고쳐 불러본다. 아들이 자라는 집이라는 뜻의 자궁이 아니라 세포가 자라는 집이라는 의미의 포궁으로. 유모차가 아니라 유아차로. 산모 수첩이 아니라 아기 수첩으로. 영 어색하다. 50번은 반복해야 한다. "언어로부터 벗어날 가능성은 언어 안에만" 있다는 이성복 시인의 말을 믿어본다.

그리고 또 다른 말들을 금칙어로 정했다. 아이를 낳아봐야 사람이 된다, 아이를 길러본 사람만 철든다, 애를 안 낳아봐서 모른다는 말. 주변에 동성애자와 비혼자가 제법 있다. 아이를 낳고 기르지 않아도, 저마다 철이 드는 입체적인 시간과 국면이 있다. 개인은 저마다의 사회적 관계망과 그 속에서 맞닥뜨리는 실존적 고민을 풀어내기를 반복하면서 성장한다.아이를 낳았다고 해서 내가 그들보다 더 성숙하다고, 철들었다고 말하는 것은 굉장한 무례다. 게다가 그런 말은 촌스럽다.

이제 금칙어를 정해놓았으니 다르게 말할 수 있는 가능성을 탐색해보기로 한다. 탁구 폼을 갖출 때까지 수도 없이 라켓 연습을 하듯 말하는 것도 계속해서 연습해야 한다. 말이라는 것은 말하는 사람의 자세(폼)에서 시작되기 때문이다. 자, 오늘도 훈련이다.

처음 해본 연습

임신 10주차가 넘어서면서

애인은 코알라처럼 졸기 시작했다. 산책하다가 벤치에서 졸
고, 버스에서 졸고, 밥 먹고 졸고, 막 존다. 자꾸 존다. 또 존다.
분명 아까도 졸았는데. 나는 그 옆에서 애인의 잠을 무릎으로
받아내고, 어깨로 받아내고, 가슴팍으로 받아낸다. 침 흘리고
코 고는 애인의 잠을 받아내며, 아가의 잠을 받아내는 연습을
한다. 아가, 너도 엄청 존다며?

임신 20주차가 넘어서면서

애인은 하마처럼 먹기 시작했다. 방금 저녁을 먹었는데도 크
루아상을 먹고, 아침에 일어나자마자 배가 고프다며 냉장고를
뒤져 곶감을 먹는다. 막 먹는다. 자꾸 먹는다. 또 먹는다. 분명
아까도 먹었는데. 나는 그 옆에서 애인의 먹거리를 만든다. 떡
볶이, 잡채, 스시, 탕수육, 그리고 미역국 미역국 미역국. 먹고
또 먹는 애인의 먹거리를 만들며, 이유식 책을 들춰가며 아가
는 어떤 음식을 먹는지 알아본다. 아가, 너도 엄청 먹는다며?

임신 30주차가 넘어서면서

애인은 다람쥐처럼 움직이기 시작했다. 방금 걸레질을 했는데 또 청소를 하고, 지칠 만도 한데 걷고 또 걷는다. 쉴 틈이 없다. 자꾸 움직인다. 또 움직인다. 분명 지칠 만도 한데. 나는 퇴근하고 돌아와 잠시 누워 있고 싶지만 움직인다. 신발장 정리를 하고, 방을 구석구석 쓸고 닦는다. 움직이고 또 움직이는 애인을 따라다니며, 생활의 근육을 단련시킨다. 아가, 너도 놀아도 놀아도 끝없이 움직인다며?

임신 40주차가 넘어서면서

애인은 판다처럼 자주 옆으로 눕기 시작했다. 방금 소파에 누워 있었는데 방바닥에 또 눕는다. 화장실 앞이 시원하다며 누워 있다가 등이 차갑다고 냉장고 앞으로 옮겨 눕는다. 자꾸 눕는다. 또 눕는다. 충분히 누워 있었던 것 같은데. 누워 있는 애인은 종아리를 주물러달라고 한다. 종아리가 정말 무섭게 부어 있다. 애인을 쫓아다니며 종아리를, 어깨를, 허리를 주무르며 손마디를 키운다. 아가, 널 엄청 안아줘야 한다며?

임신한 애인의 변화를 좇는 일은 어쩌면 아버지로서 기초 체력을 준비하는 것일지도 모르겠다. 애인을 좇으며 나는 아버지로서의 잔근육을 단련하고 있다.

야만의 육아법

1

육아를 준비하면서 도서관에 가서 공부하듯 책을 많이도 들춰보았다. 하나같이 매뉴얼 같은 책이 많았다. 수유는 어떻게, 잠은 어떻게, 밥은 어떻게 등등. 행복한 엄마가 행복한 아이를 만든다, 이 책이 너희를 구원하리라 같은 책들. 노하우know-how에 대해 말하는 책은 많았지만 노와이know-why에 대해 말하는 책은 찾기 어려웠다. 특히 엄마의 자존감 문제를 거론하는 책이 많았다. 이제 힐링의 시대는 가고 자존감의 시대가 도래한 것일까. 정말 육아에 정답이라는 것이 있는 걸까.

특히, 아빠에 관련된 책을 도서관에서 들춰보곤 했다. 남성 저자들이 쓴 책은 대부분 남성을 변화시키려면 여성이 조금 덜 위협적이고, 더 인내심을 가져야 한다고 말했다. 그런데, 젠더 문제는 권력 문제인데, 이것이 교육으로 해결 가능할 것이라고 생각하는 것 자체가 문제가 아닐까 하는 생각도 들었다. 남성 개인의 노력만 강조해서 될 문제인가 싶기도 하고. 에라, 나는 아직 잘 모르겠다.

2

인터넷 서핑을 하며 육아하는 사람들의 사례와 경험담, 노하우를 담은 글들을 수시로 훑어보았다. 육아에 도움이 되는 꿀템, 아이 낮잠 잘 재우는 방법 등과 함께 늦게 퇴근해 돌아오는 남편에 대한 원망의 글들이 섞여 있기도 했다. 인터넷 서핑은 기본적으로 내가 검색하는 키워드 중심으로 찾는 것이라 내 키워드 밖의 정보는 없는 거나 마찬가지가 되어버린다. 그래서 부분적이고 파편적이었다. 정보의 바다가 아니라 각자의 바다만 있었다. 그리고 개인의 경험을 바탕으로 무작정 충고하는 글에 선뜻 신뢰가 가지 않았다. 각자의 스타일에 따라서 육아도 스타일이 되어버린 것 같았다. 그래서 헷갈렸다. 그래서 내가 잘하고 있는 건지 계속 반문하게 됐다. 확인이 안되었다. 그래서 어려웠다. 이렇게라도 다른 사람들의 육아기를 볼 수 있다는 것에 만족해야 했다.

3

최근에는 전승되는 경험적 지식이 평가절하되는 경향이 있어서 경험 있는 친구와 이웃에게 귀를 기울이고 싶어 하지 않는다. 그보다는 즉시 의사와 전문가에게 문의를 하고 그가 제시하는 것을 따른다. 임산부에게 의사와 전문가들은 아버지나 남편보다 훨씬 더 중요하게 여겨지는 듯하다. 역사의 그림자는 없고 과학의 합리성만 있는 이야기들이 너무 많아 나는 주변 사람들의 이야기에 귀를 쫑긋 세우는 편이다. 주변 사람들이 들려주는 사례와 조언 중 귀에 쏙쏙 들어오는 것은, 할머니들의 이야기였다. 할머니들은 자연스럽게 전승되어 내려온 육아의 지혜들을 툭툭 던져주시곤 했다.

"무조건 삼칠일은 지켰지. 그거 안 지키면 큰일 나는 줄 알았어."

(삼칠일이라는 말을 처음 들음.)

"방문턱, 부엌 문턱 같은 걸 넘을 땐 잠깐 가신에게 기도하라 그래서 기도도 많이 했어."

(문턱 같은 곳을 지날 때 조심하라는 말이었겠구나.)

"찬물에 손 넣으면 아기 손이 언다고 해서 찬물 근처에도 안 갔지."

(아!)

"아이를 가지고 나서 메뚜기를 많이 먹었지. 메뚜기 기름이 아이한테 좋다고 했거든."

(메뚜기? 그 들판에 있는 그 메뚜기?)

그뿐만 아니라 기저귀 만드는 법, 냉온욕시키는 법, 아이가 열이 날 때 단식시키는 법 등등. 흥미로웠다. 무엇보다 육아의 원형에 가까운 모습이라는 생각이 들었다. 주변 사람들에게 조언을 구하면서 그들이 가진 지혜가 나에게 전승되고 있음을 느낄 수 있었다. 할머니, 어머니, 이모, 고모, 친구의 조언과 그 역사적 맥락을 더듬어보며 육아라는 것이 어떻게 산업화되어갔는지도 알 수 있었다. 정말 귀한 경험이었다. 역시, 지혜는 전승되어야 한다. (오직 여성들만이 지혜를 전승해주었다는

것을 꼭 밝히고 싶다. 남성들에게는 애는 저절로 커, 라는 말만 들었을
뿐이다.)

4

육아를 준비하면서 가장 영향을 많이 받은 책을 꼽자면, 두 권
다 인류학 책이다. 우선 『세 부족사회에서의 성과 기질』(마가
렛 미드 저, 조한혜정 역, 이화여자대학교출판문화원, 1998). 파푸아
뉴기니에 살고 있는 세 부족사회를 현지 조사해 연구한 책이
다. 그중 아라페쉬 부족의 출산과 양육에 관한 연구가 무척 흥
미롭다. 아라페쉬 부족의 남편들은 아내와 함께 신생아 돌보
는 일을 한다. 매일 밤 아기와 함께 잠들고, 매일 잡귀로부터
아기를 보호할 수 있는 매운 내 나는 잎을 모아 목욕물이 가득
든 코코넛 바가지에 넣고 아기를 목욕시킨다. 이렇게 신생아
를 집중적으로 돌보는 행위를 "아기를 가져서 침대에 든" 상
태라고 표현한다. 신생아를 돌보는 남편은 엄격한 금기를 지
켜야 한다. 단식을 해야 하고, 육식을 하지 못하고, 손으로 몸
을 긁어서도 안 된다. 첫아기를 낳은 남자는 방금 성년식을 치
른 소년처럼 매우 위태롭고 불안정한 상태라고 여겨지기에
아기를 낳아본 경험이 있는 남자의 돌봄을 받기도 한다. 아라
페쉬 부족 남자들은 임신과 출산, 양육에 적극 참여한다. 아
기가 웃기 시작하면 집 밖으로 데리고 나간다. 처음 몇 달 동
안 아기는 어른들 품속에서 지낸다. 어른들은 나무껍질 멜빵
을 만들어 아기를 가슴에 안고 다닌다. 이 부족 사람들은 아기

를 무척 많이 안아준다. 요리를 할 때도, 직물을 짤 때도 아기를 품속에 안고 있고 그 안에서 아기는 커나간다. 아기는 지극한 보살핌 속에 행복하게 자라나며 결코 홀로 남겨지는 법 없이 항상 피부 접촉과 친절한 목소리를 들으면서 자란다.

다음으로는 『잃어버린 육아의 원형을 찾아서』(진 리들로프 저, 강미경 역, 양철북, 2011). 아마존의 예콰나 족에 관한 이야기가 나온다. 이 부족 역시 아기가 태어나면 품속에 늘 넣고 다닌다. 카누를 젓거나, 바느질을 하거나, 요리를 하거나, 잔칫날 음악에 맞춰 춤을 추거나, 잠을 자다 추워져 불을 살피러 갈 때도. 아기는 품 안에서 다양한 경험을 겪으며 세계를 익힌다. 아기가 기어 다니기 시작하면서부터 품의 단계에서 모험의 단계로 넘어간다. 양육자는 개입하지 않고 아기가 모험에서 돌아올 때까지 차분히 다른 일을 하다가, 돌아오면 세상 그 누구보다 환영한다. 그런 식으로 모험의 위험함을 아기 스스로 인지하게 하는 것이다. 예콰나 족에게도 남편의 육아는 너무나 당연한 것이다. 아버지가 적극적으로 아기를 보살피는 데 협조하지 않으면 아기가 결국 죽고 말 텐데, 무엇 때문에 어머니가 아기를 살리려 하겠느냐고 되묻기도 한다.

아라페쉬 족과 예콰나 족의 생활은 우리와 문화적 경제적으로 너무 멀리 떨어져 있어, 마치 2000년 전 이야기로 들리기도 한다. 나는 여기서 몇 가지 중요한 영감을 얻었는데, 우선

'품'이었다. 아기를 늘 안고 다니는 품의 세계. 그들은 아기가 걸을 수 있을 때까지 언제나, 어디서나 아기를 품에 품고 다녔다. 다음으로 '곁'이었다. 조산사, 이웃 할머니들, 동네 꼬마들까지 한 아이의 출산과 양육에 한몫해주는 곁의 세계. 마지막으로 '아버지'. 양육에서 아버지의 역할은 여성을 보조하는 데 그치지 않고 그야말로 주체였다. 아버지의 육아는 너무나 당연한 것이어서 먼저 아기를 낳은 마을 선배로부터 지혜를 전승받기도 하는 삶. 참 오랜만에, 누군가의 삶이 부러웠다.

산업화, 근대화를 비껴간 원시공동체 내부에서 아기와 어머니, 그리고 가족을 바라보는 관점과 믿음은 내게 많은 영감을 제공했다. 이 책들을 읽은 후 다음 다섯 가지 목록을 써서 책상 앞에 붙여두었다.

하나, 100일간은 아기를 품에서 키운다.
둘, 아기가 나를 보고 처음 웃을 때 외출한다.
셋, 애인의 산후조리를 위해 100일간 찬물에는 내 손만 담근다.
넷, 날마다 기도를 한다.
다섯, 신뢰할 수 있는 선배 아빠를 곁에 둔다.

자, 아가야, 이제 세상에 나오너라. 이 애비는 준비를 제법 한 것 같구나.

육아휴직

육아휴직을 하겠다고 하니,

기다려줄 수 없는 거 알죠? 했다.
이해했다. 알겠다 했다.
지금 하고 있는 일로는 복직할 수 없다고 했다.
이해했다. 알겠다 했다.
복직을 기다릴 수 없으니 새로 사람을 뽑겠다고 했다.
이해했다. 알겠다 했다.
이해해줄 수 있죠? 했다.
네. 그럼요.

자전거 타고 집으로 돌아가는 길에 "묻지도 않고 무조건 대출 100%"라는 스팸 문자가 왔다. 이해했다. 그러려니 했다. 저마다 삶의 절박한 국면이라는 게 있다.
집에 돌아오니 개수구에 머리카락이 가득하다. 이해했다. 탈모가 유행인 우리 집에선 이해가 된다.

베개를 베고 누워 잠깐 생각했다. 내가 이해하고 있는 것들이 오래된 오해는 아닐까. 오해를 오래 해서 이해가 되어버린 건 아닐까. 이해라고 착각하고 살고 있는 건 아닐까. 이해되어서는 안 되는 것들이 이해가 될 때, 이해는 오해가 된다. 이해를 둘러싼 투쟁의 영역에서 물러나 싸움을 그만두었을 때, 늙어간다는 걸 이해한다. 나는 오늘치의 이해를 과다 복용했다. 어딘가 쓸쓸하게 늙은 것 같다. 선크림 발라야겠다.

남편

새벽 2시: 양수가 터졌다.

새벽 3시: 당신 쪽으로 벼락이 뜬다. 5분 간격으로 뜬다.

새벽 4시: 당신 손아귀의 힘이 거세진다.

새벽 5시: 수술하지 않으면 산모와 아가 모두 위험할 수 있겠어요. 읽어보시고 사인하세요.

새벽 6시: 겁이 난다.

아침 7시: 수술실에 들어간 당신을 기다리며 벼락 모양으로 혼자 병실에 앉아 남편이라는 이름으로는 죄짓지 않겠다고 다짐했다.

아침 8시: 수술실에서 나온 당신이 침대에 누워 있다. 어딘가 지워져 희미해져 있다.

괜찮아? 라고 말하려다

보고 싶었어, 라고 말했다

3부

아버지

아이가 지구의 시차에 적응하고 있듯,
나도 아버지의 시차에 적응 중에 있다.

이응

이응으로 있다
몸통도 이응
팔뚝도 이응
종아리도

이응으로 말한다
응애애
애애애
으에에

ㅇ으로 둥글었던 배에서
ㅇ으로 말하는 법 배워
ㅇ으로 둥근 젖을 먹으며
ㅇ으로 몸을 둥글게 한다

아가는 ㅇ을 하나씩 선물한다

'ㅇ'ㅓ ㅁ마에게 하나
'ㅇ'ㅣ 모들에게 하나씩

나에게도

'ㅇ'ㅏ 빠라고 하나

수유

아이는 하루에도 스무 번 가까이 젖을 먹는다. 애인의 젖꼭지가 금세 헐었다. 피가 슬쩍 난다. 아이가 젖을 물 때마다 애인의 표정이 잠깐, 일그러진다. 아이의 입가에 피 색깔이 번진 분홍색 젖 거품이 묻어 있다. 태어나 처음 보는 분홍색 아픔이다. 애인은 아이의 입 모양이 잘 보이지 않기에, 내가 아이의 입을 애인의 젖 쪽으로 향하게 한다. 힘겹게 앉아 아이 머리도 겨우 받치고 있는 애인의 손목 밑에 청록색 수건을 곱게 말아 받쳐둔다. 아이가 입을 벌리려 한다. 지금이다. 아이는 젖을 먹기 시작한다. 목구멍으로 젖 넘어가는 소리. 그 소리를 듣고 있는 애인의 숨소리. 그걸 듣고 있는 내 심장 소리. 여기는 젖의 공동체. 이곳은 소리들의 공동체. 잠시 동안 펼쳐지는 천국. 젖과 꿀이 넘치는.

20~30분간 수유를 하고 나면 아이를 안아 올려 등을 토닥이며 트림을 시킨다. 아이가 아파할까 봐 손의 힘은 미풍. 슬슬 두드리다 5분이 넘어가면 손의 힘은 중풍. 끄윽. 트림하는 소

리. 꽃무늬 앞치마에 넣어둔 가제 수건을 꺼내 입가를 닦아준다. 아이는 앞니도 없이 하품한다. 하품하는 생명체의 소리. 하품이 감동스러울 때도 있다는 것을 알게 된다.

한 차례 수유를 마치고 나면 미역국 국물을 머그잔에 담아 애인에게 건넨다. 매일매일 미역국을 끓이다 보니 어느새 나는 미역국 장인이 될 기세다. 미역국 끓는 소리. 들깨미역국, 홍합미역국, 쇠고기미역국, 북어미역국, 꽃게미역국, 닭고기미역국. 분명 나는 미역국 장인이 될 태세를 완벽히 갖추었다. 애인이 꿀꺽꿀꺽하는 소리. 금세 잔을 비우고 옆으로 쓰러지듯 눕는 소리. 그 옆에 아이를 눕혀놓고 바닥에 속싸개를 펼친다. 정전기 소리. 속싸개 위에 아이를 눕히고 내가 할 수 있는 최상의 섬세함을 다해 싼다. 애인 옆에 아가를 눕힌다. 태열이 덜 가신 아이의 양 볼에 살짝 뽀뽀하는 소리.

그리고, 그 옆에 나도 눕는다. 우리는 나란히 눕는다. 나란해지는 소리. 애인이 하품을 한다. 아이는 하품을 따라 한다. 나도 하품을 한다. 우리는 하품을 서로 나눠 가지는 사이가 된다. 태어난 지 얼마 되지 않았지만 우리는 벌써 많은 것을 나눠 가졌다. 커튼 사이로 좋은 낮잠 냄새가 난다. 애인이 작게 코를 곤다. 아이가 더 작게 코를 곤다. 그리고 나는 쌓여 있는 빨래를 하러 나간다.

아이의 면 귀저기와 애인의 수유 브라를 애벌빨래하고 세탁기에 넣었다. 베이킹소다와 약간의 식초 그리고 한 꼬집의 소금을 넣고, 세탁 시작. 세탁기가 몸을 떠는 소리. 그렇게 좋은가? 베란다에 널어둔 아이 옷과 속싸개, 가제 수건을 주방에 앉아서 갠다. 사람 옷이 이렇게 작아도 되나? 빨래를 개고 잠시 주방 바닥에 누웠다. 애인과 아이가 나란히 누워 있는 방까지 기어가 다시 눕는다. 잠시 천국을 구경한다. 대단한 풍경이다. 혼자 실실 웃다가, 오늘 들었던 모든 소리를 모아 수유하는 애인 곁에서 부를 노래를 하나 지었다.

빤다 쪽쪽
큰다 쭉쭉
찬다 쮸쮸
손뼉 짝짝!

울음과 노래가 있어

어떻게 노래를 시작하게 되었나요?
시작이라…… 울음…… 그래요, 울음과 함께 시작되었죠.
◆ 밥 말리 인터뷰 중

아이는 나오자마자 울었고 노래를 시작했다. 아이가 나오고
노래를 이해하게 되었다. 울음을 이해하고 나니 웅얼거림을
이해하게 되었다. 울면서 웅얼거리는 나와 당신들을 이해하
게 되었다. 어떻게든 노래를 하고 싶은 거였다.

아이는 시도 때도 없이 울었고, 앉으나 서나 울었고, 이제 잠
들었겠지 싶어 살짝 눕혀놓으면 울었다. 잠깐 돌아서면 울었
고, 이제 괜찮겠지 싶을 때도 울었다. 정말, 이렇게까지 할 필
요가 있나 싶을 정도로 자주 울었다. 그리고 가끔은 나도 울
뻔했다.

우리를 압도하는 일이 닥쳐도 노래가 실리면 힘이 생기는 법
이어서, 노를 저을 때 어기야디어라, 밭을 갈 때 에이하라에이

하라, 765킬로볼트 밀양 송전탑 아래에서도 죽을팡살팡노새 노새, 그렇게 노래가 시작되는 것이다. 삶에 리듬이 실리면 슬픔도 견딜 만해지고, 분노도 견딜 만해진다. 힘든 노동에 노래가 실려 노동요가 되고, 슬픔에 노래가 실리면 발라드가 되고, 분노에 노래가 실리면 헤비메탈이 되듯이.

그래서 육아에도 노래가 필요하다.
꼭.

자장자장 우리 아가
잘도 잔다 우리 아가
나도 졸리다 우리 아가

등을 두드리며 박자를 두드리며
오늘을 두드리며 노래를 두드리며
아가를 두드리며 시작하는 노래가 필요하다.

새끼들, 생명의 질감

방 안으로 새끼 개미 들어왔다. 손끝으로 누르려다 멈칫. 방 안으로 새끼 거미 들어왔다. 손끝으로 누르려다 멈칫. 아이를 낳고 나니 새끼들을 어떻게 잘 못하겠다. 어제는 새끼 개미를 살짝 쥐어다 창문 밖으로 내보냈다. 창문 밖 세계가 이렇게 걱정되긴 처음이다.

세월호 참사를 겪으면서 거대한 슬픔에 젖곤 했는데, 지금은 세월호 참사를 떠올리기만 해도 몸이 바로, 아프다. 가습기 살균제 참사를 떠올려도 마찬가지다. 아이를 낳고 기르면서 내가 가지고 있는 생명의 질감이 달라졌음을 느낀다. 어머니가 뉴스를 보면서 왜 우는지 조금은 알게 되었다. 여성이 남성에 비해서 공감 능력이 뛰어나다고들 하는데, 그것은 여성이 돌봄을 통해서 생명의 질감을 육체로 직접 느끼고 있기 때문은 아닐까. 물론 모두가 그렇진 않겠지만.

요즘 살아서 꿈틀거리는 생명을 보는 나의 감각이 예전과 확연히 달라졌다. 폭설에 라면 박스 집 그대로 묻혀버린 고양이 가족, 차에 깔려 죽은 작은 새들을 보면서 심연에서 쏘아 올려진 생명의 감각을 느낀다. 그것은 '종'이나 '류'의 관점이 아니라 오로지 '생'의 관점에서 시작된다. 감히 우리라고 말할 수밖에 없는 생물, 생명 간의 유대감. 그리고 그 생명을 돌본다는 경이로움, 배반되지 않고 물러서지 않는 그 느낌.

이 느낌들의 질서(정조, stimmung)에 대해서 하이데거는 존재(dasein)가 세계와 관계 맺는 가장 근원적인 차원이라고 말한다. 즉, 느낌들의 질서에 의해 세계가 받침된다는 것이다. 생명의 감각을 섬세하고 오랫동안 꾸준히 돌본 이들은 의식하지 않아도 몸에 배어든 생명의 질감을 통해 세계를 질적으로 다른 차원으로 느끼게 되는 것처럼 말이다. 이것이 바로 세계감일 것이다. 육아를 하면서 몸에 밴 돌봄의 감각은 세계를 다르게 느낄 수 있게 하는 것 같다. 이러한 세계감은 나의 세계관을 근원적으로 떠받치고 있다.

아무리 생각하고 생각해도 생각으로는 도저히 가닿을 수 없는 질감의 세계가 있다는 것을 자주 깨닫는 중이다. 아이를 돌보면서 익힌 돌봄의 세계감을 통해 나는 요즘 함부로 취급되고 있는 생물들의 비명 소리를 듣는다. 생명 가진 어린 개미나 거미들이 자꾸 눈에 들어온다. 그나저나 창밖으로 보낸 새끼 개미는 엄마 개미와 만났으려나, 궁금하다.

새벽 쪽잠

새벽 2시 30분, 운다. 새벽 3시 20분, 운다. 새벽 4시 50분, 또. 또. 새벽을 쉽게 건너지 못하는 울음이 소낙소낙 내린다. 새벽 2시 31분, 안는다. 새벽 3시 21분, 안는다. 새벽 4시 51분, 또. 울음 소낙비를 얻어맞으며 해가 기어 나오는 걸 본다. 새벽 2시 40분, 젖을 물린다. 새벽 3시 30분, 젖을 물린다. 새벽 5시, 젖을 물린다. 애인의 브라를 내리고 아이가 입을 벌리면, 촥. 오물오물이라는 낱말이 정확해질 때쯤 절로 감기는 눈을 비빈다. 오늘은 해가 유난히 일찍 뜬 것 같다.

지구의 시차에 적응 중인 이 포유류는 새벽마다 몇 번씩 일어나 품을 찾는다. 그렇게 새벽에 젖을 먹고 품에 안기자마자 숨소리를 낸다. 침을 질질 흘리고(시냇물이 조약돌 굴리는 소리), 코도 곤다(다람쥐 낙엽 밟는 소리). 어쭈, 방귀도 뀐다(새끼 새 날개 펴는 소리). 방귀 소리가 내 방귀 소리와 똑 닮았다. 내 아이인 게 확실하다.

나비 날개의 박자로 등을 토닥이며 재우다 보면 손등은 잠시 나비 날개 모양이 된다. 새벽은 깊고, 어둠은 길어서 숨소리를 가만가만 듣는 4시 61분. 지구에 없는 시간 속에서 아이는 나비 모양으로 가랑가랑 잠에 든다. 두 손을 머리 위로 치켜든 채 두 다리를 벌리고. 이 잠자는 자세를 두고 '나비잠'이라고 한다. 새근새근 숨소리가 나비 날갯짓 소리 같다. 다른 나비를 쫓는 꿈이라도 꾸는 모양이다. 아이를 잠자리에 눕히고 나비걸음으로 살금살금 나와 문을 닫기 전 슬쩍 뒤돌아본다. 어미 나비도 두 손을 머리 위로 치켜든 채 두 다리를 벌리고 나비잠을 자고 있다. 요즘 우리 집에 나비들이 가득하다. 문고리를 쥐면 손금에 살금 나비 무늬 든다.

아이의 시차 적응을 도우면서 단연코, 가장 버거운 것은 새벽에 느닷없이 일어나는 일이다. 한평생 꿈도 잘 꾸지 않고 숙면에 빠지던 내게 새벽에 불쑥 일어나는 일은 여간 힘든 일이 아닐 수 없다. 한번은 새벽에 벌떡 일어서다 발목이 삐끗해 일주일 동안 발목이 퉁퉁 부어 얼음찜질을 해야 했다. 아이가 지구의 시차에 적응하고 있듯, 나도 아버지의 시차에 적응 중에 있다. 아이가 잠이 드는 것을 지켜볼 수 있는 이 시간, 아버지의 시간인 듯하다.

나도 이렇게 아버지의 품에 안겨 긴 새벽을 소낙소낙 건넌 적 있겠지. 나도 이렇게 어머니의 품에 안겨 아침 모양으로 가랑

가랑 잠든 적 있겠지. 나도 이렇게 품을 키워가며 아버지가 되
어가는 거겠지?

쮸쮸 연결고리

우리는 연결될수록 강하다.

◆ 2015 서울퀴어문화축제

나는 집사람들을 위해 요리한다. 내가 한 요리가 애인의 쮸쮸
가 된다. 미역국은 이제 눈 감고도 만든다. 애인은 먹는다.

애인은 아이를 위해 요리한다. 미음을 만들고 쮸쮸를 먹인다.
이제 어디서든 쮸쮸를 먹인다. 아이는 먹는다.

아이는 우리를 요리한다. 달달하게 웃었다가, 맵게 울었다가,
고소하게 똥도 싼다. 우리는 하루하루를 달여 먹는다.

나는 쮸셰프. 아내는 쮸믈리에. 아가는 쮸쮸마스터. 우리 모두
쮸쮸에 연루되어 있다. 쮸쮸의, 쮸쮸에 의한, 쮸쮸를 위한 우리.

우리는 쮸쮸와 연결되어 있고, 연결될수록 우리는 강해지고
있다!

어머니와 어머니들

요즘, 어머니에 대해 처음으로 오래 생각한다. 처음으로 어머니를 겪고 있는 까닭이다. 아침에 일어나 비질하고, 걸레질하고, 미역국 끓이고, 밥상 차리고, 설거지하고, 뒷정리하고 나서 조금 있으면 점심. 빨래 돌리고, 빨래 널고, 빨래 개고, 기저귀 빨고, 젖병 씻고, 젖병 소독하고, 점심 밥상 차리고, 설거지하고, 가계부 쓰고, 책 몇 장 넘기고, 조금 있으면 또 저녁. 산책 갔다가 목욕시키고, 자장가 불러주고, 저녁 먹고 나면 또 하루가 다 가 있다. 우와, 어머니가 바르던 리도멕스 습진 연고를 내가 바르고 있다.

아이를 재워놓고 거실에 누워 가만가만 어머니를 생각한다. 쌀 씻다 물에 쓸려간 쌀 한 톨 손끝으로 눌러 밥을 안치고야 마는 어머니. 방구석으로 굴러간 녹두 한 알 손바닥으로 쓸어 움켜쥐고야 마는 어머니. 참기름 병 거꾸로 세워 마지막 한 방울까지 모으고야 마는 어머니. 어머니가 가장 많이 하신 말. "야야 밥 묵자, 퍼뜩 나오그라." 내가 요즘 가장 많이 하는 말. "밥 먹자, 어서 나와. 밥 먹자." 오래전부터 이어져오는 우리 집안 가훈이다. 1만 년 동안 이어져 내려오는 인류의 모국어다.

야야, 인생 별거 없다. 밥 잘 묵고 기운 내서 정성껏 사는 기다. 그거 말고 할 게 더 있긋나. 밥 챙기 묵고 댕기그라.

서울살이를 시작한 이후로 어머니는 늘 같은 이야기를 하셨다. 자취 생활이 길어질수록, 밥은 먹는 게 아니라 때우는 것으로 점차 변해갈수록 집밥 생각이 났다. 그런데 그 집밥을 위해 내가 한 수고라는 것이 별거 없었다. 수저를 놓고 밥그릇을 갖다놓는 정도였다. 그 밖에 반찬을 고민하고, 장을 보고, 파뿌리를 다듬고, 고등어 아가미를 도려내고, 가스레인지의 불을 켜고, 밑반찬을 만드는 일 모두 어머니 몫이었다. 이 모든 수고스러움을 걷어낸 채 보글보글 끓는 된장국에 고등어구이가 놓인 집밥을 그리워하던 나 자신이 부끄러웠다. 그랬다. 어머니도 밥을 대충 때우고 싶은 수많은 날이 있었을 텐데, 하루에도 몇 번씩 야채를 다듬고, 고등어 아가미를 끊어내면서, 저녁에 또 뭘 할지 고민하셨을 게다. 그렇게 집밥을 날마다 차려낸 어머니를 요즘 자주 떠올린다. 나는 어머니의 수고만으로 차려지는 집밥을 이제 그리워하지 않겠다, 고 마음먹었다. 어머니를 겪고 있는 탓이다.

요즘 자주 어머니께 전화한다. 1년에 두세 번 전화하던 내가 요즘엔 하루에 어떨 때는 두 번, 세 번 할 때도 있다. 어머니, 나 신생아 때 젖은 잘 먹었나요? 목욕은 어떻게 시켰어요? 이유식은 언제부터 시작했고요? 주변에 육아를 도와주신 분들이 있었나요? 아버지는 일찍 들어오셨고요? 미역국에 뭘 한 번 넣어볼까요? 오늘 속상한 일이 있었어요. 어떻게 하죠? 저는 잠을 잘 잤나요? 어머니와 내가 이렇게 할 말이 많아진 건 단연코, 처음 있는 일이었다. 어머니를 겪고 있는 탓이다.

온종일 집안일 하고 잠시 녹차를 우리는 동안 주방 바닥에 누워 생각한다. 싱크대 개수대에 걸린 쌀 한 톨 주우면서 생각한다. 냉장고 뒤로 굴러 들어간 완두콩을 집고 난 뒤 생각한다. 참기름 병 거꾸로 세워 마지막 한 방울을 모으며 생각한다. 정성스러운 내 어머니, 우리 어머니들에 대해서 생각한다. 생각한다. 생각한다. 생각한다. 또 생각한다.

100일,
호랑이와 곰의 시간에 관하여

출산을 앞두고 있을 때, 애인과 나는 한 가지 약속을 했다. 100일 동안 애인은 수유와 산후조리에만 온전히 집중하고 그 밖의 모든 일은 내가 맡는 것으로. 지난 100일 동안 황홀함과 당혹함 사이를 오갔다. 세상에 이렇게 아름다운 존재가 있을 까 싶을 정도로 황홀했고, 달래지지 않는 아가의 울음과 어설픈 살림살이 앞에 자꾸 지쳐가는 나를 보며 당혹스러웠다. 황홀함과 당혹함 사이를 오가며 100일을 건너왔다. 황홀함과 당혹함을 오가는 동안 아가가 백일을 맞았다. 쑥쑥 큰다. 그럴 줄 알았다. 건강하다. 내 그럴 줄 알았다. 내가 좋아하는 양파보다 더 사랑스럽다. 이 정도일 줄은 몰랐다.

100일을 보내면서 내 안에는 어머니 곰과 어머니 호랑이가 함께 있었다. 집을 뛰쳐나가고 싶은 어머니 호랑이와 그를 달래 가며 하루하루를 보내는 어머니 곰, 말이다. 이 둘은 나의 동굴에서 투쟁하고, 협상하고, 싸우고, 어르고 달래며 100일을 보냈다. 그 100일간 아버지로서의 한계를 알아갔고, 그 한계를 답답해하는 아버지도 반복해서 만났다. 100일은 '아버지의 모습'을 갖추기 위한 시간을 의미하기라도 하는 걸까.

100일간의 동굴 생활을 통해 나는 빨래, 걸레질, 요리, 청소와 같은 삶의 기술을 연마했다. 반복되는 집안 살림과 하루 세 끼 밥상 차림은 굉장한 체력을 필요로 했다. 허리가 나갈 것 같고, 손목이 쑤셨다. 저녁에 잠자리에 누우면 열을 세기도 전에 곯아떨어졌다. 100일 쯤 보내고 나니, 본격적으로 집사람, 아버지, 어머니의 모습을 갖추어나갔다. 아가도 제법 사람의 모습을 잡아나가고 있다. 단군신화에서 말하는 "사람의 모습"으로 탄생한다는 것이 이런 걸까. 100일은 아버지의 모습, 어머니의 모습으로 탄생하기 위한 최소한의 시간을 말하는 걸까.

단군신화에서 100일을 동굴에서 보낸 어머니 곰은 젠더 질서에 따라 "여자의 몸이 되었"다. 하지만 단군을 낳고는 신화 속에서 자취를 감추었다. 신화 속 웅녀의 역할은 아들을 낳는 것이었고, 남성 작가의 상상력은 거기까지였던 것이다. 100일 후에도 어머니 곰과 어머니 호랑이는 자신의 삶을 살았을 것이다. 신화의 내러티브 바깥의 실화를 살아냈을 것이다.

이제는 우리 집사람들도 정상 가족의 신화, 모성 신화, 젠더 신화 바깥으로 나가 100일 이후의 실화를 본격적으로 살아갈 힘을 좀 얻은 듯하다. 아들을 낳고 사라진 어머니 곰과 야생

속으로 달려나간 어머니 호랑이의 흔적을 좇으며 100일 이후
의 실화를 살아가보자!

엄마라는 어마어마한

쌀 갈고, 호박 다져 미음 쑨다. 현미 갈고, 브로콜리 다져 미음 쑨다. 나 출근할 적에 웬만해선 아침에 일어난 적 없던 애인이 아침 7시에 번쩍 일어나 미음을 쑨다. 어마어마한 일이다.

주방 일이 익숙하지 않은 애인은 미음을 만드는 데 시간을 많이 쓴다. 눈이 잘 보이지 않는 애인은 더듬거리며 냄비를 찾아 물을 받아 불을 올린다. 물이 끓기 기다리며 애인은 잠시 곰곰한 시간 속에서 요리 순서를 더듬는다.

미음 먹고부터 어어- 하던 아가는 머머- 한다. 아아- 하던 아가는 마마- 한다. 그리고 엄마마마 한다. 어마어마한 일이다.

아가의 입에 'ㅁ'이 들어가자 아이는 애인을 엄마라고 부르기 시작했다. 나에게도 엄마라고 부르기 시작했다. 모국어의 첫번째 단어를 익혔다. 어마어마한 일이다.

간이 안 된 미음 맛이 궁금해 슬쩍 한 숟갈 떠먹었는데 맛이
므므하다. 이 맛이 모국어의 첫맛인가보다.

신이 미뤄둔 막막한 일을
묵묵히 하고 있는
엄마라는, 그 어머어머한 일.

가사노동 분할의 어려움

빨래 돌렸어? 목욕 수건도 같이 빨아야 하는데…….
쓰레기 벌써 버렸어? 화장실 쓰레기 따로 모아뒀는데…….
찌개 데웠어? 안 그러면 쉬어버리는데…….

가사노동 대부분은 분담이 어렵다. 대개 하나의 일에는 연속
성이 있어서 그 과정에 섣불리 개입했다가는 일을 망치기도
하기 때문이다. 서로가 수행하는 가사노동의 리듬을 방해하
지 않으면서도 적절한 역할을 하기 위해 우리는 집사람 회의
를 통해 때에 맞추어 분담했다.

100일까지는 산후조리 기간으로 생각하고, 집안일의 대부분
을 내가 도맡았다. 애인은 오직 수유하는 것과 몸조리에 온 시
간과 마음을 쏟는 것으로 정했다. 임신했을 때 우리가 인터뷰
했던 수많은 사람들의 이야기 중 좋은 사례들의 공통점은, 산
모는 산후조리 기간을 3개월 이상 충분히 두고 몸조리와 수
유에만 마음을 쏟을 수 있게 했다는 것이다. 애인의 회복이 더

며 200일까지는 집안 살림 대부분을 내가 챙겼다. 200일 이후부터는 애인과 조금씩 가사노동 분담을 했다. 애인은 아이를 먹이는 것(수유, 이유식, 장보기, 메뉴 고민)과 아이의 의복을 관리하는 것(빨래, 옷 개기, 옷장 정리)을 맡았다. 그리고 나머지 집안 살림(요리, 청소, 정리정돈 등등)은 내가 맡았다. 이러한 가사노동 역할 분담은 그때 그때 집사람들의 몸 상태, 마음 상태에 따라 조금씩 조정했다.

300일쯤부터는 주 양육 시간을 정했다. 해가 지고 나서 해가 뜨기 전까지의 어두운 시간 동안은 애인이 주로 맡았고, 날이 밝은 동안은 주로 내가 아이를 양육했다. 주 양육 시간을 정하고 나면서부터 나는 새벽에 일찍 일어나 운동을 다녔고, 저녁 시간 동안에 잡다한 글을 썼다. 아내는 낮 동안 잠깐씩 집 앞 공원에 산책을 다녀오거나 자신이 해오던 마크라메(매듭 공예) 작업을 했다. 이렇게 주 양육 시간을 정하고 나서부터는 시간에 맞춰 각자의 흥미와 필요에 따라 시간을 활용했다. 시간이 그리 많지는 않았지만.

그 이후부터는 새롭게 부과되는 집사람으로서의 일들(여행, 출장, 아이가 아플 때 등등)을 정할 때 두 가지 기준을 따른다.

첫째, 시간을 분담할 것.
나는 주로 이른 아침 시간을 맡는다. 애인이 아침잠이 많아서

다. 집안 청소와 정리정돈, 아이 아침밥 준비와 아침밥 먹이기, 뒷정리까지 하고 나면 나의 가사노동은 일단락된다. 그 뒤부터는 애인이 부스스 일어나 다음 시간을 맡는 식이다.

둘째, 역할을 분담할 것.
빨래는 애인, 요리와 그 뒷정리는 내가. 잠자리 관련된 일은 애인, 거실과 주방 정리는 내가. 이런 식으로 역할을 나누면 상대에게 잔소리할 일도 줄어든다. 역할 분담이 지속되기 위해서는 자신이 맡은 일을 상대가 요구하는 수준에 어느 정도 맞출 수 있어야 한다. 내 기준만 고집하면 안 된다. 가령 음식물 쓰레기 처리와 싱크대 물기 제거까지를 설거지로 보는 나의 기준과 그릇만 씻으면 끝이라고 보는 애인 사이에서 타협점은 없다. 나의 기준에 맞추어야 한다. 주방에서 주로 활동하는 사람은 나이기 때문이다. 그래야 집안일에 대한 상호 신뢰가 쌓인다. 이렇게 역할을 분담하고 시간을 분담하고 나서부터는 일상생활 속에서 사소한 다툼이 거의 일어나지 않았다.

이 두 가지를 바탕으로 해서 무엇보다 중요한 게 있다. 자발적 협력이다. 틈새 시간이 나면 틈새 역할을 스스로 찾아서 하기! 그렇게 서로가 서로를 도우려는 의지가 필요하다. 어제 온 택배 박스 치웠어? 치웠지! 모아둔 화장실 쓰레기는 비웠어? 그럼! 이럴 때에 '우리'가 느껴진다. 한 사람은 시키기만 하고 한 사람은 시키는 것만 하면, 주인과 하인의 관계지 '우리'가 아니다. 짬을 내어 말없이 서로가 서로를 도와준 걸 확인하면, 가사노동 동료로서의 애정을 확인할 수 있다. 가사노동자로서의 서로에 대한 신뢰는, 사랑이라는 이름의 애인이기보다 우정이라는 이름의 동료로서 역할한다.

살림에는 가사노동뿐 아니라 그에 못지않게 중요한 정서노동이 있다. 정서노동은 집사람들의 감정을 돌보는 일, 아이의 훈육과 교육도 포함된다. 집안의 정서적 교류를 가능하게 하는 노동이다. 이 정서노동 중에서도 중요한 부분은 집사람들과 연결되어 있는 가족과 그 주변 사람들과 교류하는 정서노동이다. 부모님들의 생일에 맞춰 전화하고, 어버이날에 보낼 작은 선물을 고민하고, 집안 행사를 위해 전화를 돌리고, 일정을 맞추고, 숙소를 예약하고, 결제하고……. 이 모든 것이 정서노동에 포함된다. 정서노동의 범위는 가족에만 한정되는 것이 아니다. 가령 동네에서 가까이 지내는 엄마들과 약속을 잡고, 공동육아 프로그램 신청서를 쓰고, 입금 확인 카톡을 보내는 것까지가 모두 정서노동이다. 미세한 감정 교류가 필요한 일들이기 때문에 제법 품이 들어가는 노동 중 하나다. 그리고 이 정서노동은 분담이 정말 어렵다.

이 정서노동은 내가 어려워하는 부분 중 하나다. 우리 집은 어머니가 거의 모든 정서노동을 담당하는 집사람 노동자셨는데, 친척들의 안부를 묻고, 기념일들을 챙기고, 선물을 준비하고, 가족 행사를 준비하고 등등, 어머니가 모든 것을 하시고 아버지가 한 말씀씩 덧붙이는 식이었다. 어머니의 정서노동에 그간 너무 무신경했기에, 나는 이런 정서노동에 너무나도 무지했다. 또한 정서노동을 둘러싼 젠더 관성이 있기 때문에 처음에는 애인이 이런 역할을 도맡는 것이 나에게는 너무 자연스러운 일이었다. 어느 날, 애인은 왜 나만 자기 부모님께 전화를 드려 안부를 묻고, 온갖 약속을 잡기 위해 나만 고군분투해야 하는 거야? 라고, 물었다. 나는 아무렇지 않게, 나는 그런 일에 익숙하지가 않아서……라고 대답했고, 누구는 이런 일이 쉬운 줄 알아! 라는 대답이 돌아왔다. 맞다. 처음부터 익숙한 사람은 없지. 그 뒤로 나는 애인의 부모님께 전화를 드려 가끔 안부를 묻기 시작했고, 집안의 대소사를 챙기기 위해 나름 애를 썼다. 생각보다 까다롭고 어려운 일이었다.

사회학자 이반 일리치는 『그림자 노동』에서 "임금노동을 하려면 발탁되어야 하지만, 그림자 노동은 배정받는 것"이라면서, 그림자 노동은 "여성을 집 안에 가두는 조치"라고 매섭게 말한다. "가족의 생계에 대한 실질적 기여를 깡그리 무시당하는 한편 임금노동에서도 철저히 배제"된 그림자 노동은 "이전에는 찾아볼 수 없었던 19세기 이데올로기"일 뿐이라고 일갈한다. 집사람 노동자로서 가사노동에는 제법 적극적이었지만 정서노동에 있어서만큼은 애인의 기여를 세심하게 살피지 못했다. 그간 나도 모르게 그림자 노동을 도맡은 애인에게 미안했다. 나는 조금 더 애써야 한다. 내가 하고 싶은 일보다 집사람으로서 해야만 하는 일을 잘해야 한다, 고 다짐하며 장모님께 안부 전화를 드렸다.

우리 사랑하는 교오 서방, 아기랑 잘 지내고 있지?
네, 사랑하는 장모님!

조금씩 나아지고 있다.

토요일 밤의 집사람 회의

어릴 때부터 일주일에 한 번씩 '가족회의'라는 것을 했다. 작은 테이블에 둘러앉아 용돈 인상, 어린이날 외출 장소 같은 것들을 가족회의에서 정했다. 그 밖에도 공부 시간과 노는 시간 비율을 맞추는 것과 학교에서 일어나는 친구들 문제까지 다양한 이야기가 오고가던 시간이었다. 가족회의는 말하는 방식을 배우는 시간이었다. 평소 같으면 용돈이 적다고 징징거리며 말했을 텐데 가족회의에서는 부모님을 설득하기 위한 나의 주장에 대해 사전 준비가 필요했다. 즉, 나에게 가족회의는 가족들 앞에서 다르게 말해보는 시간이었다. 징징거리거나 어리광을 피우는 것이 아니라 사회적인 발성을 익히는 시간이었다.

아이를 낳고 우린 사사로운 일들로 신경전을 벌이기도 했다. 그 신경전이라는 것은 대개 평상시 같았으면 아무렇지도 않을 일들, 예컨대 재활용 쓰레기통에 일반 쓰레기를 넣는다든지, 행주를 가지런히 넣어두지 않았다든지, 밥솥을 청결하게 관리하지 않았다든지…… 하는 것들이다. 사사로운 일이 문제로 발생된다는 것은 우리가 서로에 대해 여유가 없어졌다는 것을 의미했다. 그 여유라는 것은 상대방을 헤아리고 있을 때에나 나오는 것이어서 이는 곧 서로를 보살피고 있지 못하다는 말과도 같았다. 그래서 나는 집사람 회의를 한번 해보자고 제안했다.

매주 토요일 저녁 여덟 시, 아이를 재워놓고 우리는 식탁에 마주앉았다. 우선 이번 주에 있었던 일을 요일별로 차근차근 회고하는 일을 시작했다. 이번 주 월요일에 비가 왔었지. 이날 예방접종 하러 보건소에 다녀왔고, 오랜만에 짜장라면을 끓여 먹었네. 화요일에 유리랑 같이 방어회 먹으러 나갔다 왔고 수요일엔 공동 육아방 갔다가 와서 나는 번역 작업 마무리 하러 도서관에 갔고 자기는 아이랑 공원산책 했지. 또 목요일엔…… 이렇게 요일별로 그날 있었던 일을 차근차근 회고하면서 다이어리에 꼼꼼하게 기록했다. 그렇게 한 주를 회고한 다음에 각자가 한 주를 어떻게 느꼈는지에 대해서 이야기를 나누었다. 보건소에 갔을 때 그곳에서 일하고 있는 선생님들이 오랜만이라고 반갑게 맞이해주셔서 기분이 좋았어. 이제 병원 가는 것보다 보건소에 가서 예방접종 하는 게 훨씬 심리적으로 안정감이 들더라. 다음 예방접종 때에도 보건소에 가야겠어. 이번에 들어온 번역 작업은 새롭게 출시 준비를 하고 있는 혈압약 승인과 관련된 자료번역이었는데 생각보다 까다롭더라. 전문용어가 많으니까 사전 찾는 데 생각보다 시간이 걸려서 다른 작업보다 더 오래 걸릴 것 같아. 다음 주가 마감이라 시간을 조금 더 써야 할 것 같아. 이렇게 한 주를 회고하면서 무엇을 느꼈고, 무엇에 어려움을 겪고 있는지 서로 각자의 이야기를 나누었다. 그리고 다음 주에 예정되어 있는 일정을 점검한다. 다음 주 월요일에 적금들었던 것이 만기라 은행에 가야 해. 또 화요일 오후에 미경이가 애기 옷 들고 온다고 했어. 이렇게 지난 한 주에 대한 회고와 다가올 한 주에 대한 이야기를 마치고 나면 서로에게 하고 싶었던 잔소리, 고충사항, 서로에게 바라는 점, 중요하게 생각해야 할 일을 모아서이야기 나눈다. 설거지 마치고 나면 음식물 쓰레기를 봉투에꼭 좀 넣어줘. 이제 더워지고 있으니까 정리를 잘 해야 해. 이번에 1리터짜리 작은 음식물 쓰레기봉투가 나왔더라. 나도 이제 신경 쓸 테니까 같이 신경 쓰자. 일상적으로 할 수 있는 잔소리를 참고 있다가 집사람 회의 때까지 기다렸다가 조곤조곤 이야기하니 말하는 사람도 감정적으로 말이 나가지 않고상대방도 금방 수긍하게 되었다. 이런 과정을 통해서 서로가서로를 정서적으로 돌보는 듯한 느낌을 받았다. 서로가 서로를 격려하고, 때로는 토론을 하기도 하면서 일상의 일들, 육아에 관련된 사회적인 일들, 아이의 발달과 훈육에 관한 이야기등등을 나눈다.

이런저런 이야기들을 조곤조곤 나누게 되면서 일상적으로사소하게 부딪히던 일이 잦아들었다. 게다가 회고를 통해서 상대방이 어떤 생각을 하고 있는지, 어떻게 느끼고 있는지를 나누면서 보다 상대방을 잘 헤아리게 되었다. 일상의 말하기가 아니라 탁자 위에서 이루어지는 대화의 형식은 확실히 나름의 사회적 발성이 필요한 것이어서 말하기의 문법 자체가 달라진다는 것을 느꼈다. 게다가 집사람 회의를 통해서 앙금으로 남아 있던 서운함과 결핍감을 서로에게 가감 없이 전달하니, 서로를 보다 더 잘 보살피게 되었다. 집사람 회의는 말하는 자리이면서 동시에 잘 듣는 자리이기도 하다. 집사람 회의 중 단 한 번도 싸운 적이 없는 이유는 바로 상대방의 말을 끝까지 들을 준비를 하고 만나기 때문이다. 충분히 경청하고 나면 이해되지 않는 일이란 하나도 없다는 것을 우리는 알아가고 있다.

지난 집사람 회의 때 변기 뚜껑을 제발 잘 닫아달라는 애인의 요구 사항이 있었는데 나는 그걸 자주 잊어버린다. 그날도 그랬다. 애인이 화장실에 들어가고 나서야, 변기 뚜껑을 닫지 않았다는 것을 깨달았다. 애인은 화장실에 들어갔다 나오면서 이야기한다. 아, 정말. 집사람 회의 때 다시 이야기하자. 우리의 집사람 회의는 점점 열렬해지고 있다.

짐승처럼 사랑하기

아가가 네 발로 기어 다니기 시작하자 나도 아가 뒤를 쫓으며 아가처럼, 네 발로 자주 기어 다녔다. 말이 굳이 필요하지 않으니 짐승의 말을 흉내 내어보기도 했다. 짐승처럼 아가를 혀로 핥기도 하고, 짐승처럼 홀딱 벗고 한판 장난을 걸기도 했다. 아가 종아리를 물기도 하고, 얼굴을 아가 온 몸에 비비기도 했다.

짐승처럼. 아버지가 되자 내 안에 얼마나 많은 짐승이 있는지 확인하게 되었다.

짐승의 생태를 다룬 다큐 영상이나 책에서 육아에 관한 영감을 얻기도 했다. 새끼 거미를 종일 등에 업고 다니는 수컷 늑대거미, 암컷이 새끼에게 젖을 먹이는 동안 새끼 털을 다듬어주며 스킨십을 하는 수컷 프레리도그, 새끼가 젖을 떼면 그때부터 고기를 토해내 새끼를 먹이는 수컷 늑대, 암컷이 오직 수유에만 집중할 수 있게 수유를 제외한 모든 육아를 담당하는

수컷 올빼미원숭이 등등. 짐승들의 세계에서도 수컷들은 육
아에 한창이었다.

아가와 함께 목욕을 하고 벌거벗은 몸뚱이가 되어 방에 들어
간다. 짐승처럼 사랑해주마. 벌거벗은 아가의 똥꼬 냄새를 맡
는다. 고소하다. 아이의 머리카락을 앞발로 빗겨준다. 부드럽
다. 아이 뒤를 쫓으며 방 구석구석 몸을 굴리며 괴성을 질러보
기도 한다.

그러는 사이 방문이 열린다. 직립보행 하는 암컷이다.
저이도 짐승이 되어보고 싶은 눈치다.

이렇게 아버지가 되어간다

1

비가 온다. 유아차 밑에 실어놓은 우산을 펼친다. 빨간 우산. 아이는 평소 이 빨간 우산을 좋아해서 자주 우산을 꼭 잡고 질질 끌고 다녔다. 빨간 우산에 난 구멍을 이제야 확인한다.

비가 조금씩 거세지고 있다. 바빠지는 걸음. 굴다리를 지나 신호등 앞에 선다. 집에 도착하려면 5분만 더 가면 된다. 빨간 우산 손잡이를 꼭 잡는다. 유아차에서 잠든 아이를 내려다본다. 잘 자고 있다. 다행이다. 바람이 거세진다. 3분 안에 집으로 돌아갈 것이다. 우산을 받쳐 들고 잠든 아이의 얼굴에 빗방울이 떨어지지 않게 우산을 꽉 잡는다. 구멍 난 빨간 우산. 한 방울씩 우산 아래로 빗방울이 떨어질 때마다 마음이 급해진다. 초록불이 켜지고 나는 거의 반쯤 뛴다. 잠든 아이를 방해하지 않기 위해 뛴다와 걷는다 사이에서 뛴다. 오늘따라 집으로 가는 골목이 길다. 반대편에서 차 한 대가 온다. 구멍 난 빨간 우산을 다시 꼭 잡는다. 잠시 비켜서야 하지만 운전사도 나의 긴박

함을 아는지 잠시 선다. 차와 골목 벽 사이를 빠른 걸음 또는 느린 뜀박질로 지난다. 운전사에게 목례를 잊지 않는다. 집에 다 와간다. 바람이 더 거세진다. 오늘의 일기예보를 잠시 원망한다. 집 입구에 도착해서 구멍 난 빨간 우산을 접고, 유아차를 번쩍 들어 2층 현관까지 올린다. 현관문을 열기 전 아이의 상태를 잠시 확인한다. 잘 자고 있다. 내 옷이 다 젖었다. 다행이다. 내 옷이 젖어서.

병아리 눈물만큼 조금씩 아버지가 되어가고 있다.

2

산에 올랐다. 아이를 품에 넣고. 여름은 가득했다. 산길에 다람쥐 새끼가 튀어나왔다. 품속의 아이는 나를 올려다보았다. 서선 다람쉬야. 다람쥐. 다람쥐 새끼와 품에 안긴 아이를 번갈아 바라보았다. 천진하고 난만한 빛깔의 새끼 다람쥐. 나는 어미 다람쥐가 올 때까지 새끼 다람쥐 곁을 가만 지키고 섰다.

아버지의 기분에 든다.

3

처음, 도리도리했다. 나도 도리도리했다. 처음, 잼잼했다. 나도 잼잼했다. 처음, 곤지곤지했다. 나도 곤지곤지했다. 나도 처음해보는 것이 많다. 누군가의 똥꼬 냄새를 맡아본 것도 처음, 기저귀를 빨아본 것도 처음, 입안에 코를 디밀어 입 냄새 맡아본 것도 처음, 이렇게 작은 심장 소리 듣는 것도 처음.

이렇게 수많은 처음의 무늬가 모여 아버지가 되어가고 있다.

아버지는 어땠을까?

아이를 가지고 나서, 아버지를 자주 떠올리게 된다. 아버지로 어떻게 살아야 할까 생각하면서 나의 아버지를 떠올려본다. 아버지가 미웠다가 아버지를 이해했다가 아버지로부터 떠났다가 돌아왔다가 마침내 미운 아버지와 좋은 아버지를 모두 나의 아버지로 받아들이고 있는 나는 요즘 아버지가 궁금하다.

단칸방

단칸방에서 태어났다. 세 평짜리. 그리고 단칸방들에서 자랐다. 어머니, 아버지, 동생 그리고 나. 학교에 입학했을 때도 단칸방에 살았다. 목젖이 튀어나왔을 때도 단칸방이었다. 겨드랑이에 털이 났을 때도 우리는 단칸방에서 살았다. 그곳에서 15년간 밥을 먹고, 놀고, 잠을 잤다. 설거지는 꼭 아버지 본인이 하셨다. 그리고 아침엔 이불을 털고, 가장 먼저 걸레질을 하는 사람이었다. 어느 날 아버지가 말씀하셨다. "우리 이제 이사 가자. 오늘 집 계약하고 왔어. 이제 영교 방, 인교 방 따로 쓸 수 있단다." 그리고 아버지와 함께 내 방에 들어갈 책상과 책꽂이를 고르러 가구점에 갔다. 처음으로 갖게 되는 내 책상. 왠지 모르게 공부가 잘될 것만 같은 기분이었다. 그날 아버지는 어땠을까? 처음으로 아이들에게 책상을 사주면서 어떤 기분이었을까?

월요일의 아버지

내가 초등학교에 다닐 때, 아버지는 토요일이면 돌아오셨다. 노동운동, 농민운동, 생명운동까지 평생 운동하시느라 외지 생활이 잦으셨다. 주말이면 돌아와 꼭 같이 이불과 신발을 털었다. 먼지가 일요일의 햇살과 잘 어울렸다. 몇 번쯤 털려본 적 있는 사람 같았다. 걸레를 쥐고 방 구석구석을 함께 닦았다. 걸레질을 하면서 걸레 접는 법을 알려주셨다. 앞으로, 뒤로, 옆으로. 몇 번쯤 접혀본 적 있는 사람 같았다. 식탁에서 요즘 학교는 어찌 다니냐고 물어보셨고, 괜찮지 않았지만 괜찮다고 대답했다. 그렇게 대답하고 나면 괜찮은 적 없는 사람 같았다. 점심을 먹고 나면 집 근처 공터에 나가 씨름을 가르쳐주셨다. 자, 우선 샅바를 꼭 잡아야해. 놓치면 안 돼. 그리고 상대방 샅바를 힘껏 잡아당겨서 다리를 안쪽으로 거는 거야. 있는 힘을 다해서 넘어뜨리면 돼. 알겠지?

월요일의 아버지는 또 신발 끈을 꽉 조이며 토요일에 봐, 했다. 아버지 바지를 꼭 잡았다. 다리를 안쪽으로 걸었다. 그리고 있는 힘을 다해,

꼭 안았다. 월요일의 아버지는 어떤 기분이었을까? 다리라도 절고 싶었을까?

쇳가루가 날리다

당시 고등학생이던 동생은 생계 곤란 가정이라는 이유로 무료 급식을 받았다. 그러던 어느 날 담임선생이 착각을 했는지 너는 왜 급식비도 내지 않고 급식을 먹느냐며, 친구들이 다 보는 앞에서 동생 따귀를 때렸다. 동생은 울면서 집에 돌아왔다. 자신의 뜻에 따라 귀농하셨던 아버지는 동생 소식을 듣고 다시 도시로 나오셨다. 귀농한 지 1년 만이었다. 나는 열아홉, 동생은 열여덟이었다.

아버지는 친구분이 하신다는 자동차 부품 공장에 다녔다. 처음으로 아버지에게서 쇠 냄새를 맡았다. 작업복을 입고 있는 얼룩 아버지를 보았다. 지친 소처럼 식탁에 앉아 물 한 잔을 겨우 천천히, 들이켜고 계셨다. 쇳가루 묻은 작업복을 털며 아버지는 어땠을까? 자기 전부를 걸고 들어간 시골에서 돌아와 공장에 출근하는 길에 어떤 기분이었을까?

미친 자식

아버지는 나에게 화를 낸 적이 없었다. 딱 한 번 빼고. 아버지는 대체로 묵묵히 나를 지지해주셨다. 대학에 갈 때도, 두 달 만에 자퇴서를 쓸 때도, 음악을 할 때도 늘 "마음 가는 대로 하거라." 하셨다. 외국에 일하러 간다고 할 때도, 유학을 가겠다고 할 때도, 늘 묵묵히 다정하셨다. 딱 한 번 빼고.

펑크 밴드 활동을 하던 열여덟 살 어느 날, 입술 아래와 왼쪽 눈썹 위와 혀에 피어싱을 하고 집에 들어갔다. 머리도 초록색으로 염색하고서. 그 모습을 본 아버지는 입을 다물지 못하셨다. 현관에 나를 세워두고는 "한국을 다 뒤져봐라, 얼굴에 이렇게 구멍 내고 다니는 놈들이 몇이나 있겠냐." 하셨다. 그러고는 돌아서며 아주 작은 목소리로, 실수로 떨어뜨린 한마디. "이 미친 자식이……."

초록 머리의 나를 보면서 아버지는 어땠을까? 더 하고 싶었던 이야기 중 어떤 말을 꾹 삼켰을까?

맞벌이 부부

"엄마 아빠가 시키는 일이라면 무엇이든 군말 없이 잘 따르는 큰놈은 나이보다 어른스러워 보일 때가 한두 번이 아닙니다. 유치원에서 돌아오면 오전 내내 혼자 집을 지키고 있던 동생과 밥을 챙겨 나누어 먹고 그릇까지 깨끗이 씻어놓기도 합니다. 오늘은 엄마 아빠 베개라며 베개 두 개를 나란히 해놓고 늦은 밤까지 그림책을 뒤적거리며 엄마를 기다리고 있습니다. 그러나 날이 갈수록 영교는 말수가 줄어들고 점심 저녁도 굶은 채 때 묻은 얼굴로 자고 있기가 일쑤였습니다. 어쩌면 처음 겪는 엄마 없는 시간을 날이 갈수록 참기 힘들어 일부러 자는 체하고 있었는지 모릅니다. 늦게서야 돌아온 아내는 과자한 봉지를 사 들고 말수가 줄어든 영교를 타일러보려고 애썼

지만 닭똥 같은 눈물만 주룩주룩 흘릴 뿐 아무런 말이 없습니다."(서정홍, 『맞벌이 부부의 일기』 중)

아버지는 어땠을까? 내 눈물을 보면서 무엇을 다짐했을까? 몸 어디가 아팠을까?

패싸움을 하고 파출소에 끌려간 아들을 데리고 가려고 새벽 네 시에 파출소를 향하면서 어땠을까? 아빠 차는 똥차라며 발로 차를 걷어차는 나를 보며 어땠을까? 어땠을까? 아버지는 어떤 아버지가 되기 위해 애썼을까? 그리고 지금은 되고자 했던 아버지의 모습을 얼마나 갖추었다고 생각하고 있을까? 어떨까?

위대한 유산

열네 살, 중학교에 진학하면서 처음으로 머리를 빡빡 깎았다.
처음으로 겨드랑이에 털이 났고, 목젖이 도드라졌다. 변화는
급격했고, 성장통이 느껴질 정도였다. 어깨와 무릎에 튼살이
생길 정도로 신체 성장은 대단한 속도로 일어났다. 이 무렵부
터 거울을 오래 들여다 보기 시작했다.

곱슬머리가 나기 시작한 것도 그 무렵이었다. 정말 말도 되지
않을 정도로 머리카락이 곱슬거리기 시작했다. 텔레비전에서
도, 길거리에서도 한 번도 본 적 없는 곱슬머리였다. 날파리들
이 한 번 들어가면 다시는 헤어나오지 못할 정도로 복슬복슬
한 곱슬이었다. 비가 오는 날이면 더욱 풍성해진 이 곱슬머리
는 그야말로 난감했다. 도무지 가꿔지지 않는 이 곱슬머리는
거울 속의 나를 기죽였다.

곱슬머리를 쭉쭉 펴보기 위해서 용돈을 모아 스트레이트파마
약을 사서 머리에 몇 번씩 발라 보았지만 허사였다. 같은 반

여자애가 고대기를 쓰고 있는 것을 보고, 저거다! 싶어 동네 미용기구 파는 곳에 가보았지만 하찮은 수준의 용돈을 받고 있는 내가 살 수 있을 만한 물건이 아니었다. 가장 간단한 방법으로 모자를 쓰기 시작했다. 모자는 나의 곱슬머리를 '보이지 않게' 해주는 필살 도구였다. 그 뒤로 나는 모자를 수집하는 병에 걸렸다.

미용실에서 나의 곱슬한 머리를 쭉쭉 펴주는 매직 스트레이트파마를 해도 나의 곱슬은 '정상'범주에 들어가기엔 어설프고 엉성할 수밖에 없었다. 고등학교 다닐 때 비만 오면 복슬복슬해지는 내 곱슬머리를 두고 한 선생님이 "머리칼이 먹구름처럼 써있네." 하며 깔깔 웃었다. 스무 살이 되었지만 사람들은 여전히 어디서 파마하셨어요? 파마가 참 독특해요, 라고 말했고 아, 저 곱슬입니다만, 하면 다들 아……, 하고 당황한 얼굴이었다. 미용실에 가면 머리해주시는 분들 모두가 어머, 하며 놀랐다. 이런 머리는 처음 봐요. 아, 곱슬입니다만……. 미용실 안 간 지도 거의 10년째다. 곱슬머리를 가리기 위해 15년 가까이 애쓰며 내 곱슬머리를 증오했다.

그러다 곱슬머리를 사랑해주는 애인을 만났다. 내 곱슬머리가 너무 매력적이라고 했다. 평생 파마하지 않아도 되니 좋겠다고 했다. 역시 미친 예술가다운 머리라고 했다. 이 세계에 하나밖에 없는 곱슬이라고 했다. 이 곱슬머리만큼 아름다운 머리카락을 본 적이 없다고 했다. 그런 말은 태어나서 처음 들었다. 놀랐다. 얼마 뒤 매직 스트레이트와 고데기를 딱, 끊었다. 한순간에. 놀랍게도 그 이후, 나는 비만 오면 퐁퐁 솟아오르는 내 곱슬머리를 사랑하게 되었다. 나는 수세미로 써도 될 것 같은 억센 내 곱슬머리를 사랑하고 있다. 먹구름 모양의 고불고불한 내 곱슬머리를 사랑한다. 나에게 딱, 어울린다. 사랑받는 사람은 자신이 사랑받을 만한 사람이라는 것을 알게 되고, 그 사랑 속에 자기 자신을 구현하게 하는 미지의 힘을 갖게 된다.

아이는 분명 곱슬머리로 자라날 것이다. 안 봐도 뻔하다. 어쩌면 그래서 놀림을 받을 거다. 마이콜, 라면 대가리, 곱돌이, 꼬불이…… 온갖 별명을 얻을 것이다. 내가 그랬던 것처럼 곱슬머리 유전형질을 저주할지도 모른다. 그러나 오늘은 어쩔 수 없는 '유전'이 아니라 탁월한 사랑의 '유산'에 대해서 생각해보기로 한다. 곱슬머리를 '악성'으로 인식하게 하는 미적 규범에 맞서 자신만의 탁월한 아름다움을 발명해나갈 수 있게 돕고 싶다. 주변의 시선들에 제압당하지 않고 탁월한 자기 시선을 만들어나갈 수 있게 돕고 싶다. 아가, 넌 세상에 둘도 없는 매력적인 곱슬머리 사람을 아버지로 두었단다. 크게, 축하한다.

남편, 그 인간, 이 새끼

스피커폰으로 아내가 친구와 통화하고 있다.

남편은 참 자상해. 어떨 때는 부처가 아닐까 생각할 정도야. 그래서 우리 집은 싸움이 거의 없어. 내가 주로 화를 내고 남편은 주로 듣고 수긍하는 편이거든. 그래서 결혼했지. 나 어릴 때 별명 알지? 미도! 미친 도그! 이런 나를 다 받아주는 남편 하나는 잘 고른 것 같아.

그런데 그 인간이 아이가 태어난 뒤로 조금 달라졌어. 내가 하소연하면 그 인간이 나도 힘들어, 나도 피곤해, 라는 말로 응수하더라. 이렇게 되면 고통 배틀이 시작되거든. 누가 더 힘들고 피곤한지, 자신이 겪는 고통 지점을 더 쥐어짜면서. 정말 짜증나는 건, 나는 그냥 공감을 원할 뿐이거든. 내가 가르치는 중학생 중에 장래 희망이 축구 선수라고 하는 애들, 정말 축구 선수가 되고 싶은 게 아니야. 그냥 축구 좀 더 하고 싶을 뿐인 거거든. 나도 그래. 내가 좀 지쳤다고 하면, 그냥 들어주기를 바라는 거야.

그런데도 이 새끼는 내가 그런 말 하면 갑자기 신발을 구겨 신고 나가버려. 현관문을 얼마나 세게 닫는지, 겨우 잠든 애가 깨버려. 이 새끼는 기본이 안 돼 있어. 얼마 전에 시부모님 생일이라고 혼자 2박 3일로 시골에 내려갔네. 와, 진짜 이 새끼를 어떡하니. 그러고는 내 생일은 까먹고 그날 야근을 하시네.

남편에서 그 인간으로, 그 인간에서 이 새끼로 호명이 바뀌는 남자. 남편, 그 인간, 이 새끼가 과연 같은 인물일까 싶다.

친구의 말을 듣던 아내가 대꾸했다. 우리 집 남편도 비슷해.

응? 나?

어떤 싸움의 기록

어떻게 그렇게 생각할 수가 있어. 분명 내가 말했잖아. 그걸
어떻게 기억 못 할 수가 있어?
내가 언제 그런 말을 했다고 그래. 말도 안 되는 소리 하지 마.
나랑 장난쳐?

우리는 독이 오른 개처럼 싸울 때가 있다. 그런 날이면 눈동자
에 퍼런 인광이 스치기도 한다. 예민한 나와 섬세한 아내는 가
끔 간신히 묶어두고 있는 섬세해서 예민한 미친개를 푼다. 미
친개는 상대를 아프게 하는 급소를 안다. 피를 볼 수 있는 장
소를 안다. 여기다. 서로의 급소에 이빨을 쑤셔 넣는다. 싸울
때는 아픈 줄도 모른다.

그렇게 싸움이 끝나고 나면 나는 사나운 혼자가 된다. 몸 한쪽
이 상해버린 거대한 혼자가 된다. 싸울 때 하는 말은 대부분
별 의미가 없다. 단지 어떤 효과를 위해 사용되는 말일 뿐이
다. 그래서 싸울 때 주고받은 말은 깊이 새기지 않는다. 대신

나나 상대가 거친 말을 했을 때의 표정, 호흡, 말투를 되짚어
본다. 미친개의 거친 호흡 같던 숨을 가라앉히며.

화해를 위해서 우리는 시간을 둔다. 화가 다스려질 때까지, 화
를 소화할 수 있을 때까지 우리는 충분히 기다린다. 기다리고
기다리며 기다리는 시간 동안 마주해야 하는 표정과 말투를
각자 알아서 견뎌낸다. 아프다. 싸움의 말은 손잡이까지도 칼
날인 이상한 칼이다. 그래서 상대방을 찌르는 칼에 나도 베일
수밖에 없다. 아프다. 충분히 소화되지 않은 채 말을 시작하면
또 싸움이 된다. 그래서 미친 짐승은 후회의 그늘 아래 몸을
말아 쉬어야 한다. 누워서 침묵해야 한다.

'침묵하는silent'에는 '듣다listen'가 들어 있다. 그래서 침묵의 시
간은 단지 말을 하지 않는 시간이 아니라 듣는 시간이다. 내
안에서 웅성거리는 원망의 말을 듣고, 투정의 말을 듣는다. 상
대방의 호흡과 말투에서 묻어나던 투덜거림을 듣는다.

미친개가 잠들면 가만가만 등을 쓰다듬는다. 손끝이 내가 저
지른 실수로 물든다. 잘못한 말과 잘못한 행동이 만져진다. 차
갑다. 내가 나여서 부끄럽고 창피하다. 쓰다듬는다. 차가운 잘
못이 그제야 '미안'으로 녹는다. 상처투성이 '미안'을 단단히
쥔다. 그 '미안'을 들려주어야 한다. 어른의 모습을 더 갖추기
위해. 시인 페소아는 "사랑은 하나의 사유다."라고 말했다. 사

랑이 우리가 만족한 상태에 머물러 있는 것이 아니라 서로의 도약을 위한 사유에 있다면, 기꺼이 미안해 해야 한다.

일주일이 흘렀다. 상처투성이 '미안'을 쥔다. 아름다운 결말을 위해서가 아니라 다시 만신창이 될지라도 사랑을 사유하기 위해. "미안해."로 시작하는 긴 문장을 한 시간 넘게 말했다. 나의 옹졸함과 치사함과 유치함과 나의 과거의 경험에 대해서 길고 오래 고백하듯 말했다. 아내가 말했다.

"먼저 미안하다고 말해줘서 고마워."

이 문장을 시작으로 아내도 한 시간을 넘게 말하고 있다. 화해할 수 있을지 모르겠지만 한 가지 확실한 건 우리는 각자 조금씩 성장하고 있다는 것이다.

엄마에게 젖이 있다면
아빠에게는 품이 있다

그렇게 울던 아이도 엄마가 젖을 꺼내면 울음을 딱 그친다. 필살기도 이런 필살기가 없다. 아이는 아내의 젖 앞에서는 꼼짝 못한다. 아내에게 젖이 있다면 나에게는 품이 있다. 울던 아이도 품에 딱 안으면 울음을 멈추는 경우가 많다. 칭얼거리는 아이도 품에 안으면 진정이 되기도 한다. 물론 아닌 경우도 있지만 대부분 품에 폭, 안으면 울음을 뚝, 그친다.

가끔 수유하는 아내를 보면서 도대체 저 느낌은 어떨까 궁금할 때가 한두 번이 아니다. 몸에서 나오는 무엇으로 누군가를 먹이는 느낌, 아기가 젖꼭지를 힘껏 빨 때 전해지는 느낌, 아기가 젖을 먹다 말고 스르륵 잠들기 직전의 느낌. 이런 것들이 가끔 사무치게 궁금하다. 나도 그런 걸 느껴보고 싶어 아내의 수유 브라에 묻은 젖을 슬쩍 내 젖꼭지에 바르고 아가야, 아빠 쮸쮸 아빠 쮸쮸 먹어볼까 하며 몇 번 시도해보았지만 번번이 실패였다. 가끔은 여성들이 느끼는 신체의 감각이 막연하게 궁금할 때가 있다. 그중 하나가 달거리다. 달거리할 때의 여성의 변화를 보면서 어떤 상태로 들어서는 걸까 궁금했다. 많은 여성에게 물어보았으나, 도저히 그 느낌에 접근조차 할 수 없었다.

내가 체험할 수 없는 느낌의 세계란 사실 온전한 접근이 불가능하다. 나와 다른 성을 가진 존재뿐 아니라 무릇 타자의 느낌이란 게 그렇다. 그러나 한순간, 일순간, 우리는 그 느낌의 장벽을 뚫어낸다. '사랑'을 매개로 했을 때, 상대방의 느낌의 세계를 통째로 느낄 때가 있다. 예컨대 아내가 좋아하는 몬순 커피 원두를 갈 때 나는 아내가 느끼고 있을 설렘에 가닿는다. 또 아이가 로큰롤을 들으며 엉덩이와 손을 뻗어 리듬을 탈 때 나는 아이가 느끼고 있을 박자에 가닿는다. 사랑을 하면 일어날 수 있는 미묘한 울림이 사랑의 세계 속에서는 잠깐씩 가능할 때가 찾아온다.

엄마에게 젖이 있다면 아빠에게는 품이 있다. 나는 아이가 젖을 물 때와 품에 안겼을 때의 느낌이 이어져 있음을 느낀다. 그리고 아이를 품에 안을 때 젖이 차는 것 같은 뭉클한 느낌을 받기도 한다. 엘리아스 카네티는 이를 두고 "몸 안의 문자"(『군중과 권력』)라고 말한다. 느낌의 세계에서 통용되는 몸 안의 문자로 쓰인 아내의 젖을, 오늘 나는 '나의 품'이라고 번역해본다.

오늘 아이를 안고 잠이 들었다가 깼다. 아이도 입술을 오물거리며 깼다. 품에서 젖이 도는 것처럼 가슴이 따뜻하다. 사랑한다, 행복하다는 말을 가장 나중에 쓰고야 마는 나 같은 사람이 요즘은 나도 모르게 사랑해, 행복해라는 말을 중얼거린다. 품의 세계에서는 이상한 일들이 자주 벌어진다.

언어의 기원전, 옹알이

아으히우
응?
아아이히
그래. 바나나 참 맛있다. 그지?
이이하후
그러자. 다음에 또 먹자. 알았지?
오오이히
그럼. 바나나보다 맛있는 게 또 있고말고.
이흐흐호호
매미는 어떻게 울지?
매에매에매매매매
강아지는 어떻게 울지?
머머어머머어어머
고양이는?
야오야오야오야오
엄마는 어떻게 울지?

으앵에에애으으응응
아, 억지로 쥐어짜지 않아도 좋아. 알았지?

이제 막 젖니가 솟고 있는 아이는 잇몸으로 말한다. 젖니 사이
로 삐져나오는 자음과 잇몸을 뚫고 올라오는 모음이 만나 옹
알이를 시작한다. 롤랑 바르트는 옹알이를 "언어의 거품"(『텍
스트의 즐거움』)이라지만 아무리 들어도 옹알이는 언어의 기원
인 것이 확실하다.

오늘은 첫눈이 오는 날. 창밖의 눈을 가리키며 아이에게 눈,
눈, 눈이야, 따라 해볼까, 눈, 눈, 해본다. 아이는 누 누 눈? 눈
한다. 아이의 입에서 탄생한 첫눈을 맞으며 오늘이 쌓인다.

'돌보다'의 지층

돌보다. 이 말에서 세 가지를 경험했다.

우선, 돌아보다. 아가를 돌보면서 나는 정말 자주 돌아보게 된다. 내가 어릴 때는 어땠을까. 잘 걸어 다녔을까. 어떤 노래를 가장 좋아했을까. 돌보는 일을 하면서 나는 정말 자주 돌아본다. 돌아본 그 자리에 아직도, 어린 내가 있다. 정말 자주 돌아본다. 내가 세상에 나오고 나서 우리 어머니는 어떤 기분이었을까. 내가 어릴 때 좋아했던 것은 뭐였지? 나도 이 아이처럼 정말 자주 울었겠지? 하루에도 몇 번씩 돌아보게 된다. 그리고 내 안에도 달래지지 않는 아이가 있다는 것을 느낀다. 관심받고 싶고, 사랑받고 싶고, 떼쓰고 싶고, 마음대로 안 되면 내 맘대로 하고 싶어 하는 아이가 내 안에도 있음을. 돌봄에는 돌아보는 자세가 있다.

다음, 보다. 정말 본다. 보고만 있다. 한시도 쉬지 않고 끊임없이 움직이고, 집 안 곳곳을 탐험하는 저 아가를 본다. 시선을 놓치지 않는다. 책도, 스마트폰도 하지 않고. 본다. 오직 볼 뿐. 무언가를 이토록 응시한 적이 있었을까 싶을 정도로. 공원에 나가 흙, 나무, 풀, 물을 만지작거리는 아이를 본다. 그저 본다. 이런 생각을 할 때쯤 아가는 신발을 진흙투성이로 만들어놓고 나를 돌아보며 슬쩍 웃는다. 심장이 터질 것 같다.

마지막, 돌아버리다. 돌보면서 돌아버릴 때가 가끔 있다. 내 마음대로 되지 않을 때 흔히 그렇다. 전에는 계획하고 준비하고 실행하고 성과를 내고 자랑하고 숙고하고 또 다음을 준비하면서 '나'를 세우면 되었지만, 돌봄에는 그런 것이 없다. 정말 돌아버리게 하는 순간이라는 것이 찾아온다. 다 같이 외출하기 직전에 옷을 입지 않겠다고 바닥에 드러누워버린 아이를 보고 있으면 그렇고, 애써서 만든 음식을 아이가 바닥에 내팽개칠 때도 그렇다. 조용하다 싶어 현관 쪽에 가보면 내 운동화를 쪽쪽 빨고 있는 아이를 볼 때도. 정말 돌아버릴 것만 같다.

돌봄, 이라는 낱말을 가장 아름답게 구사하는 한 사람을 나는 알고 있다. 돌봄, 이라는 낱말로 세상을 구하고 있는 사람을. 그는 말했다.
"돌봄 개념이 사회생활의 필수 원리임을 인정하게 될 때 아주 큰 사회적 변화를 예상할 수 있다. (……) 그간 남성 중심적으로 규정된 '사회적인 것'에 대한 근본적 재규정을 의미한다. (……) 돌봄 사회를 회복하는 일은 사회 구성원들이 측은지심

에 대한 감각을 잃어버리기 전에 이루어야 할 과제다. (······)
돌봄에 대한 감수성을 지닌 성숙한 여성 국민/시민들이 자신
들이 원하는 공동체적 삶을 기획할 수 있도록 사회구조를 바
꾸어내는 것, 구체적으로는 지역사회에서 자녀와 부모를 위
한 돌봄 노동을 하는 이들을 발굴해내고, 그들에게 남성이 독
점한 자원을 재분배해야 한다." (조한혜정, 「토건국가에서 돌봄
사회로」, 『가족에서 학교로, 학교에서 마을로』 중)

이런 문장들을 보면 돌봄이라는 낱말을 이렇게 이야기해줘서
고맙다는 생각마저 든다. 돌봄이 "사회생활의 필수 원리"로
받아들여져 "돌봄에 대한 감수성을 지닌" 사람들이 "공동체
적 삶을 기획"하기 시작할 때, 돌봄은 '돌아보다', '보다', '돌아
버리다'를 포함한 천 가지 지층을 가진 두꺼운 낱말이 될 것임
이 분명하다. 나는 이 낱말을 끝끝내 아끼는 사람들과 친하게
지내고 싶다.

아이가 퀴어라면

공원 산책 중. 여름. 밤. 공기 좋고. 아. 달도 좋아.

공원을 걷다 보니 이쪽으로 카메라를 든 사람이 다가오고 있다. 근육질 인간, 쪼리 신은 인간, 눈썹 문신한 인간, 셔츠를 바지에 넣은 인간, 어? 허리를 숙인다. 인사를 한다. 어, 뭐지.

안녕하세요. 유튜브 VJ인데요. 간단하게 인터뷰 할 수 있을까요?

(아니요, 라고 대답하려는데)

동성애에 대해서 어떻게 생각하세요?

(라고 묻는다)

어? 이게 뭐지? 이 근육질 인간은 뭐지?

(대답한다)

왜 그런 질문을 하세요? 동성애 혐오를 조장하기 위해 기획된 인터뷰라면 거절할게요.

(그렇게 지나쳐 가려는데)

그게 아니라, 저희는 동성애자입니다. 일반 시민들께서 동성애자를 어떻게 생각하시는지 알아보려고 이렇게 질문드렸어요.

마음이 조금 놓인다.
나는 교과서적인 대답을 한다.
그 누구도 자신이 가진 성적 지향으로 인해 차별받는 일은 없어야 해요. 한국 사회는 동성애 혐오를 상식으로 생각하는 것 같아요. 더럽다고 생각하고, 질병이라고 생각하죠. 이는 양성 (여/남)으로만 구분하는 한국 사회의 견고한 가부장제와 이성애 제도에 의해 탄생한 괴물 같은 편견이라고 생각해요. 안타까운 일이에요.

내 대답을 지겹게 듣고 있던 아내가 대답했다.
(마치 당연하다는 듯)
제 아이가 퀴어일 수 있잖아요. 생각하지 않을 수가 없죠.
나는 깜짝 놀란다. 갑자기 찬물에 발이 빠진 듯한 기분.
한 번도 생각해본 적 없었다.

그래, 그럴 수 있겠구나. 이 아이가 퀴어로 태어난 것일 수도 있겠구나. 처음, 생각해보았다. 어떻게 이런 걸 처음 생각해볼 수가 있지? 조금 부끄러웠다. 집으로 돌아가는 길에 한 장면이 떠올랐다. 얼마 전 참가했던 퀴어문화축제에서 마주친, 성소수자 부모 모임에서 나온 부모님들. 두 팔 벌려 프리 허그를 하며 "나는 너희를 있는 그대로 사랑한다."고 말하시던 부모님들과 품에 안겨 울고 있던 퀴어들. 그 부모님들의 표정, 눈빛, 포즈, 말투가 떠올랐다. 그들이 건너온 수많은 질문, 죄책감, 원망, 분노, 체념이 떠올랐다. 그 수많은 감정을 지나온, 그 수많은 감정을 이겨낸 부모의 얼굴.

잠든 아이를 방에 누이고 지긋이 머리를 쓰다듬었다. 네가 어떤 성적 지향을 가지고 있건 있는 그대로의 너를 사랑하기 위해 애쓰는 사람이 될게. 끝까지 너를 사랑해줄 수 있는 최후의 사람이 되려고 노력할게. 기꺼이 사랑할 수 있기 위해 모험하는 사람이 될게. 아이야, 잘 자.

은근히 미지근하고 조심스러운
연민의 시선들

식당에 들어가 애인을 먼저 자리에 앉히고, 아이를 아기 의자에 앉혀 놓고, 애인에게 메뉴판에 적힌 메뉴들을 읽어준다. 김치볶음밥, 두부볶음밥, 게살볶음밥⋯⋯. 메뉴를 다 읽고 잠시 메뉴 고민에 빠진 애인을 두고 집에서 싸온 아기 반찬과 물, 턱받이를 세팅하고 종업원을 부르려고 고개를 돌리자 카운터의 종업원은 이미 나를 오랫동안 지켜보고 있었다는 듯 다가와, 사정을 다 안다는 듯 내 어깨를 두드렸다.

계산원과의 거리감이 느껴지지 않는 애인은 지갑에서 카드를 꺼내 엉뚱한 위치에 내민다. 계산원은 애인의 손 위치를 빤히 보고, 아이를 내려다보고, 나를 보고 고개를 끄덕이며 잠시 착한 사람 표정을 짓는다. 크게 작게 나는 날마다 이런 은근히 미지근하고 조심스러워하는 연민의 시선을 마주해야 한다. 단 하루도 빠짐없이.

장/애인과 아이를 동시에 돌봐야 하는 나에게 사람들은 저마다의 선의를 조금이라도 내어주고 싶었을 것이다. 잠시라도 착해지고 싶었을 테고, 애써 다정함을 전해주고 싶었을 것이다. 나는 이러한 연민의 시선에 잘 적응되지 않는다. 사르트르는 타자의 시선을 두고 "깊이를 알 수 없는 얼어붙은 호수"라고 표현하면서 이러한 시선들이 세계와 주체의 거리감을 체험하게 한다고 말했다. 연민의 시선에서 나는 그들과 나 사이에 얼어붙어 있는 호수가 놓여 있음을 확인한다.

일반적으로 장애인을 바라보는 주된 관점 중 하나는 '딱한 사정이 있는 도움이 필요한 사람'이다. 이는 비장애인의 우월함을 전제하고 있다. 단지 장애인이라는 이유 하나만으로 사람들과의 관계에서 손쉽게 약자가 된다. 이런 인식은 '저렇게 눈이 보이지 않는 사람도 살아가고 있는데 우리의 건강함에 감사해하며 살자'에서 벗어나지 못한다. 또 복지의 관점에서 장애인을 수혜의 대상으로 묶어버린다. 비장애인이 장애인보다 우위에 있으니 도움을 주어야 한다는 것인데, 그 "얼어붙은 호수 속" 연민의 시선에 나는 적응이 잘 안 된다. 인식은 시선을 만들고 시선은 태도를 만들며, 태도는 가치를 만든다. 이렇게 만들어진 가치는 정상/비정상으로 나누어 장애를 치명적인 결핍의 조건으로 여기게 하여 장애를 인간의 다양한 조건들 중 하나일 뿐이라는 인식에 가닿지 못하게 한다. "얼어붙은 호수"는 더욱 견고하게 얼어갈 뿐이다.

장애인과 비장애인 사이에 놓인 "얼어붙은 호수"를 깨부수기 위해서 카프카가 선택한 것은 "우리 안의 얼어붙은 바다를 부수는 도끼" 같은 한 권의 책이다. 그 한 권의 책으로 "주먹으로 정수리를 갈기듯 우리를 깨닫게" 해주어야 한다고 말한다. 그 책은 우리를 행복하게 해주는 책이 아니라 "우리를 고통스럽게"하는 책이어야 한다고 말한다. 나는 애인과 함께 "얼어붙은 호수"를 깨부술 수 있는 도끼 같은 책을 한 권 꼭 쓰고 싶다.

동반자 1인

나는 장/애인과 미술관에 간다. 동반자 1인까지 무료 입장이
다. 기차를 예매한다. 동반자 1인까지 50퍼센트 할인을 받는
다. 지하철을 탄다. 동반자 1인까지 무료다. 이를 두고 누군가
좋겠네 할인받아서, 라고 말한다. 〈조제, 호랑이 그리고 물고
기들〉 영화에 나오는 조제처럼 농담하듯 대답하고 싶어진다.
그럼 너도 네 애인 눈을 찔러! 꾹 참는다.

나는 동반자 1인에 포함되는 사람이다. 애인의 복지카드는 나
를 동반자로 만든다. 나의 동반자. 동반한 자. 나는 사실 이 말
을 은근히 좋아하는 편이다. 동반자라는 이 오래된 낱말을 누
군가로부터 들을 일도 없고, 나 스스로를 누군가의 동반자라
고 생각하지도 않았지만 동반자, 라는 어감이 주는 오래된 다
정함이 좋다. 그리고 동반자 뒤에 붙는 '1인'도 좋다. 2인도 아
니고 3인도 아니고 단 한 사람. 오직 단 한 사람이 되는 것 같
아서 좋다. 이것이 가족주의 폐쇄성이 아니고 뭐냐고 항변할
수도 있지만 이 '동반자 1인'이 주는 감각을 언어로부터 지키

고 싶은 것이 내 마음이다. 단 한 사람의 자리가 주는 공간 감각이 좋다.

이 동반자 1인의 자리에 들어오면 장/애인과 함께 병원에 가고, 주민센터에 가고, 장을 보고, 각종 신변을 처리해야 한다. 가끔은 동반자 1인이 없으면 장/애인은 병원도, 주민센터도, 시장도, 가기가 무척 어렵다. 그래서 동반자 1인의 자리에는 품이 제법 들어간다. 가끔 애인은 힘들지 않아? 라고 물어보지만 시각장애를 내 삶의 조건이자 형식으로 받아들인 뒤부터는 마땅한 일이라고 생각한다. 동반자 1인의 자리에 다른 사람들이 있기도 하다. 가끔 일이 있어 나가야 할 때 동반자 1인의 자리에 활동보조 선생님이 오셔서 집안일을 해주시며 동반자 1인이 되기도 하신다. 또 가끔은 동반자 1인의 자리에 애인의 친구들이 찾아오기도 한다. 뜨겁고 끈적이는 우정을 나누고 있는 친구들은 기꺼이 동반자 1인의 자리에 들어간다.

동반자 1인의 자리엔 아무나 들어갈 수 있는 게 아니다. 연민과 동정하는 자는 동반자 1인의 자리에 초대받을 수 없다. 우정의 동반자들만이 초대받을 수 있다. 동반자 1인의 자리에는 장/애인과 충분한 신뢰관계가 있어야 한다. 어떤 일을 수행하는 데 '기꺼이' 자신의 품을 내어줄 수 있어야지만 동반자 1인의 자리에 초대받을 수 있다. 삶에 큰 보탬이 되는 지혜를 '기꺼이' 나눌 수 있어야 동반자 1인의 자리를 지킬 수 있다.

그런데 요즘, 기저귀를 찬 녀석이 자꾸 동반자 1인의 자리를
독점하려고 한다. 아이야, 동반자 1인은 독점할 수 없는 거야.
그 자리는 우정을 배우는 자리란 말이다!

문턱에 걸린 유아차와 휠체어

신촌에 가야 하는 일이 있어서 유아차를 끌고 지하철을 타러 갔다. 유아차를 끌고 있으니 지하철 입구로 들어가는 계단이 영 신경 쓰였다. 이후로도 계단은 계속해서 나타났다. 계단이 너무 많아 결국 엘리베이터를 타기로 했는데, 그걸 찾느라 시간을 다 썼다. 분명 여유롭게 나왔는데도 약속 시간은 점점 빠르게 다가왔다. 엘리베이터에서 내리니 이번엔 문턱이었다. 난감했다. 신촌까지 가는 길이 이렇게 머나먼 여정이 될지 상상도 못 했다.

길고 긴 길을 돌아 겨우 엘리베이터를 찾았다. 문이 열리기를 기다리며 초조하게 약속 시간을 다시 확인했다. 문이 열리고, 그곳에 휠체어 장애인이 한 명 있었다. 다른 사람들이 재빨리 먼저 빠져나가고 휠체어가 움직이려 하자 엘리베이터 문이 닫히려 했다. 급히 손을 뻗어 얼른 열림 버튼을 눌렀다. 휠체어에 탄 청년과 가볍게 눈인사를 나누고 유아차를 밀고 엘리베이터에 탔다. 문이 닫힐 때까지 조금씩 멀어지는 휠체어를 바라보았다. 내가 거쳐왔던 험난한 길이 눈앞에 다시금 펼쳐졌다.

예전에 본 여균동 감독의 〈대륙 횡단〉이라는 단편영화가 생각났다. 휠체어 장애인이 길을 건너기 위해 얼마나 많은 문턱과 만나는지에 대한 영화였다. 작은 문턱 하나에도 길을 돌려야 하는 그의 동선은 그야말로 대륙 횡단이었다. 이 영화의 마지막 장면은 주인공이 휠체어 대신 목발을 짚고 광화문을 (무단) 횡단하는 장면이다. 이 장면은 내가 본 예술의 정치적 이미지 중 단연코 최고급이었다.

유아차를 끌고 다니면서 문턱의 세계를 만났다. 건널목을 건널 때, 인도로 들어설 때, 버스와 지하철을 탈 때 숱하게 문턱의 세계와 만났다. 문턱과 불화했다. 비장애인 문명 속에서 큰 어려움 없이 지내다가 처음으로 문턱의 세계와 마주하면서 난감했다. 문턱을 넘도록 하는 기술이나 장치가 고려되지 못한 공간들이 눈에 턱턱 들어왔다. 유아차를 끌고 다니기 전까지는 생각도 해본 적 없는 문제들을 생각해보게 되었다. 내 삶의 국면에 따라 세계의 문제를 사유하는 강도와 온도는 달라진다.

철학자 이진경은 "타인의 도움 없이는 넘기 힘든 문턱, 그것이 장애를 정의"한다고 한다. 장애 그 자체에 의해서 장애가 정의되는 것이 아니라 문턱이 있기 때문에 장애가 정의된다고 한다. "세계를 살아가는 데서 어떤 불편함과 불화를 야기하는 문턱이 어떤 존재자를 장애자로 만든다"고 말하면서 "장애자는 장애물에 의해 정의되고, 장애는 문턱에 의해 정의된다"고 강조한다(『불온한 것들의 존재론』). 지하철의 문턱을 넘지 못하는 유아차와 휠체어는 문턱에 의해서 비장애인 문명과 불화한다.

비장애인 문명이 아니라 장애인 문명에서라면 소요되는 이동 시간도, 편의성도 전혀 다른 방향으로 설정되었을 것이다. 문턱이 없을 것이다. 나는 오늘도 유아차를 끌고 문턱을 셀 수도 없이 만나면서 휠체어 장애인들에 대해서 더 많이, 더 자주 생각해보게 된다. 모든 문턱을 다 없애는 것은 불가능한 것인가. 그렇다면 계단의 기울기가 아니라 내리막의 기울기를 우리는 요구할 수 있지 않나. 나는 오늘도 유아차를 끌고 문턱을 셀 수도 없이 만나면서 휠체어를 탄 사람들에 대해서 더 많이, 더 자주 생각해보게 된다.

마침내 신촌에 도착했다. 이십 분이면 도착할 수 있는 거리를 빙빙 돌아 한 시간 십오 분이 걸렸다. 약속 시간에 늦은 나를 두고 친구가 시큰둥해한다. 미안하다고 말하고, 잠시, 이거 내가 미안해야 할 일인가, 싶다.

어린이집 신청

보육대란이라더니 진짜다. 어린이집 신청을 하려니 대기 번호가 100번을 넘어간다. 애가 초등학교 들어갈 무렵이 되어서야 "입학하셔도 됩니다"라고 어린이집에서 연락이 왔다는 소문이 소문만은 아니구나 싶었다. 임신했을 때부터 어린이집 대기를 걸어야 한다는 말이 빈말만은 아니었다.

어린이집을 알아보기 시작하면서 어린이집에서 일어난 사건/사고가 눈앞을 맴돈다. 닭 한 마리로 30명을 먹이고, 계란 하나로 50명을 나눠 먹게 했다는 뉴스는 예수의 기적을 떠올리게 한다. 휴대폰으로 불법 음란 동영상을 보여주는 어린이집 이사장이 있는가 하면, 색연필을 책상에 쏟았다고 아이를 밀치고 아이의 입에 주먹을 갖다 대기까지 한 보육교사도 있었다. 이것보다 더 하드코어한 사건들이 많지만 차마 입에 올리기가 겁나 말하고 싶지 않을 정도다.

모든 어린이집이 그렇지는 않고 오히려 어린이의 성장과 발

달에 맞춰 애쓰는 어린이집이 훨씬 더 많을 거라고 생각하지만, 그런 뉴스들 앞에서는 내가 가지고 있는 신뢰에 찬바람이 든다. 현재 어린이집 보육교사들의 노동환경, 어린이집 경제 구조, 어린이집에 대한 국가의 무관심이 만들어놓은 '열악한 어린이집 트라이앵글'은 손쉽게 해소될 것 같지 않다. 최근 사립유치원 원장들이 유치원의 사유재산화를 논하는 '발악'을 보면서, 저 사람들 도대체 뭐래는 거야 싶었다. 오늘 어린이집 신청을 하려 했는데 결국, 하지 못했다. 당분간은 못 할 것 같다.

복직을 앞둔 엄마 X는 어린이집 보내는 게 너무 걱정이라며 애를 태우지만 어쩔 수 없는 상황이다. 세 아이를 돌보고 있는 엄마 XX는 허리디스크가 점점 심해져 어린이집에 아이를 맡겨놓고 재활을 하려 했는데 어찌해야 할지 모르겠다고 했다. 엄마 XXX는 오랜만에 복귀하는 영화 미술 일에 몰입하기 위해 아이를 어린이집에 보내기로 했는데, 일을 포기해야 할 것 같다고 털어놓았다. 아빠 XY는 뉴스에 나오는 사례들은 예외적이라고, 신경 쓸 거 없다고 말했다. 못난 사람이다.

얼마 전 뉴스를 보고 장애아들이 한 시간 넘게 걸려 특수학교에 등교를 하고, 그나마도 입학 정원이 다 차서 대기하고 있는 장애아들이 수없이 많다는 사실을 알게 되었다. 지난 15년 간 서울에 만들어진 특수학교는 단 한 곳뿐이고, 1만 2000명의 특수교육 대상자 중 35퍼센트만 학교에 다니고 있단다. 게다가 장애통합교육을 하는 학교에 간신히 입학했다 해도 "야, 병신 새끼 또 왔냐." 같은 폭언에 시달리고, 같은 반 학부모들은 "학급에 엄청난 괴물 같은 아이가 있어서 반 아이들을 위협"하니 퇴학시켜야 한다고 진정을 넣기도 한단다. 못된 사람들이다.

집사람 회의를 하면서 아내와 어린이집에 대한 고민을 나누다가 한 가지 결정을 했다. 꼭 장애통합보육을 하는 곳에 아이를 보내기로. 영어를 익히는 것보다 장애아와 함께 지내면서 익히게 될 감각이 훨씬 중요할 것이라고, 장애를 가진 아이들과 어울려 지내는 일이 코딩을 배우는 것보다 더 중요할 것이라고, 장애아와 자신의 차이를 이해하고 그 차이에서 발생하는 간극을 자연스럽게 넘나들면서 어울려 지내는 일이 학업 성취도를 높이는 것보다 100배는 더 중요하다고 생각했기 때문이다. 늘 우리 주변에 살고 있는 장애인들을 친구, 동료, 스승으로 만났으면 하는 마음을 담아 어린이집 신청을 다시 했다. 언제 연락이 올지 확신할 수는 없지만.

우리 서로 처음 생일

아이는 마늘을 잡았다. 꼭 쥐고 높이 흔들어도 보았다. 좋다, 농부로 자랄 운명이구나. 운명과 우연을 사랑하는 사람이 되거라.

1년, 한 해가 지났다. 그간 우리는 아이를 키웠고, 아이도 우리를 키웠다. 내가 목화를 키울수록 목화가 나를 키우듯. 그간 수많은 기저귀를 갈고 빨았다. 수도 없이 밥을 했고, 수도 없이 빨래를 했고, 수도 없이 청소를 했고, 수도 없이 아이를 안았다. 셀 수도 없이 많은 시간이 지났다. 아이의 첫 생일을 맞이하기까지 이 1년은, 그야말로 셀 수 없음의 시간이었다. 나도 생일을 맞았다. 아버지로서의 첫 생일.

지난 한 해를 돌아본다. 돌아본 그 자리에 아가의 비릿한 똥 냄새가 있다. 아기의 침과 음식물이 얼룩져 있는 옷가지가 있다. 코 고는 소리와 그치지 않는 울음소리가 있다. 젖 맛을 풍기는 아내의 브래지어가 있다. 하루에도 열두 번 더 빠는 걸레가 있다. 내 사랑하는 집사람들이 있다.

셀 수 없이 많은 물방울, 셀 수 없이 긴 울음을 받아내던 새벽, 셀 수 없이 닦아야 했던 주방 바닥, 셀 수 없이 집 밖으로 뛰쳐나가고 싶던 화창한 날씨, 셀 수 없이 끓였던 미역국, 이 셀 수 없는 것들이 모여 1년의 무늬를 만들었다. 그 무늬를 만든 물건들을 아이 돌상에 올렸다. 천 기저귀, 국자, 담요, 앞치마, 꽃, 마늘, 음악, 우부(아이가 처음으로 이름 붙인 작은 소 인형)까지. 돌잔치에 우리의 셀 수 없음의 무늬를 손수 수놓았다.
그리고 셀 수 없이 많은 사람들, 고마운 사람들.

그들과 함께 아이가 처음 율동을 따라 한 노래 〈반짝반짝 작은 별〉을 불렀다. 동쪽 하늘에서도 서쪽 하늘에서도 별이, 셀 수도 없이 많은 반짝거리는 별이, 앞으로의 시간 속에 떠 있을 것이다. 반짝반짝 빛나며.

4부

순간일지 영원일지

수많은 어머니가 나를 키웠다.
삼촌, 이모부, 아버지, 할아버지가
돈 벌러 나간 사이 나를 키운 건
그 '어머니들'이었다.

1

기다리던, 네가 나왔다.
잠시 숨을 멈추고 너를 바라보는데
세상이, 잠시 멈추었다.

2

아들이 태어났다. 파란색 담요를 덮어주었다. 옆에는 누군가
의 딸이 있었다. 분홍색 담요에 덮여 있었다. 예쁜 사진을 남
겨주겠다며 산후조리원에 포토그래퍼가 왔다. 아들이에요 딸
이에요? 아들……. 그럼 우리 왕자님께 호랑이 머리띠. 호랑
이 머리띠라. 포토그래퍼가 가져온 촬영 소품 중에 딸기 머리
띠, 천사 머리띠도 있는데 굳이 호랑이 머리띠라……. 사람들
이 자꾸 아들인지 딸인지 물었다. 아들이라고 답하면, 키우기
만만치 않겠는걸요, 한다. 농담 삼아 딸이라고 답하면, 요즘
같은 시대에 딸이 최고죠, 한다. 그 뒤로 아들이에요 딸이에요
하는 질문에 "그냥 아기예요."라고 대답했다.

3

젖 냄새를 맡고 입을 오물거린다. 젖 냄새를 알고 눈을 감은
채 입을 벌린다. 젖 냄새를 맡으며 입술을 모은다. 저 포유류
는 젖 냄새를 입으로 기억한다. 젖 냄새를 기억하는 동물을 두
고 포유류라고 부른다.

4

내가 세상에 나올 때 어머니는 고모할머니의 도움을 받아 택
시를 잡아타고 병원으로 갔단다. 퇴원할 때는 큰이모와 함께
였단다. 부축을 해주던 큰이모의 손이 정말 따뜻했단다. 산
모 몸에 찬바람이 들면 골병 난다고 둘째 고모와 백산 할머
니가 방에 불을 올려놓고 미역국을 끓여 아기와 산모를 맞아
주셨단다. 이모들과 큰어머니가 밀려 있는 빨래와 청소를 틈
틈이 해주셨단다. 어머니가 수유를 하고 곯아떨어지면, 주
인집 할머니가 나를 업고 약수터, 시장, 기찻길까지 나갔다
가 돌아오곤 하셨단다. 잠이 든 나를 잠자리에 눕혀놓고 어머
니의 손과 발을 주물러 주셨단다. 그렇게 수많은 어머니가 나
를 키웠다. 삼촌, 이모부, 아버지, 할아버지가 돈 벌러 나간 사
이 나를 키운 건 그 '어머니들'이었다. 그 어머니들 덕에 나
는 여태 살아 있다.

5

아이 이름을 두고 고민고민하던 날, 새벽에 애인이 나를 흔들

어 깨웠다. 서로! 어때? 서로? 우리 서로? 서로서로? 좋아! 이렇게 순식간에 결정되었다. 역시 중요한 결정은 정전기처럼 번쩍하고 찾아온다.

6

객관적으로 예쁘다. 절대적으로 귀엽다. 네가 세상에서 제일 아름다워, 라고 말해버렸다. 내가 왜 이런지 모르겠다. 비합리적 힘에 도취되어서가 아니라, 오랜 시간 섬세하게 그 아이의 미적 요소들을 완전하게 파악했기 때문이다. 그래서 엄마들 눈에 제 새끼는 모두 예뻐 보일 수밖에 없다.

7

아내의 가슴이 젖가슴이 되어간다. 이렇게 커져도 되나 싶을 정도로 크다. B컵에서 D컵으로. 겨드랑이까지 젖이 차서 겨드랑이가 시커멓다. 새벽에도 젖이 뭉쳐 가슴이 아프다며 일어나는 아내를 보며 내 속이 시커멓게 탄다.

8

아가. 저녁이 되면 밤 할아버지가 오신단다. 큰곰자리, 전갈자리, 사자자리를 몰고 오신단다. 잔소리가 심하셔서 늦게까지 깨어 있는 아이들에게 별똥별 떨어뜨리며 "이놈들 어서 잠들지 못할까." 하신단다. 그러니 어서 잠들거라. 어서 이놈. 오늘도 나는 별똥별 수십 개를 떨어뜨렸다.

9

원고 마감이 다가왔다. 글 쓸 시간이 절대적으로 부족하다. 아이가 낮잠 잘 때 써야지. 아이야, 너는 이제 잘 시간이다. 10분 안에 너를 꿀잠에 들게 해주마. 낮잠 재우기 필살기 둥가둥가를 시켜주마. 자, 이제 시간이 되었다. 자, 자자. 1시 40분, 이제 거의 잠들었다. 좋아어. 앞집 공사가 시작되었다. 깼다. 2시, 잠을 안 잔다. 칭얼거리기 시작한다. 어, 이러면 안 되는데. 2시 10분, 큰일이다. 계획이 틀어지기 시작한다. 2시 20분, 필살기 둥가둥가를 다시 시작한다. 아이의 눈이 감기고 있다. 됐다. 이제 성공이다. 앞으로 3분 안에 잠이 들어 하마랑 악어랑 진창물 속 모험을 시작하겠지. 숨소리가 깊어지고, 얕아진다. 자, 자자. 이제 자, 잔다, 자. 자, 어서 자자. 자……. 4시 40분. 눈을 떴다. 아, 나도 함께 잠들어버렸다. 이제 어떡하지?

10

드디어 깨달았다. 내가 그토록 알고 싶어 찾아 헤매던 인간의 본능! 움직이고 싶다. 안기고 싶다. 먹고 싶다.

11

아이는 새벽이면 기어코 일어나 나에게 돌진한다. 내 얼굴을 더듬으며 칭얼댄다. 나는 잠을 설치고 살짝 몸을 돌려 누우면 이것은 기어코 다가와 내 콧구멍에 자신의 손가락을 밀어 넣는다. 이 새벽엔 놀라는 일들이 점점 많아지고 있다.

12

오이를 쥐고 아이가 웃는다. 싱그러움에서 오이가 밀릴 줄이
야. 뒤집기에 성공했다. 세상이 뒤집어진 것 같다.

13

물에 들어가지 않고는 수영을 배울 수 없다. 집에 들어가지 않
고는 육아를 배울 수 없다.

14

이렇게 추운 겨울은 뜻밖이다. 몸이 춥다. 패딩점퍼 안에 아이
를 넣고 발을 만지작거린다. 따뜻해지면 꼭 내 것 같다.

15

처음 먹는 고구마, 잘 먹는다. 아이 머리에 코를 대고 흐으으
읍 냄새를 맡으면 좋은 고구마 냄새가 난다. 처음 먹는 귤, 잘
먹는다. 아이 머리에 코를 대고 흐으으읍 냄새를 맡으면 좋은
귤 냄새가 난다. 처음 먹는 브로콜리, 잘 먹는다. 아이 머리에
코를 대고 흐으으읍, 하면 작은 나무 냄새가 난다. 역시 브로
콜리는 작은 나무였어.

16

꿈속에서 별똥별 사탕 하나 받아먹었다. 이 맛은 우주 같아. 우
주가 느껴져. 몸이 막 붕붕 뜨려고 해. 귀에서 우주가 돌아가는
소리가 들리고 머리끝에서 나무가 자라고 어어 저기 또 별똥
별이 떨어진다 입을 아아아아 하고 받아먹으려는데 깼다. 깨
어나서 보니, 아이가 발을 내 얼굴에 올려놓고 자고 있다.

17

초등학교 시절 도시락엔, 날마다 어머니의 편지가 들어 있었
다. 내용은 하나도 기억나지 않지만 밥 먹기 전 그 종이를 꺼
내 펼쳐보던 설렘, 친구들 앞에서 접혀 있는 편지를 펼 때마다
느껴지던 뿌듯함은 분명 기억난다. 아이가 태어나면서 겪고
있는 이 일들을 30년쯤 지나면 정확히 기억 못 하겠지만 지금
의 이 느낌만은, 이 황홀함과 막막함의 감각은 그때도 남아 있
을 것 같다. 죽을 때까지 선명했으면 좋겠다.

18

눈이 온다. 아이의 눈이 동그래진다. 작업복 입은 아저씨들이
눈 위에 소금을 뿌린다. 한 모금 먹어보고 싶은 눈치다.

19

백일상을 준비하면서, 100일 기념 문장 하나. '품은 숲이다.'
200일 기념 문장 하나. '짐승처럼 사랑하기.'

300일 기념 문장 하나. '엄마, 그 어마어마한.'

첫돌 기념 문장 하나. '우리 서로 처음.'

좋은 문장이 늘고 있다.

20

애인의 몸이 심상치가 않다. 오늘은 산책하다 느닷없이 커피 잔을 떨어뜨렸다. 갑자기 손에서 힘이 풀렸단다. 계단을 내려 가는 것도 누운 몸을 일으키는 것도 어려워하고, 의자에 앉았 다 일어설 때면 앓는 소리를 다 낸다. 얼굴도 부어 있고. 애인 은 굳이 내색하지 않는다. 출산 후 여성의 신체는 교통사고 이 후의 상태라는 육아 스승의 말씀이 번개처럼 스친다. 나는 더 욱 씩씩해지기로 결심한다.

21

대출받으면 대충 살 수 없게 된다. 대충 살고 싶어서 잔액이 늘 부족하다.

22

어버이날. 부모님께 어버이날 노래를 부르는 영상을 보내드 리기로 하고, 공원에 나가 삼각대를 세웠다. 그리고 녹화. 나 실 제 괴로움 다 잊으시…… ㅋㅋㅋㅋㅋㅋㅋㅋ. 기르실 제 밤낮 으로 애쓰는 마음…… ㅋㅋㅋㅋㅋㅋㅋㅋ. 정말 우리는 이 노래 를 통감하고 있었다. 진자리 마른자리 갈아주시며…… ㅋㅋㅋ

ㅋㅋㅋㅋㅋ. 무슨 이런 진리의 노래가 다 있나. 손발이 다 닳도
록 고생하시네…… ㅋㅋㅋㅋㅋㅋㅋㅋ. 우리는 노래를 끝까지
부르지 못했다. 몇 번이고 다시 부르려 했지만 손발이 다 닳도
록 고생하시네, 부분을 넘어가질 못했다. 안 되겠다 싶어, 찍
힌 열 개의 동영상 중 그나마 나은 하나를 골라 부모님께 보내
드렸다.
"술 먹었어?"

23

비트겐슈타인의 『전쟁 일기』를 보면, 그는 전쟁 중에도 끊임
없이 자신의 철학 과제들을 파고드는 작업을 했다. 절망적인
상황 속에서 "이제 내 작업은 영영 끝나버린 것일까?!!"괴로
워하고 "아무것도 보이지 않는다!!!"며 울부짖을 때도 계속해
서 작업을 이어나간다. 어느 날(1914년 9월 15일) 그는 이렇게
썼다. "가장 작업을 잘할 수 있을 때는 감자를 깎을 때다. 나는
항상 이 일에 자원한다. 내게 감자를 깎는 일은 스피노자가 렌
즈를 깎던 일과도 같다." 내게 아이를 돌보는 일은 비트겐슈
타인이 감자를 깎던 일과도 같다.

24

어제 아가는 현관까지 기어가 내 신발을 빨고 있었다. 오늘 아
가는 화장실까지 기어가 화장실 슬리퍼를 빨고 있었다. 그리
고 지금 실내화를 빨아보려고 다가오고 있다. 빨던 걸레를 바

닥에 던지고 실내화를 못 빨게 발을 휙 들어 올렸다. 그러자 아가는 걸레를 빨아보려고 다가가고 있다. 아가는 발바닥의 세계를 혓바닥으로 탐구하고 있다.

25

N선생님에게서 전화가 왔다. 나의 문학적 재능을 아껴주시는 든든한 선생님. 요즘 육아에 매진하고 있다는 나의 안부에 "아이는 저절로 크는 거야. 너무 신경 쓰면 작업 못 해." 하셨다. "선생님이 아이를 키워보지 않으셔서 그러시는 거예요. 저절로 크는 아이는 단 한 명도 없다고요."라고 대꾸했다. 나는 점차 용감해지고 있다.

26

세미나에서 오랜만에 만난 J선생님에게서 문자가 왔다. "아이는 옴팡 돌보고 있나요? 교오는 요즘 시를 살고 있겠군요. 좋은 시절이었으면 합니다. 저는 그러질 못했어요. 앞으로의 작품이 벌써 기다려집니다. 반드시 건강해요." 내가 지금 시를 쓰는 대신 시를 살고 있는 것임을 처음으로 알았다.

27

처음으로 아기 손톱을 깎아보려 한다. 손톱 가위를 들고 아기 손톱을 자르려는데, 이렇게 떨어본 적이 있나 싶을 정도로 손이 후들거린다. 그나마 큰 엄지손톱을 먼저 자르려고 아기

엄지를 잡으니, 너무 작다. 이래서는 손톱을 깎지 못할 것 같
아 숨을 깊이 마시고 내뱉고 또 마시고 내뱉고 한다. 이 짓만
10분째 반복하고 있다.

28

나: 아버지, 내 태몽은 누가 꿨어요?

아버지: 내가 꿨지.

나: 어떤 거였어요?

아버지: 하얀 고무신.

나: 응? 고무신?

아버지: 응, 정말 하얀 고무신 꿈을 꿨지.

나: 응? 그게 태몽이에요?

아버지: 응. 그렇게 믿고 있어. 눈이 부실 정도로 하얀 고무신
이었거든.

음, 태몽은 역시 믿음이군.

29

한평생 동생에게 용돈 준 적이 없어서, 작년에 적금을 들었다.
한 달에 3만 원씩. 동생 나이가 35살이니까. 35만원. 내년엔
36만원. 내년엔 서른여섯이니 36만 원을 줘야지 하며. 내일이
만기다. 드디어. 1년을 모은 돈으로 버섯을 먹지 않는 동생을
위해 특별히 초코송이 과자 곽 안에 35만 원을 넣어서 주기로

했다. 아이를 낳고 나니 평생 해본 적 없는 돌봄을 하게 되는 요즘이다.

30

공원에 나가면 유아차를 끌고 있는 할머니, 할아버지가 많다. 아기 낳기 전에는 저 나이에도 낳는구나, 생각했다. 대단하다고 생각했다. 신문에서 보니 황혼 육아가 사회문제란다. 육아하는 할머니, 할아버지가 정말 정말 대단하다고 생각했다.

31

아이와 함께 오늘도 집 안에 있다. 현관문, 창문, 베란다 문, 냉장고 문, 이 4대문 안에 있다. 4대문 바깥은 너무 거대해서 한눈에 드러나지 않는 먼지 괴물이 살고 있다. 집 밖으로 나가지 않는다. 나는 아이와 함께 갇혀 있다. 기적적으로 설거지를 하고, 기적적으로 방을 닦고, 기적적으로 그림책을 읽어주고, 기적적으로 밥을 먹었다. 기적이 아니고서는 가능하지 않은 하루를 보냈다. 집에서 보내는 시간이 길어질수록 나는 점점 퇴화되고 있는 기분이다.

32

스무 살에 아이를 낳고 소식이 끊긴 친구 X. 무척 가까운 사이였는데, 그 친구가 아이를 낳고 난 뒤로 소식조차 듣기 어려웠다. 오늘 오랜만에 친구 Y에게서 전화가 왔다. 애 낳고 왜 이렇게 소식이 없냔다. 친구 X를 이해하게 되었다.

33
햇볕 아래서 젖은 손을 터는 시간. 옷에 밴 아이의 똥 냄새를 말리는 시간. 아무것도 없는 침묵의 시간. 오직 신체의 움직임에 집중하는 시간. 세계를 조금은 낫게 하기 위해 궁리하는 시간. 친구의 고단한 얼굴과 표정을 대면하는 시간. 아이를 그리워할 수 있는 시간이 필요하다. 아이를 그리워하고 싶다.

34
어릴 때 땅따먹기 놀이를 좋아했다. 본진을 중심으로 돌을 세 번 움직여 영토를 확보해나가는 놀이다. 처음에는 본진 밖으로 돌을 있는 힘껏 치고, 두 번째는 본진 방향으로 돌을 치고, 세 번째로 돌을 칠 때는 본진 안으로 들어와야 하니 신중한 계산이 필요하다. 그렇게 본진 안으로 들어오게 되면 두 개의 꼭 지점을 가진 영토를 얻게 된다. 아버지가 되는 과정도 비슷한 것 같다. 처음에는 있는 힘을 다하고, 다음에는 아버지로서의 한계를 인식하고, 마지막에는 섬세하게 상대방을 헤아리고. 그렇게 조금씩 조금씩 아버지라는 본진의 영토가 커가겠지.

35
처음 여행을 떠나는 자들 옆에는 천사가 따라다닌다, 라는 말을 여행하면서 들은 적 있다. 육아를 처음 하면서 우리 집에 수많은 천사들이 따라와 음식을 해주고, 격려해주고, 선물을 해주었다. 천사는 여기에도 저기에도 있다.

36

나는 어릴 적부터 속담을 뒤집으며 노는 걸 즐겼다. 예컨대 태산을 모아봐야 티끌이다, 정승같이 살려면 개같이 벌어야 한다, 새우 등 터지면 고래 싸움 난다 등등. 어쨌거나 문장을 뒤집으면 말맛이 확 살 거나 바뀔 때가 있다. 예컨대 '나랑 장난해?'는 돌격의 느낌이지만 '장난은 나랑 할래?'는 부드러운 느낌이다. 외출 준비한다고 정신없는 아내가 "오늘 늦게 들어오니까 신발 잘 챙겨서 먹어." 했다. 신발, 을? 요즘 우리는 이런 식의 문법을 많이 탄생시킨다.

37

친구 A: 내가 육아할 때 도움을 엄청 많이 받은 책이야. 이제 내 애는 많이 컸으니 너한테 줄게. 특히 3장부터 책이 확 좋아지니까, 다 읽진 못하더라도 3장은 꼭 읽어봐. 책을 받았다. 예쁜 표지, 예쁜 제목. 책을 펼쳤다. 브로슈어가 툭 떨어졌다. '산후우울증 진단과 예방'이라는 제목이 씌어 있었다.

38

셰익스피어를 연구하는 한 미국 친구가 husband(남편)의 어원을 몇 가지 이야기해주었다.

① House+ Boundary: 집의 경계 안에 있는 사람

② House+ Bond: 집과 붙어 있는 사람

③ House+ Band: 집과 연결되어 있는 사람

이거, 다 맞는 말이네?

39

나무의 진화는 뿌리, 높이, 두께를 통해 알 수 있는 게 아니라한 나무의 수종이 얼마나 다양한지를 보면 알 수 있다고 한다.이는 젠더에도 적용될 수 있을 듯하다. 여성, 남성, 레즈비언,게이, 트랜스젠더, 인터섹스 등등. 분화된 다양한 젠더들이 어울려 살아갈 수 있는 세계를 위해서는 진보가 아니라 진화가필요한 것일지도 모르겠다.

40

언어의 고향은 젖에 있다, 고 썼다 지우고 젖은 고향의 식감이다, 고 썼다 지우며 문득 아내의 느낌이 궁금해 물었다. 어때?젖이 차는 느낌? 몸 안에서 하얀 모닥불을 피우는 느낌이랄까. 더 궁금해졌다.

41

작은 식당 화장실. 섬세하지 못한 여남 공용 화장실. 문을 열고 지퍼를 열고 급한 용무가 시작되고. 화장실 변기칸. 신생아가 오물거리는 소리. 빨고 있는 소리. 칭얼거리려는 소리. 다

급해진 손이 아이 등을 두드리는 소리. 나는 용무를 다 마치지 못하고 급하게 화장실을 나왔다.

42

일기에 아가야 사랑해, 라고 썼다. 눈 뜨자마자 아가 사랑해, 라고 말했다. 어느 것이 더 오래가는지 확연하다. 생각은 목소리를 가졌을 때 더 멀리 간다. 아직도 떨리는 걸 보면.

43

미세한 교감의 순간들이 있다. 내가 혀를 쑥 내밀면 아이는 웃는다. 내가 눈을 찡긋하면 아이는 반응한다. 이런 미세한 교감들이 교감신경을 자극해 터무니없는 거짓말을 가능하게 한다. 세상에서 네가 제일 예뻐.

44

육아는 분명 고백의 장르다. 계속해서 고백하게 만든다. 널 사랑해. 네가 와줘서 고마워. 날마다 고백하게 한다.

45

어린아이는 순진무구하며 망각이며, 새로운 시작, 놀이, 스스로의 힘에 의해 돌아가는 바퀴, 최초의 운동, 거룩한 긍정이다. ─ 니체, 『차라투스트라는 이렇게 말했다』에서.

까불지 마라, 니체.

46

아이가 나오고 처음으로 본 영화. 〈그렇게 아버지가 된다〉
에서 남자 주인공은 말한다. "피가 연결돼 있지 않은 아이
를 똑같이 사랑할 수 있을까요?" 여자들은 말한다. 당연히 사
랑할 수 있다고. 그런 것에 집착하는 것은 아이랑 연결돼 있
는 느낌이 없는 남자들뿐이라고.

47

나는 '그럼에도'를 사랑했지만 '그럼에도'는 '불구하고'를 사
랑했다. 사랑이 뭔지도 모른 채 '불구하고'를 사랑했다. 불구
가 될지도 모른 채 '그럼에도'는 사랑했다. 그 사랑을 두고 '어
머니'라고 불러도 별 이상할 게 없다.

48

영화 〈타짜〉의 주인공 고니는 기술을 익히기 위해 손바닥에
화투를 붙인 채 생활한다. 사진가 김중만은 유학 시절 밥 먹을
때도, 잠을 잘 때도 카메라를 계속 들고 있었다고 한다. 기타
리스트 박건우는 기타를 안고 잠이 들었다가 꿈속에서 기막
힌 선율이 나오면 친다고 했다. 무언가를 익히려면 그걸 몸에
붙이고 있어야 한다. 200일 넘게 밥 먹을 때도, 잠을 잘 때도,
화장실 갈 때도 아이를 계속 몸에 붙이고 살고 있다. 이러다,

타짜라도 될 기세다.

49

애인은 가끔 어두워지는 자신의 눈과 좁아지는 생활 반경을 두고 자기가 고생이 많아, 한다. 그럴 때면 나는 『심청전』에서 앞을 보지 못하는 자신의 처지를 한탄하고 있는 심봉사에게 곽씨 부인이 했던 말로 대답한다. "만일 제가 불행해지면 나를 버릴 건가요?" 『심청전』은 정말 걸작이다.

50

아이는 넘어져 운다. 애인은 어쩔 줄 몰라 바닥에 앉아 더듬으며 아이를 찾는다. 나는 서두르는 일에 곧잘 익숙해진다. 애인은 아이의 옷에 난 구멍을 수선하기 위해서 실을 끊었다. 몇 분째 구멍만 찾고 있다. 어떻게든 구멍을 찾고야 말겠다는 저 단단한 시간을 뚫고, 실 좀 끼워줘, 라고 말하기 전에 어서 달려가 실을 끼워주어야 한다. 나는 눈치가 빨라진다. 애인은 나와 한바탕 싸운 뒤 택시를 불러 아이와 함께 친구네 집으로 급하게 갔다. 현관에 아이의 서로 다른 신발이 한 짝씩만 남아 있다. 잘 걷고 있을까, 아이는. 나는 후회를 반복하는 일에 익숙해지지 않는다.

51

아이와 함께하기 목록: 인도 마날리 사과밭 산책하기. 여름에

록 페스티벌 가기. 계곡에서 물장난하기. 산꼭대기에서 야호 소리치며 메아리 듣기. 판소리 〈심청전〉 공연 가기.

나는 계속해서 놀 생각만 하고 있다.

52

애인이 수유하기 전에 젖꼭지를 씻고 선풍기 앞에서 가슴을 내놓고 말리고 있다. 저 생명력 넘치는 젖을 살짝 찔러보았다. 뒤통수를 한 대 맞았다.

53

아이는 목련이 피던 날 태어났다고 부모님께 전했다. 그다음 주, 시골에서 농사짓고 계신 부모님이 말씀하셨다. "집 들머리에 목련나무 심었데이. 목련 피면 아가랑 보러 오그라."

54

올해 농사를 위해 작년부터 만들어온 음식물 쓰레기 비료통을 열었다. 으흠, 고소하고 시큼한 냄새. 만들어진 비료와 흙을 섞은 뒤 부추 모종을 심었다. 그걸 지켜보고 있는 아이에게 말했다. 부추, 부추, 부추야, 부추, 초록의 스포츠머리 부추! 아이는 입을 우물거리더니, 우즈 우주 우주 했다. 아, 맞다. 모든 생명은 우주다. 작고 구체적이어서 반짝이는 스케일, 텃밭 농사를 짓는 일.

55

60대 남자들의 조언, 집안일에 남자가 참견하면 못쓴다. 50대 남자들의 조언, 애들은 알아서 크는 거다. 40대 남자들의 조언, 가능한 한 집에는 늦게 들어가는 거다. 30대 남자들의 조언, 휴⋯⋯.

56

무심한 신뢰. 가사노동 분담에 필요한 덕목. 다 신경 쓰려고 하지 말고 반드시 해야 할 일들에 더 신경 쓸 것. 자기 일을 해내는 사람에게 전해지는 신뢰. 무심한 듯 시크하게!

57

비틀즈의 존 레논이 말했다.
"훌륭한 로큰롤은 와 닿는(touched) 거야. 당신도 모르는 사이에 당신에게 스며드는 거지."
육아도 로큰롤이었어!

58

장/애인과 함께 살고 있는 나를 두고 사람들은 은근한 동정과 연민의 시선을 보낸다. 바보들. 내가 애인으로부터 얼마나 다정한 보살핌을 받고 있는지, 애인이 있음으로 이 세계를 다르게 살아볼 수 있는 용기를 얼마나 많이 얻고 있는지, 애인과 함께한다는 것만으로도 이 세계의 숨겨진 아름다움

을 발견하고 그것을 얼마나 깊게 만끽하고 있는지, 사람들
은 잘 모른다.

59

내가 살이 찌면, 얼굴 좋아졌네.
애인이 살이 찌면, 살이 너무 쪘는데.
내가 밥을 많이 먹으면, 정말 식성이 좋네.
애인이 밥을 많이 먹으면, 잘하면 돼지 되겠는데.

60

국어가 언어의 질서와 문법을 정한다면 모국어는 언어의 질
감과 호흡에 기대어 있다. 국어에 논리적 정연함이 있다면 모
국어에는 생생한 리듬감이 있다. 육아를 한다는 것은 모국어
를 회복해나가는 일. 맘마 까까 찌찌 까꿍.

61

봄. 개나리가 막 피기 시작하던 날, 친구가 아이를 가졌다는
소식을 물어 왔다. 제비처럼. 설렘으로 가득한 얼굴. 아가에
대한 이야기를 할 때면 친구의 얼굴에 봄의 화색이 번졌다. 개
나리꽃보다 더 투명한 색이었다. 나도 함께 설렜다. 하, 여름.
무더위는 막무가내였다. 친구가 아내의 배가 점점 불러온다
는 소식을 전했다. 배 속에 아이가 있다는 것이 매번 잘 믿기
지 않는다고 했다. 그리고 초음파 사진을 보여주었다. 의사가

아가 코가 친구를 닮았다고 했단다. 의사 말을 믿을 순 없지만 기분이 묘하다고 했다.

가을. 연락이 없다. 무소식이 희소식이다.

겨울. 연락이 없다. 조심스레, 슬쩍. 이제 아이가 나올 때가 되었지?

카톡.

만날까?

겨울. 최강 한파라고 했던 날. 친구 얼굴은 먹빛이었다.

유산했어.

그날. 그 자리. 그 시간. 나는 친구의 손을 쥐어보았다. 단단히 뭉쳐놓은 눈덩이 같았다. 내 손으로는 녹일 수 없을 정도로 차가웠다. 그래서 함께 펑펑 울었다.

62

품은 개인에게만 있는 것이 아니라 사회에도 품이라는 것이 있다. 그것은, '우리의 품'을 발명하는 것. 그것이 사회를 발명하는 것일 테다. 사회의 느낌을 발명하는 것일 테다. 기여한다는 느낌. 축하해주고 있다는 느낌. 말문이 트이는 느낌. 느슨하게 연결되어 있다는 느낌. 초대받고 환대받고 있다는 느낌. 신뢰받고 있다는 느낌. 작게 반짝이며 째지는 느낌. 사회적 품을 만들어야 한다. 나부터!

63

먹고사는 문제가 아니라 좀 더 인간다운 것에 대해 말해도 될 때가 온 것 같은데, 아직도 어떻게 먹고살아요? 라고 만나는 사람들마다 내게 묻는다. 아침에는 연어덮밥을 먹었고, 점심 때는 탕수육을 해 먹었고, 저녁에는 고등어조림을 해 먹을 거라고 이야기해주었다. 우리는 정말 잘 먹는다.

64

사막에서는 자칫하면 서서히 말라 죽는다. 신체 내 수분이 말라가는 걸 사막을 걷는 사람은 인식하지 못하기 때문이다. 그래서 사막을 횡단하는 사람들에게는 한 가지 절대적 규칙이 있다. '반드시' 물을 규칙적으로 정해진 시간에 챙겨 마시기. 육아도 그렇다. '반드시' 영혼을 위한 시간을 규칙적으로 가져야 한다. 그러지 않으면 서서히, 눈치채지도 못하는 사이 사막이 되어버린 자신을 발견하게 된다.

65

엄마들은 조율되지 않은 격렬함을 치르고 난 뒤의 표정을 한 겹씩 가지고 있다. 밥알이 낭자한 주방 바닥과 밀려 있는 설거지감을 앞에 두고 격렬히 초라해져본 적 있는 표정이 하나씩 있다. 집에 돌아와 거울을 보니 내 얼굴에도 격렬한 표정 하나가 양파 껍질처럼 얇게 덮여 있다. 영양크림이라도 하나 발라야겠다.

66

『이상한 나라의 앨리스』에 체셔라는 토끼가 나온다. 신체는 없고 미소만 남은, 잔상으로만 남은 토끼다. 가끔 엄마들 모임에서 어떤 잔상 같은 표정을 본다. 소리 지르며 물병을 내던지는 아이를 보는 얼굴에서, 별 인과성 없이 울고불고 떼쓰는 아이를 멍하니 바라보는 그 얼굴에서. 그 얼굴과 표정이 떠나지 않는 밤, 오랜만에 아내 얼굴을 빤히 보니 거기에도 그 잔상이 남아 있다.

67

봄이 와서 새싹을 밀어 올리고 있는 저 징그러운 초록의 생명체들을 볼 때마다 가슴이 쫀쫀해진다. 이게 젖이 차는 느낌인가?

68

모'험'과 탐'험'은 '험'한 시대를 돌파할 수 있는 유일한 시대정신이다.

69

문화센터에 처음 가보았다. 다른 엄마들, 다른 아가들과 만나고 싶어서 등록한 6~12개월 유아 대상 교실. 조금 늦어 서둘러서 교실 문을 열고 들어갔는데 냄새가, 냄새가, 파스 냄새가 진동했다.

70

아버지라는 이름은 꽃과 같아서 매일같이 물을 주고 돌봐야
한다. 물을 주지도 않고 돌보지도 않았는데 아버지라는 이름
의 꽃이 살아 있다면 그것은 조화에 불과하다.

71

눈길, 손길, 발길 닿는 곳까지 각자의 집이 된다. 집은 생물이
어서 길을 들여야 한다.

72

공동 육아방. 그곳은 장난감 천국이다. 처음 갔을 때, 금광을
찾은 것처럼 기뻤다. 아이가 1년을 놀아도 질리지 않을 만큼
의 장난감이 그 천국 속에 있었기 때문이다. 여기서는 아이를
놀게 하고 미뤄둔 책을 실컷 읽을 수 있겠다 싶었다. 기쁨에
차서 책장을 한 장 두 장 넘기는 동안, 아이는 장난감을 하나
씩 가져와 내 옆에서 놀았다. 바로 내가 기대했던 장면. 뭔지
모를 환호성이 나올 듯했다. 계속해서 책을 읽고 있는데, 아이
가 총과 칼을 가지고 노는 다른 아이 곁에서 칼을 휘두르고 있
었다. 깜짝 놀라서, 이건 안 된다고 엄격하게 말했다. 총과 칼
은 다른 사람의 목숨을 위협하는 물건이야, 분명하고 단호하
게 말했다. 총 장난감을 가지고 노는 아이 엄마가 나를 뚫어지
게 쳐다보았다. 어쩌지……?

73

애인은 처음 만난 사람의 인상을 목소리, 말투, 낱말과 낱
말을 끊어가는 호흡 같은 것으로 기억한다. 그래서 그 사람
은 목소리가 좀 불안해 보이더라, 그 사람은 화를 많이 참
고 있는 사람 같아, 처럼 목소리로 사람을 파악한다. 처음 코
감기에 걸려 간신히 잠든 아이의 숨소리를 듣던 애인은 한숨
도 못 잤다.

74

친구A: 힘들게 왜 애를 업고 있어?
친구B: 아기 잘 때 집안일 하면 되는 거 아냐?
친구C: 집에서 노니까 좋지?

장난치냐?

75

부부라는 말. 발음이 참 좋다. 부부. 부우부우. '부'와 '부'가 서
로 잘 어울리는 발음이다. 부부라는 낱말은 서로가 서로에게
기대어 있는 것 같다. 서로가 서로에게 건네는 격려의 말 같
다. 서로가 서로에게 응답해주는 말 같다. 서로서로 잘 지내자
는 말 같다. 부부.

76

요즘 아내와 시간 맞히기 놀이를 한다. 지금이 몇 시 몇 분인지 알아맞히는 놀이. 이 놀이를 위해 고려해야 할 것은 우선 해의 위치다. 다음으로 배고픈 정도다. 마지막으로 아기의 에너지 정도다. 그러면 얼추 알아맞힐 수 있다. 아내는 젖가슴을 한번 스윽 만지고, 1시 30분. 이 게임에서 나는 매번 진다.

77

"어떤 행위도 믿음 없이는 이루어질 수 없다."는 카프카의 말. 믿음 없이는 지식도, 관념도 있을 수가 없다. "눈빛으로 혈통을 확인하는 것보다 더 확실한 법은 없으니"(박현수, 「늑대를 위한 영가」)라는 시구를 믿게 되면 아이의 눈빛에서 애인의 눈빛을 확인한다. 믿는 것, 여기서 시작되는 시적 순간을 믿는다.

78

영화감독 이마무라 쇼헤이는 학생들에게 농사를 짓게 했다. "농부는 땅을 갈면서도 하늘에 맞닿아 있다"고 했다. 자식 농사라는 말이 괜히 있는 게 아니었다.

79

태아의 성별을 확인하기까지 약 3개월이 걸린다. 그 전에 배 모양이 옆으로 길쭉하면 여자아이, 앞으로 볼록하면 남자아이로 추측한다. 임산부가 어떤 음식을 좋아하는지에 따라서

도 추측이 달라지는데 육식을 좋아하면 남자아이, 채식을 좋
아하면 여자아이라는 식이다. 이런 맹랑한 젠더 규범이 아직
도 살아 있다는 건 정말 놀라운 일이다.

80

아이가 나오고 나서 아내의 표정이 생생해졌다. 얼굴엔 주름
이 생기는 듯하지만 생생한 표정이 주름을 넘어선다. 아이에
게서 배웠나 보다, 저 생생한 표정. 얼굴 노화를 막는 저 생생
한 표정, 나도 빨리 배워야겠다.

81

이소룡은 말했다. 만 가지 종류의 발차기를 하는 사람은 두렵
지 않다. 그러나 하나의 발차기를 만 번 연습한 사람은 두렵
다. 그런 의미에서 기저귀를 만 번쯤 갈아본 나를 보고 이소룡
은 오줌을 찔끔 지릴지도 모른다.

82

돌이 다가오는 아이를 데리고 목욕탕에 갔다. 집에 텔레비전
이 없어서 그런지 아이는 목욕탕에서 틀어놓은 텔레비전에서
눈을 떼지 못했다. 마침 치타가 나왔다. 좋아하는 그림책에서
봤던 치타가 나오니 아이의 눈이 동그래졌다. 치타가 들판을
여유롭게 움직일 때마다 아이의 입에서 작은 탄성이 흘렀다.
텔레비전 속 치타는 한 무리의 얼룩말 떼를 향해 나아갔다. 그

리고 카메라 앵글은 새끼 얼룩말로 향했다. 저놈의 치타가 제
대로 뛰지도 못하는 새끼 얼룩말을 잡아먹을 것임을 예고하
는 앵글이었다. 뭣도 모르고 치타에게 마음을 다 뺏긴 아이를
슬쩍 안았다. 저 치타가 새끼 얼룩말을 잡아먹는 모습을 보게
하고 싶지 않았다. 치타가 달리기 시작한다. 빠르다. 무지 빠
르다. 그림책 치타보다 더 빠르다. 안 돼, 그러면. 너무 큰 소
리를 내버렸다. 주위 사람들이 다 나를 쳐다본다. 치타가 턱을
벌리고 달려든다. 안 돼 치타야, 그러면 안 돼. 그때. 곁에 있던
엄마 얼룩말이 뒷발로 치타의 턱주가리를 날렸다. 안도의 한
숨을 쉬며 아이와 함께 손뼉을 쳤다.

83
어머니라는 말을 국어사전에서 찾아보았다. 많은 정의 중에
"극진히 보살펴주는 사람을 비유적으로 이르는 말"이 가장 적
합해 보였다. "극진히"에 있다, 어머니는.

84
남자들은 하기 싫은 일들을 죄다 여자들에게 떠넘기면서 "난
돈 벌어 오잖아." 이 한마디로 퉁치는 못된 버릇이 있다.

85
남성들이 말하는 세상의 어머니들은 모두 위대하고 선한데,
세상의 여자들은 대체로 행복해 보이지 않는다.

86

남자들이 모인 자리에 가면 저마다의 소셜 프로필로 만난다. 항공사에서 일합니다. 신문사 기자입니다. 학교 교사입니다. 작은 사업 합니다.

아, 저는 육아와 살림을 합니다. 그럼, 반응은 두 가지로 나뉜다. 말문이 막혀 급히 화제를 돌리거나, 그럴 리 없다고 생각해서 꼬치꼬치 캐묻는다. 난 이런 상황이 재밌다.

87

유명한 남자 요리사는 집에서 절대 요리하지 않고, 유명한 남자 탐험가는 가족들과 여행을 가지 않는다고 했다. 결혼제도의 핵심은 여남의 합법적 결합이 아니라 집안일을 떠넘기는 것에 있는 것처럼 보인다.

88

친한 레즈비언 커플과 만났다. 둘은 벌써 20년 가까이 동거하는 사이다. 자기들도 고양이 말고 아이를 키워보고 싶다고 했다. 나는 아무 말도 못했다. 바보.

89

감동받을 수 있는 존재라는 것을 확인하는 것. 감동받을 수 있는 존재라는 것을 포기하지 않는 것. 감동받을 권리를 꿈꿀 것, 아버지로서.

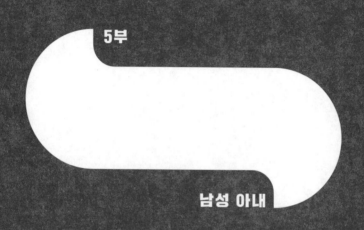

5부

남성 아내

살림살이는 결국 삶과 직결되는
삶의 기술인 셈이다.
그래서 '살림을 잘한다'는 표현보다
'살림에게 잘해야 한다'가 더 어울린다.
살림에게 잘해주세요. 잘 살려면.

나의 자주색 원피스

내가 좋아하는 인도산 자주색 원피스. 수행자들이 입는 발목
까지 내려오는 긴 원피스. 나무 단추가 세 개나 달린 예쁜 원
피스. 이 옷을 입으면 걸음걸이가 달라지고 호흡이 달라진다.
하늘을 자주 올려다보게 되고 자주 눈을 감게 된다. 이 옷에는
기묘한 기운이 있다. 봄이 시작되면 나는 이 원피스를 추리닝
삼아 입은 채로 아이를 안고 시장에 가고, 동네 산책을 한다.
여기까지는 아무 문제가 없다. 문제는 내가 남자라는 거다.

그것도 키 177센티에 몸무게가 70킬로인 건장한 체격의 남
자. 수염을 기르는 남자. 종아리에 꺼먼 털이 복슬거리는 남
자. 자주색 원피스를 입고 다니는 남자라는 이유만으로도 수
군거리는 시선에 시달려야 한다. 해외에서는 아무렇지도 않
지만 한국에서는 가끔 따가운 눈총에 시달려야 한다. 언젠가
부터 한국에서 자주색 원피스를 입고 나갈 때는 선글라스와
이어폰을 끼고 걷는다. 걷는다. 시선과 험담을 잊고 걷는다.
역시 좋다. 원피스 아래로 불어오는 바람이 좋고, 적당한 폭으

로 걷게 하는 단정함이 좋다. 그렇게 걷고, 걷다 동네 여덟 살
아는 어린이를 만났다. 나는 이어폰을 빼고, 활짝 웃고, 손을
들어 인사했다.

안녕.

아저씨 옷이 이상해요. 남자가 왜 원피스를 입어요? 우리 아
빠는 안 입는데? 원피스는 여자애들이 입는 건데?

어린이의 엄마는 당황해서 "옷이 파격적이라 그랬나 봐요."
하며 여덟 살 어린이의 손을 이끌고 내 옆을 지나갔고. 나는
잠시 띵하고. 한동안 멍하고. 남자, 원피스, 여자애들, 파격적
이라는 낱말이 순간 머릿속에서 자리를 잡지 못한 채 부유했
다. 길게 멈춰 있다가 역시 한국인가, 생각하고. 역시 내가 이
상한건가, 생각하고. 젠더 규범에 대해 생각하고. 잽싸게 집으
로 돌아와 자주색 원피스를 벗었다. 추웠다. 다시 입었다. 다
시 벗지 않았다. 다시 생각해보았다.

'여자애들이나' 입고 다니는 '원피스'를 입고 있는 '남자'인 나
는 '파격적'인 사람으로 보인다라…… 파격破格은 격格을 깨트
린다는 것이니 이것은 곧, 젠더 규범이라는 격格을 깨트리는
일이 될 수도 있는 것이고…… 흠…… 이것은 '남자'라는 젠더
규범이 들어설 마땅한 자리를 파격하는 일이라는 것이고……

또······ 페미니즘은 남자들과 격투를 벌이는 이론이 아니라 남성의 젠더 규범을 파격하는 이론이 아닌가······ 음······ 나는 페미니즘을 지향하는 사람이고 이를 감히, 살아내려고 하는 자이니······ 젠더 규범이 강제하는 남자의 자격資格을 가진 기준을 뒤 흔드는 자주색 원피스를 입고 다니는 일은······ 흠······ 뭐야! 엄청 멋있는 일이잖아!

이 모든 것이 지나가리라

고무장갑을 선물받았다. 고무장갑에 쓰인 문구. "이 모든 것이 지나가리라." 이 한 줄의 광고 문구는 정확히 한 곳을 노리고 있다. 이 힘든 육아의 과정은 '한때'다, 지나갈 것이다, 아직은 그때에 도달하지 못했으니 조금만 더 고생해달라.

아이 러닝을 선물받았다. 러닝에 쓰인 문구. "I am boy." 여자아이인지 남자아이인지가 출생과 동시에 구분되기 시작된다. 끊임없이 묻는다. 아들인가요, 딸인가요. 일단 성별을 알아야 다음에 무슨 말을 할지, 어떤 덕담을 건넬지 대충 감이라도 잡을 수 있기 때문이다. 생후 몇 개월 되지 않은 아이에게 성별이 그리 중요한 건지. 여자아이라고 하면 예쁘네, 남자아이라고 하면 잘생겼네. 우리 공주님, 우리 왕자님. 우리가 봉건시대에 살고 있는 것도 아닌데…….

아이 장난감을 선물받았다. 람보르기니 스포츠카를 카피한 자동차. "남자아이라 자동차 샀어." 남자아이라? 자동차? 길에 자동차가 널리고 널렸는데 집에서도 자동차를 가지고 놀라고? 석유문명의 산물로 기후변화를 가속화시키고 있는 자동차를? 이쯤 되면 지겨움을 감추는 표정을 하나 연구하는 편이 더 낫겠다, 싶다. 그래도 선물은 무조건 기쁘게 일단, 받는다.

한 번쯤은 가보고 싶어서 베이비 페어에 다녀왔다. 입구에서부터 유아차를 끌고 나온 부부가 정말 많았다. 뭔가. 나도. 조금은. 설렜다. 핑크빛 현수막 아래 입구로 들어갔다. 온갖 육아용품이 진열되어 있었다. 각종 브랜드가 앞다투어 눈알을 반짝이고 있었다. 아기 띠를 하나 사야겠다고 생각하니 아기 띠밖에 안 보였다. 본다는 게 그렇다. 마음속에서 보고 있는 걸 눈으로도 본다. 아기 띠가 하나 눈에 들어왔다. 내가 찾던 인디고핑크색. 내가 찾던 XL 사이즈. 내가 찾던 원단. 내가 찾던 디자인. 이거다. 득템의 예감이 휘몰아쳤다. 아기 띠의 상품 설명을 읽는데, 힘이 턱 빠졌다. "Best for princess."

애인은 헐벗고 다닌다

애인은 가슴이 깊이 파인 옷과 짧은 미니스커트, 핫팬츠를 즐겨 입는 사람이다. 나는 그것이 못마땅한 적이 많았다. 지하철에 타면 청년, 중년, 노년 할 것 없이 시선으로 애인의 몸을 더듬었다. 좌석에 앉아 있는 애인의 가슴을 노골적으로 바라보고 있는 시선을 만날 때면 치가 떨렸다. 내가 느끼고 있는 불쾌함을 애인에게 이야기하니, 그러면 내가 너 편하라고 옷을 골라 입으란 말야? 라는 말이 돌아왔다. 안 되겠다 싶어, 남성들의 발기된 시선들이 네 몸에 닿는 게 싫다고 이야기하니, 그런 걸 왜 신경 쓰는 거야? 라는 말이 돌아왔다. 너 노출증 환자야? 라고 하니, 너 달린 주둥아리라고 함부로 놀리지 마!

나는 그랬다.

애인은 브래지어를 입지 않겠다고 했다. 답답하다고. 또 다른 시련이 시작되었다. 얇은 티셔츠 위로 젖꼭지가 솟아 그 누가 봐도 도드라져 보일 것이었다. 그러니까 나는 그게 너무 신경이 쓰였다. 겨울이 빨리 왔으면 좋겠다고 생각했다. 젖꼭지가 너무 도드라져 보이는 것 같은데…… 라고 하면, 그래서 매력 있지! 라고 대답했다. 아니 그게 아니라 다른 사람들이 시선을 어디다 두어야 할지 곤란해하는 것 같더라고…… 하면, 아니 그걸 왜 내가 신경 써야 하는 거야? 라고 대답했다. 그럼 밴드라도 붙이고 다녀! 라고 하면, 나랑 장난치냐. 조용히 안 해! 라는 말이 돌아왔다.

틀린 말이 하나도 없었다.

애인은 언제나 나의 이런 어처구니없는 말에 친절하게 대답하려 하지 않는다.(친절할 필요가 없다!) 그리고 내가 어떤 의도를 가지고 이야기한 것인지 전혀 신경쓰지 않는다. (의도는 전혀 중요치 않다!) 내가 제시한 타협안을 단칼에 거절한다. (적당히 괜찮은 건 좋은 게 아니다!) 나는 애인을 통해 계속해서 계속해서 깨지며 배운다.

남성으로서 내 여자를 지켜야 한다는(=단속해야 한다는) 몹쓸 가부장적 무의식은 페미니즘에 대한 공부를 나름 부지런히 한 나에게도 있었다. 이것은 여성을 단속시킬 문제가 아니라 남성을 개조시켜야 하는 문제임에도 나는 애인에게 그따위 말을 해버렸다. 다른 여자는 되지만 내 여자는 안 되는 내 안의 젠더 정치가 작동하고 있었다.

이런 알아차림이 뒤늦게 찾아오면, 내가 무슨 페미니즘 공부 한다고…… 자기성찰 모드로 진입하여 잡초 솎듯 내 안에서 자란 못난 남자 하나를 뽑아낸다. 얼마쯤 뽑아내야 할까. 아마 죽기 전까지 계속되어야 하는 길고 긴 여정이 될 것이라는 예 감이 든다.

공공 수유

아이가 200일이 지나자 우리는 아이를 데리고 조금씩 멀리 외출을 다니기 시작했다. 버스를 타고 미술관에 가고, 고궁의 안뜰을 걷고, 조금 떨어져 사는 친구네 집에도 놀러 다녔다. 이렇게 조금씩 외출을 다니면서 수유 시간이 다가오면 수유할 수 있는 공간을 찾느라 금쪽 같은 시간을 허비했다. 수유실이 비치되지 않은 지하철 역사들이 많았고, 대형 마트나 대형 백화점이 아니면 수유 공간은 아예 있지도 않았다. 급하면 화장실에서 수유를 하기도 한다지만 아무래도 그곳에서 수유한다는 것은 꺼림칙했다. 그리고 우리가 사랑하는 공원에서 햇볕을 쬐며 조금 더 있고 싶기도 했다. 이런 상황이 몇 번 반복되자 애인은 안 되겠어, 그냥 밖에서 수유할래! 라고 선언했다.

공원에서도, 지하철 역사 내에서도, 식당에서도 애인은 아무 거리낌없이 수유를 했다. 이런 사사로운 일에까지 결심이 필요하다는 것이 조금은 슬픈 일이었지만, 애인은 수유를 하겠다고 선언하고 나서 아이가 안심할 수 있는 적절한 장소를 골라 수유를 했다. 생각보다 어렵지 않았다. 사람들도 민망한지 눈길을 다른 곳으로 잽싸게 돌리기 바빴고 아이는 젖을 빨기에 바빴다. 그리고 애인은 젖을 먹고 있는 아기를 돌보기에 바빴다. 외국에서 목격했던 몇몇 장면들이 떠올랐다.

태국의 어느 시골 마을을 여행할 때였는데 100일쯤 되어 보이는 아기를 아기 띠에 안은 채 수유를 하던 엄마와 그 주변에서 아무렇지 않게 일상의 일들을 돌보고 있는 사람들의 풍경, 하나.
파리의 한 공원에서 선글라스를 쓰고 하이힐을 신은 채 공원의 한복판에서 수유를 하고 있는 어느 엄마가 있던 풍경, 둘.
피렌체의 오래된 성당으로 올라가는 계단에서 햇살이 잘 드는 자리에 앉아 수유를 하고 있던 풍경, 셋.
그리고 나는 한국 공공장소에서 보았던 수유하고 있는 풍경에 대해서 떠올렸다. 떠올렸다. 떠올렸다. 나에게 어떠한 장면도 떠오르지 않았다. 최근 들어 퍼포먼스처럼 '공공장소 수유 플래시몹' 같은 이벤트들이 펼쳐지기도 하지만 일상 속에서 단 한 번도 그런 풍경을 가질 수 없다는 게 조금은 슬펐다. 여성의 젖가슴을 숨겨야 할 대상으로 여기는 촌스러운 발상도 문제고, 공공장소에서의 시선-권력이 지나치게 남성중심으로 구조화 되어 있다는 것도 문제다. 애인이 수유하는 동안 생각이 너무 많아지는 나도 문제다.
수유를 마치고 아내는 여유 있게 젖가슴을 다시 옷 안으로 넣고 아, 시원하다! 한다. 나는 아이를 받아 등을 토닥이며 트림을 시킨다. 트림 소리 한번 아, 시원하다! 오늘의 수유는 전반적으로 시원한 느낌이다.

아빠는 페미니스트

아들이 자라면서 자연스럽게 익히게 될 남성 젠더 규범들을 떠올린다. 이 아이도 또래와 어울리면서 자연스레 여성 혐오를 학습할 테고, 남성성으로 상징되는 표정과 포즈를 따라 하게 될 테고, 자신의 여성성을 공격당할 것이다. 나는 어떻게 해야 할까. 해답이 없다고 초조해하면 일을 망친다. 해답을 닮은 경험과 시간을 구체적으로 겪어나갈 수밖에.

분홍색 티셔츠를 하나 사서 자주 입고 다닌다. 자주색 원피스를 자주 입고 다닌다. 아이에게도 젠더 규범에 맞추어 옷을 입히지 않는다. 빨간색 베레모를 씌워주고, 모로코에서 선물받은 원피스를 입힌다. 누군가에게 놀림받으면, 외모 평가하는 거 아냐! 라고 대답하라고 슬쩍 일러준다.

남자니까, 라는 말은 입에 올리지 않기로 한다. 남자답게, 라는 말은 지워버리기로 한다. 남자라 해야 하는 일과 여자라 해야 하는 일이 따로 있는 게 아니라고 이야기해준다. 남성 지배계급인 장군과 왕이 나오는 위인전 대신 지혜로운 인물들의 책을 읽어준다. 젠더 규범을 우습게 여기는 튼튼한 이모들과 열린 삼촌들 곁에서 아이가 자랄 수 있게 한다. 세상에는 다양한 여성, 남성뿐만 아니라 다양한 성들이 있고, 여남 간의 성애뿐만 아니라 다른 성애도 있음을 일러준다. 남자로서의 신체적 우월함을 과시하지 않게 한다.

집안일을 도맡아 한다. 아이도 집사람으로서 가사노동의 몫을 다할 수 있게 한다. 밥을 다 먹고 나면 같이 설거지를 한다. 아침 청소 시간에 물걸레를 쥐어준다. 빨랫감은 세탁기에 넣게 한다. 현관의 신발들을 코가 나란히 되도록 정리정돈하게 한다. 가사노동은 집사람으로서 마땅한 일이라고 말해준다.

시인 브레히트는 자신의 서재 대들보에 "진리는 구체적이다."라고 크게 써놓았다고 한다. 그의 친구 발터 벤야민은 "나 역시 이 말을 이해하지 않으면 안 된다."라고 대들보에 남겼다고 한다. 구체적이지 않은 진리는 인간을 모호한 주관적 확신으로 이끈다. 때문에 진리는 언제나 구체적이어야 한다. 생동하는 저 세계를 구체적으로 겪어나가야 한다. 나 역시 "가부장 체제를 박살내야 합니다."라는 말을 이해하기 위해 구체적으로 살아갈 뿐이다. 구체적이지 않고서는 관통할 수 없기 때문이다.

언젠가 아이가 아빠는 페미니스트야? 라고 물어보면 응, 애쓰고 있어, 라고 씩씩하게 대답해줄 날을 기다려본다.

살림과 비트

음악이 이루어지려면 일단 비트가 필요하다. 쿵쿵쿵 쿵쿵쿵.
비트는 동일한 간격을 지닌 소리의 반복을 뜻한다.

비트에 강약이 더해지면 이제 박자가 된다. 쿵쿵짝 쿵쿵짝. 박
자에 따라 리듬이 생긴다.

이제 이 리듬 위에 멜로디를 올리면 노래가 된다. 룰루라 룰랄
라. 노래는 어디로 흐를지 천사도 알 수 없다.

집안일은 비트다. 반복되고, 동일한 시간에 거의 정확하게 해
내야 한다. 이것이 내 삶에 음악성을 부여하는 근간이 된다.
새벽 여섯 시에 일어나 아이 아침밥을 차리고, 빨래를 갠다.
일곱 시에 아침밥을 먹이고 여덟 시까지 설거지, 청소, 걸레
질, 정리정돈을 끝낸다. 하루를 시작할 수 있게. 집을 두드리
며 하루의 비트를 만든다. 이게 흔들리면 하루의 음악이 흔들
린다.

가사 분담은 박자다. 강약이 있어야 한다. 빨래는 애인이 하고, 걸레질은 내가 한다. 애인이 피곤할 때는 내가 '강'을 맡고 애인은 '약'을 맡는다. 강약 조절에 실패해 누군가 '강강강강'의 박자를 타게 되면 리듬은 생기지 않는다. 잘 만들어진 박자 속에서만 리듬은 발생할 수 있다.

살림은 노래다. 비트와 박자를 잘 쌓으면 일상은 크게 흔들리지 않는다. 어려운 일에도 어렵지 않게 슬기를 구할 수 있다. 게다가 여유를 누릴 수도 있다. 산보를 다니기도 하고, 동네 엄마들과 수다를 떨기도 한다. 미루어뒀던 원고를 쓰기도 하고, 읽고 싶은 책을 읽기도 한다. 아이와 함께 등산을 가기도 하고, 바다 소리 들으러 바다에도 다녀오기도 한다. 콧노래도 부를 수 있고 허밍을 깔 수도 있다. 집안일의 비트와 가사 분담의 박자 속에서 '살림'이라는 제목의 노래가 이렇듯 저절로 흘러나온다. 살림과 음악은 그 형식을 나눠 가진다.

살림을 예찬하고 싶은 생각은 없지만 살림만큼 손끝으로 느끼는 단단하고 구체적인 생의 감각은 없다. 살림의 대부분은 몸을 써야 한다. 손길과 발길이 수도 없이 가야 하고 눈길이 가닿아야 한다. 그런 시간 끝에 집과 나 사이에 어떤 길이 생긴다. 그 길이 생겨야 '집'이라는 감각 한 채가 들어선다. 집은 사는(buy) 것이 아니라 사는(live) 곳. 그래서 집을 위한 인간의 기술을 '살림'이라 부르는 것이다. 살림에 가장 어울리는 접미사가 '살이'인 것도 그 때문이다.

스무 살 이후, 무수한 방에서 살았다. 반지하방, 옥탑방, 곰팡이 핀 방, 화장실 없는 방, 원룸, 투룸 등등. 무수한 방을 전전했으나 방은 그냥 방이었다. 잠시 쉬었다가 다시 나가는 방. 대충 살아도 되는 방. 밥은 굶거나 밖에서 사 먹었고, 빨래는 일주일에 한 번 몰아서 하고, 청소는 더 이상은 안 되겠다 싶을 때만 했다. 대부분의 삶은 방 밖에서 이루어졌다. 학교에 가고, 친구들을 만나고, 술을 마시고, 합주 연습하고, 세미나하고. 삶은 방에서 이루어지지 않았다. 방에서 '살고 있다'는 느낌은 받지 못했다. 방은 내 삶의 근거가 되지 못했다.

살림을 통해 비로소 방과 집은 내 삶의 주요한 근거로 자리 잡고 있다. '여기서 살고 있다'는 느낌을 순간순간 받는다. 살림은 일상의 감각을 살린다. 하루하루 미천하고 보잘것없는 것들을 다루기 때문이다. 바닥에 떨어진 머리카락들을 줍는 일, 현관의 신발코를 가지런하게 맞추는 일, 쓰레기통 옆에 묻은 얼룩을 닦아내는 일. 보잘것없어 보이는 것들을 다루다 보면 보잘것없는 내 삶도 잘 다루고 싶어진다. 살림살이는 결국 삶과 직결되는 삶의 기술인 셈이다. 그래서 '살림을 잘한다'는 표현보다 '살림에게 잘해야 한다'가 더 어울린다. 살림에게 잘해주세요. 잘 살려면.

농부님이 길러주셨지요

이 음식이 어디서 왔는가
어머니와 아버지가 만들어주셨지요
농부님이 길러주셨지요
해님 비님 바람님이 돌봐주셨지요
이 음식을 몸을 지탱하는 약으로 삼아
사랑과 평화의 길을 가도록 하겠습니다
잘 먹겠습니다
아멘

우리 집 식사 기도는 불가의 공양게송을 조금 바꾸어 쓴다. 종
교는 없지만 기도하기 위해 모은 두 손의 온도가 마음을 덥히
는 것을 경험했기에 기도를 무엇보다 중요하게 생각한다. 음
식이 밥상 위에 올라오기까지 정성을 다해주신 수많은 손에
드리는 감사 인사를 아이에게 시킨다. 기도문의 마지막 "아
멘"을 따라 하는 아이의 모습은 뽀뽀를 부른다.

나의 어머니는 농부다. 물론 아버지도. 여름이면 새벽 네 시에 일어나 고추, 들깨, 부추, 양파, 생강, 감자와 같은 작물들을 두루두루 살피신다. 집에 돌아와 밭에서 딴 고추와 오이를 썰어 직접 담근 된장에 찍어 드시며 "오늘도 하루가 길겠어요." 라며 대화를 시작하신다. 그렇게 하루, 이틀, 일주일, 한 달, 한 해를 땅과 붙어 지내다 때가 되면 말씀하신다.

"아들, 고추 부쳤다. 오이고추, 풋고추, 청양고추도 있으니 골라 먹으렴."

그렇게 길러진 농작물을 먹는 자리에서, 기도하지 않으면 반칙이다. 고마워하지 않으면 꿀밤 맞아야 한다. 그래서 나는 밥상에서만큼은 아이에게 최대한 엄격해진다. 아이가 음식물이나 식기류를 바닥에 던지면, 바로 밥상을 물린다. 그렇게 몇 번 반복하면 아이는 '내가 언제 음식물을 던졌어요?' 하는 눈빛으로 우걱우걱 밥을 잘 먹는다. 오이고추도 잘 먹고, 생오이도 잘 먹는다. 밥 먹는 시간이 유일한 우리 집 교육 시간이다.

아이는 돌이 지나자 그렇게 잘 먹던 밥을 자꾸 바닥에 던졌다. (그래, 던지면 재미있지.) 숟가락도 흔들다가 바닥에 던졌다. (그래, 그렇게 너의 존재감을 확인시키는구나.) 밥시간이 지나면 밥상 주변은 온통 엉망이 되어 있었다. (그래, 다들 그렇다고 하더라.) 그렇게 던지고 줍고, 던지고 줍고를 반복하며 몇 주가 흘렀다. (그래, 시간이라도 흘러야지.) 하루는 오랜만에 해준 소고기 반찬

그릇을 아이가 신나게 뒤집어엎었다. 마음을 굳게 먹었다.

아가, 아버지 말 잘 들어요. 천천히 또박또박 말할 테니 잘 들어주
세요. 우리는 고마워해야 해요. 우선 모든 생명체를 자랄 수 있게
하는 해, 바람, 비 같은 자연에게. 그리고 우리가 먹는 이 작물들
을 정성스럽게 길러주시는 농부님들께. 농부들에게는 꼭 님 자를
붙여야 해요. 이 세상에서 가장 신과 가까운 사람들이거든요. 그
리고 이 작물들을 우리 아가가 먹을 수 있게 요리하는 어머니, 아
버지가 있죠. 어머니, 아버지도 언젠가 농부가 되면 어머님, 아버
님이라고 부르세요, 알겠죠? 음식은 맛으로도 먹지만 감사한 마
음으로도 먹어야 해요. 아버지는 음식을 함부로 대하는 사람과
함께 밥상에 앉고 싶은 마음이 전혀 없어요. 식사는 함께하는 거
예요. 함께하기 위해 지켜야 할 것들이 있는 거예요, 알겠죠?

내가 말하고도 명언이라 이참에 밥상 예절을 정해버렸다. 첫
째, 음식물과 식기류는 던지지 않기. 둘째, 감사한 마음으로
편식하지 않고 먹기. 셋째, 가족 모두 식사가 끝날 때까지 앉
아 있기. 이게 될까 싶었는데, 신기하다. 이게 된다. 첫 번째 교
육에 성공.

담요 농사

아이에게 담요 하나 꼭 만들어주고 싶었다. 라이너스의 담요 같은 걸. 그 담요에 폭 싸인 아이를 안아보고 싶어서. 목화 씨앗을 심고 꽃이 피길, 솜이 터지길 기다리며 거름을 만들고, 물을 주었다. 목화 키가 자라자 지지대를 세워주었고, 병충해에 시달릴 때는 우유와 식초를 섞어 뿌려주었다. 태풍이라도 오면, 밤새 마음이 조마조마했다. 여름이 오고 첫 꽃이 피자 마치 내 안에 꽃이 핀 듯 환했다.

가을엔 목화솜을 수확해 씨를 뽑았다. 직접 만든 손물레를 돌려 실을 자았다. 실을 만드는 일은 내 생의 로망과도 같았는데, 그 까닭은 마하트마 간디를 존경해서다. 정성껏 자은 실을 삶았다. 쌀풀을 먹인 실을 잘 말려 실패에 감았다. 버려진 상자를 주워 베틀을 만들었다. 베틀에 실을 하나하나 걸었다. 그리고 천을 짰다. 담요를 만들어갈수록 아내의 배는 더, 더, 더 불러갔다.

이 작은 담요 하나 만드는 데 꼬박 10개월이 걸렸다. 아가를 만나는 데 10개월이 걸리는 것처럼. 작은 담요를 다 만든 날, 아내에게 한참을 종알거렸다. 드디어 다 만들었어. 사실 다 못 만들 줄 알았거든. 만들면서 다 만들 수 있을까 싶었는데 이걸 다, 다 만들었어! 나 있지, 더 잘 살고 싶어져.

아이가 자다가 담요를 밀어냈다. 씨를 뿌리고 흙으로 덮듯 담요를 다시 덮어주었다. 아이가 좀 더 크면 농사짓는 법을, 실 잣는 법을, 천 짜는 법을 가르치고 싶다. 그런 작은 일들이 삶을 얼마나 반짝이게 하는지 느끼게 해주고 싶다. 씨앗을 심고 흙을 가꾸는 일이 세계를 얼마나 환하게 하는지 알아갈 수 있게 하고 싶다. 그게 내가 줄 수 있는 몇 안 되는 선물 중 하나임을 믿는다.

잘 자. 잘 자라. 우리 아가.

걸레질하는 무릎

돌부리에 걸려 아이가 넘어졌다. 넘어지면서 자갈에 쓸려 무
릎에 작게 피가 난다. 너도 피가 흐르고 있었구나, 새삼 확인
한다. 애인의 불호령이 잠시 귓가에 울린다. 애 무릎 작살낼
거야! 작살나게 혼나겠지 싶다. 그렇게 조심하라고 몇 번이고
내게 일렀는데, 큰일이다.
아이를 무릎에 앉혀놓고 아이 무릎을 보았다. 무릎은 둥글고
나지막했다. 상처 부위에 앉은 흙을 살짝 털어내는데 아이의
표정이 살짝 구겨진다. 너도 아프구나, 새삼 확인한다. 호오호
오, 아버지 몸속에서 호오호오새가 살고 있어요, 호오호오. 아
이도 따라 한다, 호오호오. 그래, 누가 다쳐서 아플 때는 이렇
게 호오호오 해주는 거야.

내 무릎에는 흉터가 두 개 있다. 하나는 어릴 때 축구 하다 넘
어졌는데 하필 세로로 박혀 있는 못에 찔려 난 흉터. 하나는
대입 시험 날 저녁 술 먹고 까불다가 얻은 흉터. 무릎에 난 흉
터는 대개 넘어지면서 난 흉터다. 내가 넘어지면 무릎은 그렇

게 둥글게 나를 받아냈다. 무릎은 우리 몸에서 넘어진 기억을 간직하고 있는 몇 안 되는 곳이다.

그 무릎을 요즘 걸레질할 때 쓰고 있다. 걸레질을 하려고 무릎을 꿇고 허리를 숙이는 자세에서, 무릎의 활용도가 확실히 증명된다. 내게도 무릎이라는 게 있었구나, 새삼 확인할 수 있는 자세다. 걸레질에 익숙하지 않았을 땐 그 자세가 약간 굴욕적인 느낌이었다. 영화에서 보던 노예들, 하인들, 부하들의 자세 같다고나 할까. 아니면 학교에서 벌칙을 수행하고 있는 느낌이랄까. 그런데 그 자세에 익숙해지면서 묘한 감각들을 만나게 되었다. 네발짐승이었던 인간의 감각, 바닥과 가장 가까워지는 응시의 감각, 방 구석구석에 큰절을 올리는 감각까지. 나는 이 감각들이 좋아서 무선 물걸레 청소기를 선물로 사주겠다는 친구의 호의를 사양했다. 이 생의 감각을 청소기에게 빼앗기고 싶지 않다.

그러고 보니 걸레질은 많이 넘어져본 사람이 더 잘할 것 같다. 혹은 걸레질을 통해 넘어져도 거뜬할 수 있는 튼튼한 무릎을 만들어가는 것일수도 있겠다고 생각했다. 요즘 아이는 걸레질하는 나를 따라다니며 걸레질 비슷한 걸 한다. 그래서 그런지 이 아이는 넘어져도 잘 울지 않는다. 설거지를 하다 접시가 미끄러져 발등을 찍었다. 눈물이 찔끔 났다. 아아아아, 아파 아파 아파. 나무 블록 놀이를 하던 아이가 벌떡 일어나 내게 달려왔다. 아빠, 호오호오 호오호오. 나는 한참 웃기게 아팠다.

삶을 반짝이게 하는 일

아이가 깨어나기 전 먼저 일어나 텃밭에 물을 주고는 뒷산에 오른다. 하루에 유일하게 나에게 허락된 30분의 운동 시간. 오르기 힘든 산 중턱 길에 나무 한 그루가 서 있다. 사람들이 얼마나 그 나무를 붙들고 길을 올랐는지 옆구리가 반짝반짝하다.

산에서 내려와 청소기를 돌린다. 정리정돈을 한다. 걸레질을 한다. 아침 햇살이 창문으로 들이치자 방금 닦은 주방 바닥이 반짝거린다. 햇살이 박수치듯 반짝인다.

아기 아침밥을 만든다. 밥을 먹인다. 나도 먹는다. 삶은 감자와 달걀. 아가는 오늘 처음 먹어보는 달걀의 미끈한 질감이 좋은지 계속해서 흰자를 만지고 있다. 달걀을 바라보는 아가의 눈빛이 반짝인다.

수화에서 박수 소리를 나타내는 건 손등과 손바닥을 반복해서 뒤집는 동작이다. 우리가 〈반짝반짝 작은 별〉을 부르면서 하는 손짓과 같다. 그 손짓이 반복되어야 반짝거림을 효과적으로 표현할 수 있듯, 일상의 반짝거리는 것들은 모두 날마다 반복했을 때에만 반짝거림을 만날 수 있다. 어쩌면 그 반짝거림은 계속해서 반복하고 있는 사람에게 건네는 박수소리일 것이다.

로또를 맞는 것으로 삶은 번쩍일 수 있다. 그러나 번쩍거리는 집과 차와 시계와 가죽소파가 삶을 반짝이게 할 수는 없다. 삶의 반짝거림은 언뜻 시시해 보이는 일상을 활기차게 반복한 이후에 도착하기 때문이다.

에코페미니스트 반다나 시바는 한 인터뷰에서 이렇게 말했다. "활기차게 사는 것이 투쟁 속에서 기쁨을 갖게 합니다." 사회운동가 하워드 터먼은 이렇게 말했다. "세상이 필요로 하는 것이 무엇인지 묻지 마십시오. 대신 무엇이 당신을 활기찬 삶을 살게 하는지를 묻고 그것을 합시다. 세상이 필요로 하는 것은, 바로 당신이 활기차게 살아가는 것입니다."

설거지를 마무리하고 주방 바닥을 훔치는데, 아이가 내 뒤를 쫓으며 자기 가제 수건으로 주방 바닥을 닦고 있다. 활기차게. 나는 그보다 더 활기차게 엉덩이를 흔들며 주방 바닥에 광을 낸다. 반짝반짝한 하루다.

돈 벌어야지에서 돌봐야지로

교오, 나 있잖아, 병원 다녀왔는데 임신했대!

답장: 대박 사건! 아기다리고기다리던 아빠! 축하축하축하해.

추천해줄 만한 책 없어?

답장: 『세 부족사회에서의 성과 기질』. 그중 아라페쉬 부족 이야기. 꼭 읽어봐.

아기가 태어나면 자는 공간은 뭘로 하면 좋을까? 범퍼 침대가 좋을까, 아님 아기 침대가 좋을까? 고민됨. 땅바닥에 놔둘 순 없으니.

답장: 아기 침대는 주변 엄마들이 샀다가 후회하는 물품 1순위. 범퍼 침대는 의외로 쓰는 사람들이 많음. 우리는 바닥에 요 깔고 거기 눕혀 재워. 그게 아가 척추에도 좋다고 하더라고. 인간은 역시 바닥부터 시작하는 게 맞지. ㅎㅎ.

너 아기 키우면서 한 달 생활비 얼마나 들어? 나도 아기가 나오니 더 열심히 벌어야 할 텐데…….

답장: 아기가 나오니 열심히 돈 벌어야겠다는 결심보다는, 마음을 다해서 아기와 아내를 돌봐야겠다는 마음을 먹으면 좋겠다는 말을 해주고 싶어. 가능하면 육아휴직을 써. 1년 동안 쓰는 게 어려우면 최소한 100일이라도 써야 해. 아이는 물론 아내에게도 100일 동안은 전폭적인(!) 돌봄이 필요하더라. 딱 100일만이라도! 나는 그 100일 동안 정말 대단한 경험을 했지. 고민 너무 많이 하지 말자.

산다는 게 뭐냐?

답장: 바나나?

무책임하고 무능력한 아빠

육아휴직이 끝나고 작은 아르바이트들을 시작했다. 일주일에 하루 정도 일해서 한 달에 77만 원 정도를 벌 수 있는 번역, 광고 카피라이팅, 기업의 스토리텔링, 속기, 잡지사 보조 에디터 일들을 돌아가며 했다. 일감은 무조건 일주일에 하루만 하는 것이 첫 번째 조건이었다. 그다음 조건은 재택근무 하지 않는다는 것이었는데, 말이 좋아 재택근무지 사실 계속해서 일할 수밖에 없기 때문이다. 그래서 일주일에 한 번 출근해 일한다는 조건이 나에게 가장 중요한 조건이었다. 아이가 이제 막 걸어다니기 시작했기에 집사람들과 많은 시간을 보내고 싶었다.

40대 초반의 에디터 K

어느 패션 잡지사의 보조 에디터로 출근한 첫날, K가 나에게 무슨 글을 주로 쓰냐고 물었고, 1초의 망설임도 없이 시를 써요, 라고 답했다. K는 요즘에도 시를 읽는 사람이 있어요? 라고 1초의 망설임도 없이 비아냥거렸고 나는 1초의 망설임도

없이, 교양 있는 사람들은 다 읽죠, 라고 답했다. 어이없다는
듯 흘겨보는 눈빛이 불쾌했지만 더 말할 수는 없었다. 다른 알
바보다 시급이 두 배 정도였다. 문을 닫고 나가면서 애도 있는
사람이 무책임하게 시 나부랭이나 쓰고…… 하는 욕을 흘려
놓고 나가버렸다.

40대 중반의 화장품 회사 대표 P

어느 화장품 회사의 스토리텔링을 만들기 위해 기업 대표와
회의하러 갔다. P는 자신의 기업이 작년에 중국 진출을 해 수
백억을 벌었다는 이야기와 이번에 준비하고 있는 특허가 얼
마나 대단한 것인지 나에게 굳이, 이야기했다. P는 긴 이야기
를 마친 뒤 잘 부탁한다고 말하곤, 나에게 요즘 주로 뭐하냐
고 물었고, 나는 당당하게 육아해요, 라고 대답했고 P는 한
동안 놀란 표정으로 있다가, 그럼 이 돈으로 생활이 안 될 텐
데, 라는 말을 흘렸고 나는 그럼 돈을 더 달라고 하고 싶었지
만 꾹 참았다. 한 달에 얼마를 버냐고 물었고, 굳이 대답할 필
요가 없어서 대답하지 않았다. 사장은 자신의 동생 이야기를
하기 시작했다. 연극배우를 하고 있는 동생은 10년 차인데도
한 달에 100만 원도 못 번다고 했다. 그런 무능력한 놈이 결혼
도 하고 작년에 애를 낳았는데 아무것도 안 하고 애만 키우고
있다고 내게 말했다. 정말 걱정이라고 말했다. 나 들으라고 하
는 이야기였다. 의자를 걷어차고 나오고 싶었지만 꾹 참았다,
100만 원짜리 일이었다.

50대 중반의 실무자 L

어느 의약품 수입 회사의 번역을 맡게 되어 담당하는 실무자와 계약서를 쓰기 위해 만났다. L은 무척 거만했다. 의자에 앉아 있는 자세며, 처음 만난 사람에게 건네는 말투, 표정, 모든 게 거슬렸다. 계약서에 쓰인 갑과 을이라는 표현이 거슬려서, 꾹꾹 참아가며 저기 요즘 계약서 쓸 때 갑을이라는 표현은 잘 안 써요. 이름으로 바꿔주세요, 했더니. 피식 웃으면서, 그냥 대충 써요, 했다. 대충 쓰기 싫다고, 그냥 쓰기도 싫다고 대답했다. 어이없다는 듯 건들거리면서, 젊은 사람이 왜 이렇게 까다로워, 우리 회사에서 쓰는 계약서 양식은 이거 하나뿐이니까 그냥 써요, 하고 말을 받았다. 상황이 험해질 것 같아서, 갑을이라는 표현을 쓰는 계약서에는 사인 못 하니까 다른 번역자 찾아보세요, 하고 사무실을 나가려고 하자, 그는 너 몇 살이야, 너 애 없지, 라고 물었고 나는 먹을 만큼 먹었다고 대답하고 사무실을 나왔다. 지하철역쯤에 갔을까. 그 실무자로부터 전화가 왔다. 욕설이 난무했고, 나에게 무책임하다는 말을 하고서 전화를 끊었다. 그다음 주, 다른 실무자와 계약서를 새로 썼다.

도대체 이 사람들 왜 이러나. 나한테 무슨 억하심정이 있길래.

남성 생계부양자 모델 속의 남성 가장들은 나를 견디기 어려워하는 것 같다. 나도 안다. 불편해하는 거. 그렇다고 이렇게

까지 대놓고 무례한 건 반칙 아닌가. 이런 상황이 반복되면 나도 사람인지라 정말 일하기 싫다. 그래도 최소한의 생활비 77만 원 정도는 있어야 생활이 가능하니 가능하면 참고 한다. 내가 뭐라고 깽판 놓을 수 있는 상황도 안 된다. 그런데 왜 내가 무책임/무능력하다는 말을 들어야 하는 거지? 쉽게 이해되지 않는다. 이런 일이 반복될수록 나는 점점 일터에서 딱딱해진다.

책임을 영어로 하면 responsibility. 이 단어를 뜯어보면 응답respond과 할 수 있는 능력ability을 뜻한다. 응답할 수 있는 능력이 곧, 책임이다. 응답한다는 것은 타인과 함께 리듬을 맞추는 능력이다. 그래서 나는 책임이라는 말을 무겁게 받아들여 생각하지 않는다. 아주 작은 단위에서도 응답할 수 있는 능력은 어디에서나 요구된다. 아이 양치질을 시켜달라는 애인의 말에 응답할 수 있는 능력, 안아달라는 아이의 요구에 응답할 수 있는 능력. 나는 집사람들과 리듬을 맞추기 위해 일주일에 하루 정도 일하는 책임을 다하고 애인은 나의 작업들과 리듬에 맞추기 위해 일주일에 하루 정도는 온전히 아이를 돌보는 책임을 다한다. 책임을 다한다는 것은 저마다의 속도(아르바이트, 돌봄노동) 속에서 리듬을 맞춰나갈 수 있는 응답 능력이라고 생각한다. 그 책임을 우리는 집사람이라는 이름으로 함께 나눈다.

남성 생계부양자 모델이 명령하는 책임이 아니라, 우리가 생
각하는 응답 능력으로서의 책임을 묻는다면, 누가 진정 무책
임하고 무능력한 것일까?

나 차상위계층

"차상위계층 신청을 한번 해봐."

시골에서 감자 농사를 짓고 있는 한 친구가 말했다. 차상위계층이라…… 내가? 인터넷 검색창에 '차상위계층'이라는 단어를 쳐보았다. 가난하고 불쌍한 느낌의 아프리카 난민들 사진이 이느 블로그에 걸려 있었다. 왠지 나도 저 자세(쭈그리고 앉아 양팔로 무릎을 쥐고 있는)를 해야 할 것 같은 느낌. 일단 신청 조건을 한번 알아나 보자.

1) 중위소득 50퍼센트 미만.

   중위소득이 얼마지? 검색해보았다.

   3인 가구 기준 3,683,150원. 이 금액의 절반 미만이니까, 합격.

2) 장애수당 수급자.

   아내가 시각장애 1급 판정을 받고 장애수당을 받고 있으니까, 이것도 합격.

차상위계층 신청을 하러 주민센터에 갔다. 배우자는 시각장애인, 나는 실업자, 아이 한 명. 이렇게 쓰고 나니까 조금, 우울해졌다. 국가는 나를 기분 상하게 했다. 서류를 쓰라고 해서 쓰기 시작했다. 자동차 없음. 부동산 없음. 유산 없음. 생각보다 없는 게 많았다. 없는 게 많은 나에게 국가는 1년에 8만 원씩 문화활동비를 주겠다고 했다. 정부미를 할인해서 제공해주겠다고 했다. 통신비, 전기세를 할인해주겠다고 했다. 사회보장 서비스를 먼저 이용하게 해준다고 했다. 자랑스러운 대한민국이 나를 챙겨주겠다고 이제야 나섰다. 나를 늘 배신하기만 하던 공화국이 갑자기 나한테 잘해주겠단다.

불쌍하니까. 가난하니까.

몇 주 뒤 주민센터에서 문자가 왔다. 추석이니 쌀을 받으러 오라고. 자전거 뒤쪽에 나의 능력 없음을 증명해서 받은 공화국의 은혜로운 15킬로그램짜리 쌀을 싣고 집으로 돌아가는 길. 자꾸 자전거 핸들이 덜덜 흔들린다.

또 이사

집주인이 집을 팔았다. 이사 가야 한다, 또. 2년에 한 번씩.

1 서울시 마포구 망원동 237-**

부동산 중개사와 함께 방 둘, 10평형, 채광 괜찮음(좋음 아님), SH 전세 대출 가능한, 나무 창틀이 아닌 집을 보러 다닌다. 아무래도 아이와 함께이다 보니 중개사들이 아이를 키우는 집들을 제법 보여준다. 그중 망원동 **빌라 201호. 중개사는 말했다. "이 집은 전세로 오래 있다가 돈 벌어서 아파트로 이사 간대요."

초인종에 검은색 종이테이프로 ×자. 그 밑에 포스트잇. 아기가 잠들어 있어요. 중개사는 문을 누르듯 똑똑. 현관의 자동 센서가 꺼져 있다. 실례하겠습니다. 운동화를 벗으며 인사했다. 집은 수류탄을 맞은 것처럼 생활의 파편들로 엉망이다. 싱크대는 접시와 젖병으로 수북하고, 거실은 가제 수건과 육아용품, 장난감으로 난장이다. 그 전쟁 통에 겨우 수류탄 파편들을 피해 방을 둘러본다. 창가, 블라인드가 쳐진 유리창가. 창가로 등을 돌린 채 잠든 아이를 안고 있는 여자. 꿈쩍도 하지 않고 블라인드의 한 점을 응시하고 있다. 가만히, 수류탄을 피했는데 지뢰라도 밟은 것처럼 가만히 서 있다. 조금이라도 움직이면 지뢰가 터질 듯하다. 여자는 잠든 아기를 향해 나직이 어떤 말을 중얼거린다. 노래 같기도 하고, 혼잣말 같기도 하다. 어쩌면 유언일지도 모른다고 생각하니 무서워졌다.

거실에 있는 금색 테두리 액자에 결혼사진이 끼워져 있다. 그 사진 속 여자는 이제 지뢰를 밟고 있고, 그 사진 속 남자는 전장으로 떠났다. 분명 모두가 웃으며 시작했는데, 분명 환하게 두 손 꼭 잡고 시작했는데. 창문가에 서 있는 여자는 마치 사진 속 피사체인 듯 움직이지 않는다. 누군가 땡, 해줘야 움직일 것 같다. 그때 잠에서 깬 아이가 생떼를 부리기 시작한다. 나는 서둘렀다.

운동화를 신고 집 잘 봤습니다, 했다. 중개사는 한마디 한다. 집 청소 좀 하셔야겠어요. 여자는 방 안에서 나오지 않고, 대답도 않는다. 여자의 혼잣말이 내 귀에 환청처럼 들린다. 나보고 어쩌라고. 청소 좀 해주든가. 말 함부로 하기는, 개새끼. 혼잣말을 오래 참으면 혼잣말이 발효되어 욕설이 되기도 한다. 현관문을 닫고 ×자 초인종을 본다. 한번 눌러보고 싶다. 딩동. 딩동. 이제 움직이셔도 됩니다. 환청처럼 여자의 혼잣말이 밀집대형으로 쳐들어온다.

나는 요즘 자주 할 말을 잃는다.

2 서울시 마포구 성산동 199-** 4층

중개사가 앞장선다. 따라간다. 문이 열린다. 실례하겠습니다.
아, 공실이군요. 채광이 별로인데 중개사는 채광이 좋다고 한
다. 아무리 봐도 통풍이 잘 안 될 것 같은데 통풍이 끝내준다
고 한다. 옷장을 열어보았다. 귀뚜뚜뚜. 귀뚜라미가 살고 있
다. 분명, 이 빈집에 누군가 한 번은 들어와 잔 것 같다. 싱크대
에 섰다. 수압 확인차 수도꼭지를 올리자 녹슨 물이 쏟아진다.
이사할 집을 알아보러 다니며 자주 암담해지는 나를 닮았다.
장판은 이 집에 살았던 사람의 무릎을 다 기억하는지, 곳곳이
패어 있다. 아무래도, 이 집은 아닌 것 같아. 벌써 일곱 번째.

3 서울시 마포구 서교동 220-***

중개사는 내게 목돈 모으는 법을 다정하게 알려주었다.
하루라도 젊을 때 대출받을 수 있는 만큼 받아서 집을 사야
해요. 집값은 계속 오를 수밖에 없거든. (어쭈, 반말을 섞네.) 주
변 친척들한테 돈 빌리면 최소한의 이자만 주면 되니까 전화
를 돌려 일단 돈을 끌어모아요. 이 동네 집값이 하루가 다르
게 오르니까 일찍 사면 살수록 좋아. 돈 모으는 법? 딴거 없
어요. 왜 사람들이 부동산, 부동산 하겠어. 다 이유가 있어서
그런 거예요. 요즘은 전세 구할 돈에서 조금만 더 보태면 집
을 살 수 있으니까, 조금 더 보태서 집을 어서 사놓아야 해요.

요즘 정부가 내놓는 부동산 대책들로 집값이 잡힐 것 같아
요? 1년만 지나면 다시 집값은 올라. 그럴 수밖에 없다니까.
차곡차곡 돈 모아서 다음 이사 갈 때엔 꼭 집을 사세요. 근데,
무슨 일 하세요?

저 육아하는데요.

……아…… 하…….

중개사는 집을 대충 보여주고 제 갈 길로 떠났다.

4 서울 난민

망명 중인 임시정부도 아닌데 이렇게 꼬박 2년에 한 번씩 이
사를 가야 한다는 게 여간 힘든 일이 아니다. 가만 생각해보면
2년 이상 살았던 집이 있었나. 단 한 번도 내껜 없었다. 재계약
시점에 터무니없이 월세가 오른다든가, 리모델링해야 하니
나가달라고 했다. 그러니 동네는 자꾸 바뀌고, 단골은 어림도
없다. 유효기간 2년짜리 집에서는 나무도 기를 수 없다. 동네
친구도 드물고, 동네에 마음을 붙이기도 어렵다. 수도 없이 망
명을 떠나야 했던 백범 김구는 말했다. "그러나 어디로 떠나
간들 안전할 수 있으리오"(『백범일지』). 맞다. 어디로 간들 (이
돈으로) 10년 동안 안전하게 살 수 있는 곳이 있으리오.

빨간 모자 해병대 할아버지

가을이다. 공동 육아방 엄마들과 함께 나들이를 나섰다. 동네 김밥 맛집에서 김밥도 사고, 귤도 넉넉히 챙겼다. 억새가 아름다운 곳이니 풍경을 남겨야겠다 싶어서 카메라도 챙겼다. 걸어서 30분 정도 오르막을 올라야 해서 단체로 이동 버스(맹꽁이 버스) 티켓을 사서 줄을 섰다. 아이가 신발을 소파 밑에 숨겨두어서 신발을 찾느라 조금 늦어 서둘렀다. 엄마들이 저마다 들뜬 얼굴로 이동 버스를 기다리며 줄을 서 있었다. 허둥거리며 그들을 향해 뛰어 갔다. 날씨가 너무 좋아요. 나들이하기 딱이죠. 가을보다 더 환하게 웃으며 다가섰다. 잠시 뒤, 해병대 마크가 박힌 빨간 모자를 쓴 70대 중반쯤의 할아버지가 고함을 치기 시작했다.

여기 기다리고 있는 사람들을 병신으로 보는 거야. 줄을 서야지, 줄을. 응! 너네들 뭐야. 유모차만 들이밀면 다 되는 줄 알아. (티켓이 단체로밖에 발권이 안 돼서······) 아기 키운다고 뭐 유세 떠는 거야, 뭐야. 안 되겠어. 동영상 찍어서 SN에 올려야겠어. (SNS인데······.) 자, 얼굴들 들어봐. (순간 욱해서 성난 얼굴로 돌아서려는 찰나, 한 활동가 엄마가 말했다. 참으세요. 우리들은 이런 상황에 익숙해요.) 얼굴 들어봐, 이것들아. 너네 애들도 다 찍어서 올릴 거야. (유아차를 쥔 두 손이 부들부들 떨렸다. 참자고요. 어차피 대화로는 풀 수 없어요. 저런 분들 꼭 한 분씩은 계시잖아요. 우린 익숙해요.) 어디 잘 사는지 보자고!

기다리던 버스가 도착했고, 유아차를 접었다. 손이 떨렸다. 의자에 앉았는데 진정이 되지 않았다. 창밖 빨간 해병대 모자 할아버지를 노려보았다. 복수할 테다. 평생 잊히지 않는 날로 만들어줄 테다. 빨간 모자를 집어 던져버릴 테다. 내가 할 수 있는 최악의 욕설을 퍼부어주지. 실수인 척 발을 밟고 의도적으로 비아냥거릴 테다. 분이 풀리지 않는다. 버스 안 엄마들 얼굴에도 나와 같은 표정들이 스쳐 지나간다. 이를 악문 채, 억새가 우거진 공원에 도착했다. 나는 억세어져 있었다. 함께 나들이 온 엄마들과 아이들에게 표정을 들키지 않으려 했지만 어려웠다. 인생에서 이렇게 노골적인 모욕은 처음이었다. 게다가 아이와 함께 있으니 더욱 그랬다. 가을, 나들이, 김밥, 귤, 풍경까지 모두 망칠 수 없어서 참고 또 참았다. 정말 이가 바득바득 갈렸다.

공원은 때를 잘 만나 억새로 무척 아름다웠지만, 거기서 빨간 해병대 모자를 다시 만날까 봐 걱정이었다. 김밥은 무척 맛있었지만 빨간 해병대 모자가 지나가면서 또 염병하지 않을까 걱정이었다. 귤은 무척 달고 탱탱했지만 빨간 해병대 모자가 나타나 뒤통수에 대고 소리 지르지 않을까 걱정이었다. 머릿속에서 빨간 모자 해병대 할아버지가 계속해서 쫓아오고 있었다. 시도 때도 없이 머릿속에 출몰했다. 어느새 할아버지라는 단어는 영감탱이로 바뀌었고, 해병대는 해병맛으로 바뀌었다. 다시 한 번 만나기만 해봐라. 평생의 치욕을 선사해주지. 머릿속은 엉망진창이었다. 다행히 나들이 끝날 때까지 빨간 해병맛 영감탱이를 마주치는 일은 없었지만, 돌아가는 이동 버스에 올랐을 때도 자꾸 뒤를 힐끔거렸다. 다른 엄마들도 마찬가지였다.

집에 돌아와 아이 저녁을 먹이고 재우고 난 뒤 소파에 앉아 오랜만에 데스메탈을 들었다. 지옥의 목구멍 속에서 울부짖는 고함 소리를 들으니 이상하게 안정되었다. 심신이 편안해졌다. 지옥의 목청은 참 우렁찼다. 고함으로 가득한 상상들이 한풀 꺾이자, 내 머릿속에 한 엄마의 나지막한 목소리가 떠올랐다. "참으세요. 괜찮아요. 엄마들은 흔히 겪는 일이에요."
엄마들을 둘러싼 우리 사회의 크고 작은 혐오가 떠올랐다. 그리고 동시에 또 다른 상상이 떠올랐다. 아빠들끼리 유아차를 끌고 나갔어도 똑같은 일을 당했을까.

다음 날 아이와 함께 생협에 장 보러 가는 길에, 할아버지들만 봐도 나는 움찔움찔 놀랐다.

맘충이라고 했다

출판사 편집자로 일하는 친구를 오랜만에 만났다. 그는 올해
자신이 맡게 된 시리즈 이야기에 열을 올렸다. 요즘 번역가들
에 대해서는 "외국어는 하는데 한국어를 잘 몰라." 하며 험담
을 늘어놓았다. 온라인상에서 벌어지고 있는 #미투에 대해
서는 "다 관심받고 싶어서 저러는 거지."라고 촌평했다. "너
도 조심해."라며 훈수도 두었다. 자리가 영 불편해졌지만 나
는 대체로 가만히 듣고만 있었다. 오랜만에 만났으니 괜스레
분위기를 망치고 싶지 않았다. 그가 넌 요즘 어떻게 지내? 라
고 했다.

"요즘 애가 말을 하기 시작했어. 어제는 내가 강아지가 어떻
게 울지? 했더니 머머 머머 하더라고. 또 고양이는 어떻게 울
지? 했더니 야오 야오 하더라. 깜짝 놀라서 동영상으로 찍어
두려고 카메라를 드니까 또 안 해. 나만 듣자니 얼마나 아까운
지. 그래서 요즘 나 아가 성대모사 하잖아. 장난 없어. 진짜 예
뻐. 인간이 이렇게 말을 배우는 거구나 싶기도 하고. 나도 이
렇게 말을 시작했겠구나 싶기도 하고. 내가 처음 말했던 낱말

이 뭘……."

"뭐야 너도 맘충이냐? 애 엄마들처럼 브런치라도 먹으러 갈까?"

너무 아찔해서 어떻게 반응해야 할지 몰라 얼굴만 벌게졌다. 맘충이라는 말을 이렇게 맥락도 없이 아무렇지도 않게 쓰는 것에 놀랐다. 육아를 하면서 느끼고 있는 '행복'에 대해 이야기하고 있었는데, 아이가 커나가는 모습을 보면서 느낀 감탄과 황홀에 대해 이야기하고 있었는데, 불현듯 '맘충'이라는 말을 들었다. 그 뒤로 무슨 대화를 나눴는지 기억도 잘 안 난다.

나는 이 말이 다양한 국면에서 사용되는 걸 들은 적이 있다. 호기심 가득한 눈으로 카페 물건들을 만지작거리는 아이에게 엄마 A는 "엄마 맘충 소리 듣기 싫으니까 가만히 있어."라고 했다. 엄마 B는 "맘충 소리 들을까 봐 겁난다."며 사람이 많은 장소에는 거의 가지 않는다, 고 했다. 엄마 C는 유아차를 끌고 산책 중에 "저 한가한 맘충 봐라. 커피 정말 맛있게 마시네."라는 소리를 들은 후로 밖에서 커피를 마시지 않는다.

이 맘충이라는 단어가 싫다. 싫어도 지나치게 싫다. 육아와 가사노동을 엄마들에게 모조리 맡겨놓고 그런 엄마들에게 맘충이라고 하는 것이 가증스럽다. 빠순이에서 된장녀로, 다시 김치녀로, 그리고 맘충으로 이어지는 여성 혐오의 연쇄가 가증스럽다. 이 혐오의 문화에 정말 치가 떨린다. 집에 돌아와 거울 앞에 섰다. 맘충, 이라는 말 앞에서 아무 말도 못 한 내가 밉다. 참 못났다. 한 번 더 맘충이라는 말을 듣는다면 어떻게 대답할 것인가. 욕이 먼저 불쑥 나오려 한다. 침착하자. 단호해야 한다. 자, 자, 숨을 크게 한 번 들이쉬고, 시작.

너 바보냐? 당장 그 말 사과해. 아이에 대한 애정과 사랑을 맘충들의 유별난 자녀 사랑이라고 말하지, 너 같은 놈들은. 아이를 안전하게 보살피기 위한 돌봄을 맘충들의 갑질이라고 말하지, 너 같은 자식들. 장난은 나랑만 치자. 알겠지? 다른 엄마들한테 추태부리지 말고.

엄마들은 말이야. 가부장 구조 아래서 엄청난 가사노동 부담을 간신히 견디고 있어. 또 가족 내 성역할에 충실해야 한다는 통념 아래에서 자녀 교육과 돌봄을 강요당하고 있다고. 또 아이를 합리적으로 관리할 것을 기대하고, 조율된 통제에 둘 것을 요구하지. 이거 좀 이상한 거 아니냐? 이거 정말 엄마들만의 문제 맞는 거냐? 나는 아무리 생각해도 우리 시대의 문제 같은데, 왜 이렇게 개인들의 책임으로만 묻는 건데? 그것도 맘충이라고 손가락질하면서!

넌 도대체 어떤 맥락에서 맘충이라는 말을 쓰는 건데? 여성화되어 있는 돌봄노동을 하고 있는 남성인 나를 비하하기 위해서 쓴 거야? 나 그냥 육아하면서 내가 느끼고 있는 황홀함에 대해서 이야기한 것밖에 없지 않아? 너 정말 말을 막하는구나. 네가 욕하는 변역가들처럼 너도 한국어를 좀 다시 배워야 할 것 같은데?

맘충이라고 들은 사람들은 잠들기 전에 또 그 말을 떠올리며 자신을 더욱 단속하게 돼. 지금 내가 이야기 안 해주면 다른 사람에게 또 아무렇지 않게 맘충이라는 말을 쓰겠지. 너 사과해. 지금 당장.

속이 좀 시원하다. 그런데 과연 이 말을 이해할 수는 있을까?

지옥에서 온 날씨

1

아이가 지구에 와서 맞은 첫 번째 겨울은 지나치게 추웠다. 한
파라고 했다. 집에 있었다. 아이가 지구에 와서 맞은 첫 번째
봄은 지나치게 뿌옇고 흐렸다. 미세먼지라고 했다. 집에 있었
다. 아이가 지구에 와서 맞은 첫 번째 여름은 열돔 현상으로
폭염이 찾아왔다. 집에 있었다. 집에 갇혀 있었다. 나가고 싶
어도 나갈 수 없고, 나가더라도 긴장을 놓을 수 없었다. 마스
크를 쓰지 않겠다는 아이와 실랑이를 벌여야 했고, 핸드폰 앱
을 통해 실시간으로 공기 질을 확인해야 했다. 단 한 번의 재
난이 아니라 일상화된 재난에 움츠러들어야 했다. 집 안에 갇
혀 지내는 시간이 길어지면서 나에게 우울증이 찾아왔다. 우
울증은 세계의 날씨보다 더 나를 괴롭혔다.

2

남들은 아무렇지도 않게 잘 버티며 살고 있는 것 같은데 꼭
나만 '약해빠진 쓰레기'같이 느껴졌다. 극심한 자기비하와

자기멸시의 폭풍은 "자아의 거대한 빈곤화"(프로이트)를 초래했다. 이대로 있다가는 안 되겠다 싶어, 처음으로 정신과 진료를 받았다. 계절성 우울증이라는 가벼운 진단과 알약 몇 개를 처방해주었다. 참 간단한 방법이구나, 생각했다. 가벼운 감기라고 생각하면 된다는 의사의 말에, 나는 놀랐다. 가벼운? 감기? 라고?

나는 우울증에 대한 책과 관련 논문을 닥치는 대로 읽었다. 기후변화와 지구적 재난에 관한 책과 논문을 닥치는 대로 읽고 또 읽었다. 근원적인 내적 결핍감을 채우기 위해 나를 둘러싼 이 세계의 파편들을 소화도 시키지 못한 채 끊임없이 읽고 또 읽었지만 나는 전혀 나아지지 않았다. 오히려 더 겁에 질려 뒷걸음질만 쳤다. 그렇게 뒷걸음질만 치다 갈라진 빙하에 생긴 깊은 크레바스에 빠져버린 듯 헤어나오질 못했다.

3

애인은 그런 나를 돌보기 위해서 무척 애를 썼다. 나를 힘겹게 견디며 돌보았다. 지압을 해주고, 조금 더 잠을 충분히 자라며 내 몫의 육아를 자신이 맡기도 했다. 바람을 쐬고 오라며 혼자 있을 수 있는 시간을 내어주었다. 시간이 갈수록 애인도 점점 나를 받아주기 쉽지 않아, 가끔 하는 잔소리들은 내게 비수가 되었다. 그러면 또 나는 더 깊은 크레바스로 미끄러져갔다. 다툼이 잦아졌고 급기야 애인의 눈 상태가 급속도로 악화되었다. 잦아들었던 눈동자에 차오르던 고름이 다시 차올랐고, 자주 두통에 시달렸다. 어느 정도 윤곽을 확인할 수 있었던 오른쪽 눈의 시야도 점점 흐려지고 어두워지고 있는지 휴대폰을 오른쪽 눈 2센티미터 앞으로 바짝 붙인 채 사용하고 있었다. 전에 본 적 없는 광경이었다. 내가 정신을 차렸을 때 애인은 나를 격렬히 앓고 있는 중이었다. 왜 나는 항상 누군가 찔려 고통에 신음하고 있을 때가 되어서야 나를 알아차리는 걸까. 내 모서리는 왜 항상 뾰족하기만 한 것인지.

달라져야 했다. 애인과 함께 중국에서 치료받았던 주치의 선생님께 전화를 드려 처방을 받았다. 선생님의 말씀은 단순했다. 휴식休息, 오직 휴식할 것. 그리고 선생님이 몇 가지 휴식의 방식을 처방해주셨다. 산책하기, 여행하기, 땀 흘리기. 산책과 여행은 쉽지 않은 일이라 나를 견디는 방법으로 시작한 것이 땀을 흘릴 수 있는 달리기였다.

4

달리기는 혼자서도 할 수 있고, 언제 어디서나 할 수 있는 일이었다. 새벽마다 뛰었다. 비가 오는 날에도 뛰었다. 눈 오는 날에도 뛰었다. 계속해서 뛰고 또 뛰었다. 처음 뛰기 시작했을 때엔 신체의 한계가 금방 드러났다. 얼마 가지 못했는데도 심장이 입 밖으로 튀어나올 것만 같았다. 정말 약한 인간이란 걸 날마다 느꼈다. 5킬로미터도 간신히 뛰던 내가 뛰다 보니 5킬로미터에서 8킬로미터로, 10킬로미터에서 20킬로미터까지 뛰었다. 뛰고 또 뛰었다. 뛰고 뛰면서 얼음 크레바스에 갇혀 얼어가던 내가 출렁거리기 시작했다. 뛰면서 애인의 보살핌에 대해서 생각했고, 아이가 익히기 시작한 낱말들에 대해 생각했다. 복잡하게 얽혀 있던 잡념들이 호흡 소리에 따라 차분히 정리되었다.

더 오래 뛰기 위해 새벽에 점점 더 일찍 일어나 뛰었다. 아침이 어두운 겨울엔 저녁에 뛰었다. 아이를 잠자리에 눕혀놓고는 한 시간이고 두 시간이고 계속해서 뛰면서 생각했다. 주변 엄마들이 다들 한번 겪는다는 산후/육아 우울증과, 애인이 녹내장 판정 이후에 간헐적으로 앓고 있는 우울증을 떠올렸다. 내가 겪고 있는 것보다 더 깊고 잔혹했을 텐데. 한강변을 따라, 홍제천변을 따라, 경의선 숲길을 따라, 하늘공원길을 따라 뛰고 또 뛰면서 생각했다. 혹독한 날씨에 의한 고립감, 사회적 관계 속에서 받은 모멸감, 불안을 끊임없이 증폭시키는 위험 사회에 대한 공포감, 나의 문학적 열패감까지. 뛰고 또 뛰면서 내가 빠져 있던 우울증이라는 크레바스가 무엇으로 이루어져 있는지 확인했다. 깊이를 가늠할 수 없었던 크레바스가 녹는 듯 땀이 쏟아졌다. 얼음에 갇혀 지내던 나는 달리기와 함께 조금씩 회복해나갔다.

한계를 다루는 기예, 육아 요가

몸에 남아 있는 우울감을 털어내기 위해 애인과 함께 요가를 시작했다. 요가를 처음 배우고 와서 몸이 만신창이가 되었다. 골반이 아파서 계단 내려가는 것도 힘이 들 정도였다. 이렇게 힘든 걸 왜 하나 싶어 한 달만 다니고 그만둬야겠다는 생각을 할 즈음, 요가 선생님이자 철학자인 이진경 선생님이 말씀하셨다. "요가는 자신이 마주하고 있는 대결 지점에서 시작됩니다. 자기 자신의 한계치를 넘어서야 요가가 돼요. 넘어섬이 발생해야 해요." 뭔가 번개가 스치듯 번쩍했다. 이 문장에 흘려 내가 마주해야 하는 대결 지점과 나의 한계치에 대해서 생각하며 요가를 했다. 그렇게 하다 보니 요가와 육아의 공통점이 몇 가지 있다는 것을 알았다.

첫째, 한계를 확인하게 된다는 점이다. 요가를 하면서 내 신체는 하나의 동작을 할 때마다 뭔가 매끄럽지 않고, 당기고, 버거운 한계 지점을 계속해서 확인하게 된다. 육아를 처음 할 때도 내 신체는 매끄럽지 않았다. 기저귀 하나 갈 때도, 대변을 처리할 때도, 우는 아이를 달랠 때도 나의 신체는 어느 것 하나 매끄러운 구석이 없었다. 아이를 낳고 100일까지는 정말 온 사지가 다 쑤셨다. 뿐만 아니라 나의 욕망과도 대결해야 했다. 밖에 나가서 친구들과 거나하게 술판을 벌이고 싶고, 도서관에 가서 유유히 독서를 하고 싶지만 그럴 수 없는 욕망의 한계를 확인하게 되었다. 그 한계의 지점을 알게 되면 무리하지 않게 되고 자기파괴를 멈출 수 있다. 우리는 아버지가 됨으로써 받아들여야 하는 한계를 너무 슬퍼한다. 자유롭지 못하다고, 구속당하고 있다고 여긴다. 그러나 헤겔은 말한다. "자유롭기 위해서 무엇을 감당하고 있어야 한다."고.

둘째, 자기 한계치에서 머물러야 한다는 것이다. 이때 중요한 것은 한계치에 집중하는 것이 아니라 오직 호흡에 집중해야 한다는 것이다. 요가 동작을 할 때 구체적으로 나의 한계치를 정확하게 경험한다. 손바닥이 바닥에 닿아야 하는데 손끝도 바닥에 닿지 않는다. 이 한계에서 머물러야 한다. 이 한계를 견디고 있어야 한다. 한계 자체에 집중하는 것이 아니라 호흡에 집중하면서. 안 그러면 동작이 어그러진다.

육아에도 한계치를 견뎌야 하는 지점들이 있다. 특히 새벽이면 아기는 만성적 수면 부족에 시달리는 나를 한계로 몰아세웠다. 그 한계에 머무르기 위해 나는 자장가를 불렀다. 멈추지 않는 아기의 울음에 집중하기보다 자장가를 다양한 창법으로 부르는 것에 집중하면서. 그러다 보면 어느새 아기는 잠잠해져 있었다. 한계에 머물러야 할 때는 한계에 집중해서는 안 된다.

마지막으로, 넘어섬이 발생한다는 것이다. 어느 날 요가를 하다가 문득 손바닥이 바닥에 닿았다. 나도 모르는 사이에 그 일은 발생했다. 닭이 첫 알을 낳고 스스로 깜짝 놀라듯 나는 깜짝 놀랐다. 웃음이 실실 흘러나왔다. 불현듯 내게 찾아온 이 낯선 유연함이라니. 바닥마저 마치 처음 만져보는 듯 낯설었다. 그렇다, 넘어섬에 중요한 것은 기다림이었다. 바닥을 향한 전력투구가 아니라, 그저 반복하며 손바닥이 바닥에 닿기까지 기다리는 것. 도래할 바닥을 기다리는 일.

육아에서도 불현듯 넘어서는 순간들을 자주 목격한다. 아가는 뒤집기를 셀 수도 없이 시도하다가, 어느 날 문득 뒤집기를 해낸다. 걸음을 떼기 위해 셀 수도 없이 기었다가 일어섰다가 넘어졌다가 일어섰다가를 반복하다가 문득, 걸음을 내딛기 시작한다. 넘어섬이 발생하는 것은 이렇게 반복 속에서 불현듯 일어나는 정전기 같은 것이다.

요가가 신체의 한계를 다루는 기예라면, 육아는 삶의 한계를 다루는 기예 중 하나다. 육아를 하는 사람은 주어진 삶의 경계 안쪽에서 자신이 해낼 수 있는 것들을 하면서 할 수 없는 것들은 과감히 포기해야 한다. 모든 걸 해낼 수 있다는 전능감과 모든 걸 해내야 한다는 만능감을 과감히 포기해야 한다. 요가를 할 때 이진경 선생님은 늘 "무리하지 마세요."라고 한다. 자신의 한계를 성급하게 넘으려 하면 무리할 수밖에 없으니, 무리하지 않고 매일 조금씩 꾸준히 하라는 뜻일 것이다. 지치지 말라는 말일 것이다. 그것이 넘어섬의 기본기일 것이다. 무리하지 말기.

요가 매트를 펴놓고 오늘도 요가를 한다. 숨 내쉬면서 왼쪽 바닥, 시선은 발끝, 호흡에 집중하시고. 아가를 배 위에 올려놓고 오늘의 육아 요가를 시작한다. 허리가 뻐근하다.

슬로 슬로 ㅋㅋ

나를 실현하고, 나를 구현하고, 나를 표현하고, 나의 욕망을, 나의 꿈을 좇아야 하고. 모든 것은 '나'로 수렴된다. 나는 너무 사랑스럽거나 가증스럽다. 인생은 나를 두고 한판 벌이는 도박판 같다. 세계 자본주의는 더욱 '나'답게 살아야 한다고 나를 몰아붙인다. 나는 나 스스로가 되기 위해 끊임없이 애써야 한다. 나를 위해 나에게 선물하고, 나를 위해 나에게 용기를 불어넣고, 조금 더 나를 드러내기 위해 '나'를 내세우면서. 나는 그렇게 살았다. 나의 행복, 나의 즐거움, 나의 욕망, 나의 꿈을 좇으며 지내왔다.

나는 무엇이든 해야 한다. 아무것도 하지 않는 것은 죄다. 나는 뭔가를 하고 있어야 한다. "네가 이러고 있을 때야?"라는 말은 어쩌면 내게 최대치의 비난이다. 나는 좋아하는 것을 찾아서 치열하고 열정적으로 '나'를 위해 투자해야 한다. 나는 적당히 행복하고 편안히 살기 위해 지금의 '나'를 굴려야 한다. 그곳이 똥통이라고 할지라도 말이다. 이쯤 되면 '나'는 파시즘에 가까워진다.

나는 지나치다. 그래서 나는 쉽게 지친다.

그러니 지치지 말고 나답게 인생을 즐기라고 한다. 즐겨라! 마음껏! 이 삶을 즐겨라! 네가 하고 싶은 일을 하면서 행복하게 살라! 내가 하고 싶은 일을 하면서! 네 욕망을 쫓아 하고 싶은 일들을 다 해봐라! 즐기는 것도 의무가 되어버린 과잉된 내가 추구하는 행복한 삶이란 거짓말이다. 내가 하고 싶은 일을 하며 사는 나의 행복한 삶을 위해 희생되어야 하는 '덜 행복한' 이들이 늘 존재하기 때문이다.

아이는 나로 수렴되지 않는다. 아이는 타자다. 그것도 말귀도 못 알아먹는 타자. 울고 떼쓰는 타자. 이것이 나의 욕망을 충족시키지 않는다. 아이는 내가 아니다. 내 마음대로 되지 않는다. 나를 혼란에 빠뜨린다. 나는 아이를 통해서 나를 실현할 수 없다. 나는 아이를 통해서 나의 꿈을 좇을 수 없다. 나는 아이를 통해서 나의 욕망을 구현할 수 없다. 나에게 아이는 그야말로 끔찍한 타자다. 타자인 아이를 나와 동일화하려 할 때 문제가 발생한다. 특히 내가 중산층 가정의 신화를 구현하려 할 때, 아이는 나의 자아실현 도구로 전락하고 만다. 나는 아이의 교육에 자기 인생 전부를 걸게 된다. 나는 자신도 모르게 학벌과 계급을 재생산하게 되지만 그걸 모른다. 아이와 동일화된 내 주변에는 무섭고 슬픈 일이 빈번히 발생한다.

육아는 나를 위하지 않는다. 육아는 나의 이름을 지운다. 육아는 화폐로 교환되지도 않는다. 육아는 나로 수렴되지 않는다. 나로 수렴되던 시간이 흐려지는 시간, 불안이 동반되는 시간, 뒤처질까 잊혀질까 불안한 시간 속의 나의 시간. 그렇게 나는 어느 정도 흐려지고, 나를 향하던 속도의 강제에서 벗어나 이전과는 전혀 다른 시간이 흐른다. 그리고 아이라는 "유령적인 세계로부터 손 하나가 불쑥 삐져나와" 나의 구체적인 현실로 들어와서 육아의 시간들을 엮는다. "마술적 마주침"(지젝)이 끊임없이 일어나는 이 세계는 저주가 아니라 실존적이다. 내가 나로부터 멀어지고, 내가 나이기를 고집하지 않게 만드는 아이와의 마술적 마주침이 나의 견고한 성벽을 녹인다. 육아를 하면서 나는 나를 더 이상 고집하지 않는다. 대신 이전의 나를 찢고 나올 나를 기다린다. 나를 강제하는 파시즘에서 벗어나, 진정한 나라는 환상에서 벗어나, 본연의 나라는 거짓말에서 벗어나, 나로부터 가장 먼 곳에 있는 타자인 아이의 자리에서 시작되는 나는, 집사람이라는 이름을 달고 나에게 오고 있다. 슬로 슬로 퀵 퀵 하다가, 또 슬로 슬로 ㅋㅋ 한다. 내가 어떻게 클지 점점 궁금해진다.

나에게 들려주려 했지
2017 문학동네 신인상 시부문 심사평을 읽고

당신은 셀 수도 없이 자신을 다잡았을 것이다. 소름 끼치게 끝도 없는 일상의 일들에 진절머리가 날 때 입술을 세게 깨물었을 것이다. 해야 하는 일과 하고 싶은 일들 사이에서 언제나 균형을 맞추지 못하는 자신을 한탄하며 지옥의 문고리를 잡았다 놓았다 했을 것이다. 무엇보다 이 작고 어린 것이 전해주는 체온 하나에 의지해서 여기까지 왔을 것이다. 남들이 하찮다고 여기는 당신의 일을 해내느라 애썼다. 피곤하고 지쳤을 것이다. 당신은 당신의 최선을 실험하며 여기까지 왔다. 당신은 스스로를 돌보는 일에 한없이 부족했지만 아이 돌보는 일에서만은 그러고 싶지 않았던 한 사람, 그 한 사람임에 틀림없다고, 믿는다. 최선의 최선을 다했을 것이다. 최선이 아니고서는 불가능한 일이기 때문이다. 나는 그런 당신에게 힘이 되고 싶다. 그런 당신의 곁에서 치어리더가 되고 싶다. 나도 자주 나를 위해 기꺼이 자신의 곁을 내어준 사람들을 만난 적 있기 때문이다.

그런데,

말이다. 당신은 조금 더 당신다워야 한다. 불안에 멱살을 잡혀 끌려다녀서는 안 된다. 공포에 압도당해서는 안 된다. 원망과 한탄만으로는 뚫어나갈 수가 없다. 우리는 우리가 사랑했던 어머니들과 우리가 증오했던 어머니들을 어쩌면 너무 닮아버렸는지도 모른다. 우리가 그리워했던 아버지들과 우리가 죽어버렸으면 좋겠다고 생각했던 아버지들을 어쩌면 너무 닮아 있는지도 모른다. 그게 우리를 괴물로 만들어버렸는지도 모른다. 괴물이 되지 않고서는 견딜 수 없는 미친 시대 때문이기도 하다. 그런데 말이다. 미친 시대가 우리를 마음대로 하도록 내버려두는 것만큼 미친 짓은 또 없다. 우리의 의지와 상관없이 마음대로 우리를 가지고 노는 이 시대의 괴물을 내버려두어서도 안 된다. 왜냐하면 우리는 아이를 키우고 있기 때문이다. 당신은 조금 더 당신다워야 한다.

그래서,

그래서 말이다. 당신은 조금 더 당신다워야 한다. 쉽게 당신을 휘두르려 하는 괴물과 맞서지 않으면 안 된다. 조금 더 가벼워지고, 조금 더 유쾌하고, 조금 더 명랑해져야 한다. 몸 안에서 솟구치는 힘의 율동을 느끼며 나아가야 한다. 역사의 바깥으로. 단 한 번도 일어나지 않은 사건으로. 이전의 방식을 되풀

이하는 것이 아니라 새로운 방식으로, 단절되어야 한다. 프랑
스혁명 당시 생쥐스트가 "행복은 하나의 새로운 개념이다."라
고 말한 것과 동일한 방식으로 말이다. 우리는 기필코 행복해
지려 할 것이고, 마침내 행복을 발명할 것이다. 그것이 세계를
변화시킬 것이고, 그것이 우리를 변화시킬 것이다. 새롭게 행
복해야 한다.

라는,

이따위 편지를 날밤 새워가며 나에게 쓰고 있다.

마이너스 엄마들

애인은 주변 친구들로부터 멋있는 사람으로 통한다. 할 말은
분명하게 하고, 명쾌한 어조로 복잡한 상황을 단숨에 정리하
는 직관이 뛰어나기 때문이다. 다른 사람의 기분을 고려하면
서도 동시에 기분을 잡칠 수 있는 말을 기분 나쁘지 않게 하는
재주를 부릴 줄 아는 사람이다. 게다가 자기 고민에 너무 깊이
빠지지 않고 가볍게 거기서 빠져나올 줄 아는 사람이다. 그런
데 아이 문제에 있어서만큼은 그렇지 못하다. 아이의 작은 변
화에도 쉽게 반응하고, 아이와 관련된 대부분의 일에 고민을
많이 한다. 무엇보다 자책이 늘었다. 그런 애인에게 너무 신경
쓰지 마, 라고 말하는 것은 아무 의미가 없다.

아이가 기침을 하면 애인은 자신이 뭔가 잘못했다고 생각한
다. 어제 외출을 다녀오는 것이 아니었는데, 하면서 후회한다.
아이가 밥을 잘 안 먹으면 애인은 밥에 들어간 재료를 샅샅이
훑으며 자신이 뭔가 잘못 조리한 것은 아닐까, 먼저 생각한다.
아이가 낮잠을 자지 못하면 애인은 자신이 방 온도를 점검하

지 못해서라고 한다. 아이가 쉽게 떼를 쓰기 시작하면 애인은 자신이 계속 오냐오냐 받아줘서 그런 건 아닐까 생각한다. 어떤 새로운 상황이 생겼을 때 늘 자신을 먼저 자책한다. 애인은 엄마라는 이름 앞에서 자주 쪼그라든다.

엄마 노릇에 대한 기준이 점차 높아지면서 엄마들은 쉽게 죄책감에 시달린다. 행복한 엄마가 행복한 아이를 만든다는데 나는 왜 행복하지 않은지 되묻고, 주말이면 만사 다 제쳐두고 쉬고만 싶은 자신을 두고 아이에 대한 사랑이 부족한 건 아닌지 자책한다. 주변 또래 아이들의 앞선 성장과 발육상태를 보고서 비교하며 비타민을 하나 사서 먹여야 하나 생각하기도 한다. 엄마 노릇이 신성해지고, 엄마 노릇이 전문화되고, 엄마 노릇이 끝도 없이 이어지기 때문이다. 그래서, 아이에게 미안해한다. 돈 없는 집에서 태어나게 한 것도, 미세먼지 가득한 이 세상에 태어나게 한 것도, 학군이 좋지 못한 지방에 태어나게 한 것도, 끝이 없다. '좋은' 엄마 노릇에 대한 목록은 점차 늘어만 간다.

이에 대해 울리히 벡과 벡-게른샤임은 『사랑은 지독한 혼란: 그러나 너무나 정상적인』에서 위험사회 속에서 엄마들은 "자신의 아이에 대한 미니 전문가가 되기를 요구받는다."고 한다. 아이에게 처해질지 모르는 위험으로부터 지켜내기 위해 "아이에게 '최적의 조건'"을 합리적으로 관리해야 하고, 경제

적/정서적 지원을 아낌없이 쏟아붓는 일을 두고 "위대하고 책임 있는 임무"로서의 엄마노릇이 되어버렸다고 말이다. 엄마노릇이라는 "문화적으로 규정된 기준들은 저항하기가 어렵기 때문에, 대부분 엄마들은 그들이 더 열심히 할 수 있었을지도 모른다는 생각으로 괴로워하면서 아주 안 하기보다는 차라리 너무 많이 하려고 한다."고 지적한다.

이것이 배짱 있는 애인과 나조차도 임신, 출산, 육아의 과정에서 부모노릇을 하기가 무척 어려워지고 까다로워지고 있는 이유이자, 그렇게 하지 못했을 때 느끼게 되는 '지독한 혼란'의 원인인 것이다. 엄마가 됨과 동시에 시작되는 자책의 알고리즘은 엄마라는 역할에 너무 많은 의무와 역할이 요구되기 때문에 모든 걸 쏟아부었는데도 끊임없이 미안하게 생각하고, 늘 잘못하고 있다는 후회로 빠지기 쉬워지는 것 같다.

아내가 점점 쪼그라들수록 나는 생각이 많아지는 병에 걸린다. 마이너스가 필요한 건 오히려 내 생각인 것 같은데, 요즘 아내가 자주 마이너스로 쪼그라든다.

낱말 연습

할아버지 ── 할아부
할머니 ── 할미할미 (꼭 두 번 한다)
낙엽 ── 나겁 (가을이라)
나무 ── 나무
컵? 외래어네.

아이와 낱말 연습을 하다 보면 외래어가 은근히 많다. 컵, 소파, 핸드폰, 테이블 등등. 그래서 이름을 고쳐 불러주었다. 잔, 긴 의자, 손전화, 밥상으로. 한결 부드러운 느낌이 들었다. 아이에게 낱말들을 알려주면서 이렇게 나도 낱말 공부를 다시 한다. 버릇이 되어 아무렇게나 써온 외래어들을 걷어내고 모국어로 고쳐 발음해보니 참 부드럽고 좋다. 아름다운 발음을 가진 언어가 우리의 모국어라는 것이 참 좋다.
때마침 평창 동계올림픽에 참가한 북조선 선수단들의 인터뷰를 들을 수 있었는데, 그중에서 오래 기억나는 말이 하나 있다. 바로 "힘내자!"다. 파이팅, 이 아니라 힘내자! 그래, 힘내자가 있었지. 그 뒤로 아내와 나는 아이가 현관에 배달된 우유를 간신히 두 손으로 쥐고 뒤뚱거리며 냉장고로 다가올 때 힘내자! 힘내자! 했다. 파이팅보다 한결 좋았다.

아이가 내 책장에서 『살아 있는 한국사 교과서』를 빼 들고 왔다. 큼직한 사진들이 많이 실려 있어서 사진을 하나씩 짚으며 설명해주었다. 삼일운동에 관한 장이 나와서 반가웠다. 아내는 유관순 누나를 무척 닮았기 때문이다. 자, 엄마랑 엄청 닮았지? 유관순 누나야! 어, 뭔가 이상했다. 누나? 누나라고? 왜 열사가 아니고 누나지? 왜 유관순 누나만 누나고 다른 남자들은 열사지? 나는 왜 누나라고 한 거지?
생각해보니 수상한 말들이 참 많았다. 왜 유모차지? 유부차는 없는데…… 왜 자궁이지? 아들만 낳는 것도 아닌데…… 젠더 질서를 구현하는 말들도, 아이에게 다른 말로 바꿔서 알려주었다. 자, 이제 유아차 타고 유관순 열사의 흔적을 찾아 서대문형무소 역사관으로 가볼까!

이제 막 말을 익히는 아이의 입에서 발음되는 낱말은 그 자체로 사랑스럽다. 처음으로 낱말을 발음해보며 아이는 무엇을 느낄까. 의미의 세계로 진입하기 전에 분명 낱말의 맛을 먼저 느끼리라. 음식을 가능하면 유기농으로 준비하듯 낱말도 유기농이 필요할 듯하여, 요즘 아이에게 말하는 낱말 하나하나를 다시금 생각하게 된다.

내가 쓰고 있는 수많은 낱말을 처음 발음해보고, 처음 말해보고, 처음 들어보고, 처음 써나갔던, 내 언어의 고향이 문득 궁금해진다. 아이는 오늘 '노을'을 처음 발음해보았다. 너의 고향은 노을이란다, 라고 거짓말이라도 하고 싶을 정도로 노을이 예뻐 보이는 오늘이다.

완모 파티

애인은 2년간의 모유 수유를 마쳤다. 모유 수유를 마치면 소주 한잔을 마시고 싶다고 했다. 참고로 애인은 소주 한잔에도 정신 못 차릴 정도로 취해버리는 안타까운 종족이다. 그런 애인이 소주를 마시고 싶다는 건 5년에 한 번 들을까 말까 한 말이었다.

수유를 마무리하는 기념으로 나는 작은 파티를 준비했다. 가까운 친구들을 불러 간단한 점심을 나눠먹자고 하고 (미역국은 필수) 짧은 편지를 준비했다.

지난 2년간 애인은 모유 수유를 했습니다. 처음 100일간 애인과 저는 생명체라고 부르기도 민망한 작은 생물 하나를 두고 젖을 먹이기 위해 꽤 허둥거렸어요. 풋볼 체위, 요람 체위, 마돈나 체위 등등. 온갖 체위로 젖을 먹이며 사랑의 정확한 체위에 대해서 배워나갔지요. 6개월쯤 되었을까요. 젖니가 나면서부터 아이는 애인의 젖꼭지를 깨물기 시작했어요. 젖꼭지는 금세 헐었고 상처에

딱지가 앉기도 전에 아이는 다시 젖을 달라고 보채었지요. 애인은 얼굴을 아프게 구기며 수유를 해야 했습니다. 수유간격을 두시간에서 세 시간으로, 세 시간에서 네 시간으로, 점차 늘려나가면서 아이도 쑥쑥 커나갔습니다.

첫돌이 지나고 아침저녁으로만 수유를 하게 되면서 애인은 수유 시간이 정말 황홀하다고 했습니다. 작은 생명체가 젖을 빠는 소리가 정말 아름답다고 했지요. 오직 젖을 가진 사람만이 느낄 수 있는 그 행복한 감각에 질투가 나기도 했었지요. 아이는 단 하나도 기억하지 못하겠지요. 첫 젖을 물고 오물거리던 그날. 젖을 물고 잠에 들던 새벽. 한겨울날 젖에서 뿜어 나오던 수증기.

저는 애인의 젖 앞에서는 언제나 두 번째 사람이었습니다. 젖을 무는 느낌, 젖이 나가는 느낌, 젖이 차는 느낌이 저는 늘 궁금했지만 언제나 간접적으로, 비유적으로만 느낄 수밖에 없었습니다. 저는 두 번째 사람으로서 할 수 있는 인간의 힘으로서의 안간힘을 다할 수밖에 없었습니다. 수유에 지친 애인의 머리칼을 쓸어 올려주거나, 젖가슴을 내놓고 잠들어버린 애인에게 이불을 덮어주는 일이 고작이었지요. 저는 두 번째 사람으로서 이 모든 것을 목격할 수 있어서 참, 좋았습니다. 첫 번째 사람들이었던 애인과 아이를 대신해서 이 순간들을 기억하겠습니다. 애인과 아이가 기억하지 못하는 그 빈칸을 마지막 날까지 지키는 사람이 되겠습니다. 그것이 아버지로서 누릴 수 있는 아름다운 윤리임을 인식하며 지내겠습니다. 애인의 완모를 진심으로 축하합니다.

애인은 그 자리에서 소주를 한 잔 꺾어 마시고는 그대로 잠들
어버렸다. 이 자리를 기억하는 건 또 나의 몫이다.

6부

바다를 건너려는 나비들처럼

내가 실존한다는 사실 그 자체로
이 지긋지긋한 가부장(남성, 국가, 자본)
세계에서 하나의 반항 행위가 되는
'시민과 시인으로서의 시시한 일상'을
떠올려본다.

두 번째 페미니스트

1

나는 페미니스트입니다, 라는 선언 앞에서 나는 늘 망설였다. 20세기 말에 페미니즘의 세례를 받은 남성들에게는 나는 페미니스트입니다, 라고 말하지 않는 것이 일종의 윤리였다. 단지 남성이라는 이유만으로 나는 페미니스트입니다, 라는 선언 앞에서 서성여야 했다. 남성으로서 여성들이 겪는 일상적 차별과 폭력을 온전히 겪을 수 없기 때문에 나는 페미니스트입니다, 라는 문장 앞에서 늘 머뭇거리는 사람들 중 한 사람이었다. 적어도 나는 그랬다.

20년 넘게 한국의 규범적 남성으로 자라온 나의 신체에는 여성-유령이 끊임없이 돌아다니고 있다. 남성 무리 속에서 남성으로 살아남기 위해 계집애 같은 짓들을 금지했고, 이상적 남성성을 획득하기 위해 새끼손가락을 들고 커피를 마시는 내 안의 여성의 자세를 도려내야 했다. 남성들 간에 공유되고 있는 여성 혐오의 언어들로 수많은 여성들을 (상징적으로) 죽여

나가야 했다. 그러나, 몇십 번씩 반복해서 내 안에 솟구치는 수많은 여성을 죽이고 죽여도 여성-유령은……

늘 돌아왔다. 느닷없이 내게 유령의 얼굴을 하고 출몰했다. 아름다운 여성복을 보았을 때 그랬고, 아이를 품에 안고 있을 때 그랬다. 느긋한 햇볕 아래 무릎을 오므릴 때도 그랬고, 아픈 친구를 안아주고 싶을 때 그랬다. 여성-유령은 실체도 없이 남성 성기를 가진, 남성의 골격(근육, 털)을 갖춘 생물학적인 남성인 나에게 출몰했다. 그럴 때면 또다시 (상징적으로) 죽이고 죽였다. 그러나 여성-유령은……

미래에서 몇백 번씩 다시 돌아왔다. 이렇게 무수히 억압하고 죽임을 당한 내 안의 여성들은 내 안에서 여성-유령으로 실체도 없이 떠돌아다니며 반복해서 되돌아왔다. "억압된 것들은 반복적으로 회귀"(프로이트)하여 "감각할 수 없는 것이면서도 감각 가능한 것이고, 보일 수 없는 것이면서도 보이는 것"(데리다)으로 돌아왔다. 남성으로서의 동일성을 유지하기 위해 억압해야 했던 여성성은 유령의 형식으로 반복해서 되돌아왔다. 내 안의 여성-유령과……

함께 살 수 있게 도와준 것이 바로, 페미니즘이다. 페미니즘은 남성-이성애-비장애인의 동일성을 유지하기 위해 억압해야 했던 내 안의 수많은 타자들(여성, LGBTQ, 장애인)과 함께 살아갈 수 있게 했다. 게이처럼 보이지 않기 위해, 계집애처럼 보이지 않기 위해, 장애인처럼 보이지 않기 위해 저질렀던 혐오의 폭력을 멈추게 했다. 정상-남성으로 살아가기 위해 구축한 나, 자아, 주체는 결국 "자기 안의 타자성을 억압한 결과일 뿐"(최진석)이었다. 정상과 비정상으로 구분하던 기준을 지워내자 내 안의 타자들이 흘러넘쳤다. 내 안의 여성-유령의 손과 발을 "가지 치려고 하는 정원사를 죽여라."(최승호)라는 조언을 따라 나 스스로를 억압하던 남성 정원사를 죽이고 나자 여성스러움도 게이스러움도 장애인스러움도 긍정하게 되었다. 무엇보다 나는 어쩌자고 불쑥 자유로워졌다. 하지만 여성-유령과……

함께 살아가게 되었다고 해서 나는 페미니스트입니다, 라고 말할 수 없었다. 나는 남성-인간으로서 살아왔고, 남성-무의식 속에서 살게 될 것이고, 남성-질서와 함께 살아갈 것이기 때문이다. 그것은 내가 선택하는 것이 아니라 이미 주어진 조건으로서의 내가 죽기 전까지 계속될 것임이 분명하기 때문이다. 아무리 여성-유령의 자리를 내 안에 두고 있다고 한들 여성-인간들이 겪어내고 있는 차별과 폭력, 두려움과 반복되는 공포, 억울함과 혐오를 나는 육체적으로 느낄 수 있는 여성-인간이 아니기 때문이다. 아무리 느끼려고 해도 언제나 그것은 정확할 수 없는 것이다. 여성-유령과 살아가는 남성-인간으로서의 고군분투는 여성-인간이 겪어내고 있는 악전고

투에 비하면 아무것도 아님을 알고 있기 때문이다. 그래서, 나는 페미니스트입니다, 라고 말할 수 없었다. 하지만 여성-유령은……

내게 끊임없이 "내 속의 여자가 나로 하여금 여자를 낳도록 독려"(김혜순)했다. 정확할 수 없는 불확실성의 모든 위험 속으로 혀를 내밀어 말해보라고 했다. 내 안의 모든 남성들(아버지들, 국가, 화폐, 자본주의, 정상성)과 교섭하지 않음으로써 끊임없이 반복해 불화하고 경합해야 한다고 말했다. 자신과 나를 동일화하지 말고 자신이 있는 자리에 웅얼거리고 있는 수많은 타자들을 초대해야 한다고 말했다. 어차피 정확할 수 없는 것이라면 끊임없이 근사치에 도달하기 위한 처참한 몸짓을 할 수밖에 없는 것이 아니겠냐고, 말했다. 애(愛)쓰는 자세에서 인간의 품위는 만들어지는 것이 아니겠냐고, 말했다. 그리고 "돌아가기 위해서 떠나야 한다."(블랑쇼)고 말하고선 여성-유령은……

2
나를 떠나버렸다.

여성-유령이 거주하던 자리에서 장/애인을 만났고, LGBTQ를 만나 우정을 나누었다. 팽목항에서 울었고 광화문에서 울부짖었다. 수유하는 애인 옆에서 애간장을 태웠고, 아픈 친구들을 찾아가 손을 잡아주었다. 그리고 간간히 여성-유령은 돌아와 새롭게 탄생하고 있는 나를 독려해주었다. 그리고 첫 번째로 슬픈 사람 곁에서, 첫 번째로 울고 있는 누군가 곁에서, 첫 번째로 고통스러운 유령들의 곁에서 나는 두 번째 사람으로서……

기도했다. 두 무릎을 꿇고, 두 손을 모으고, 천 개의 눈을 감고 첫 번째 사람의 곁에서 기도했다. 내가 하는 기도란 유령들의 절망의 얼굴을 마주하는 일이기도 하다. 침묵 속에 유령들의 중얼거림을 듣는 일이기도 하다. 나에게 주어진 몫이 무엇인지 묻기도 한다. 강남역에서, 문단에서, 회사에서, 집안에서 고통 속에 있는 여성-인간들의 곁에서 나의 실수, 실패를 고백하기도 한다. 기도의 내용보다 기도하는 자세에서 시작되는 두 번째 사람으로서의 윤리를 떠올린다. 그리고 나는 두 번째 사람으로서……

기록했다. 난민들, 가정폭력 피해 여성 청소년들, 성폭행 피해 여성들, 이방인들, 탈학교 청소년들과 함께 글을 읽고 써나갔다. 남성들의 신화 속에서 추방당한 곰-어머니, 호랑이-어머니들을 좇아 실화 속을 묵묵히 살아가고 있는 자들의 이야기를 기록하고자 했다. 재난의 현장에서 살아가고 있는 아이들의 목소리를 나의 문학으로 돌보고자 했다. 애인과 어머니가 기록해둔 가계부 속에 스며 있는 생활의 혼잣말을 기록해두고자 했다. 역사와 신화 속에서 추방당한 자들의 중얼거림을 나의 문학으로 돌보고자 기록했다. 첫 번째일 수밖에 없는 사람들 곁에서 나는 두 번째 사람으로서……

기억하려고 했다. 폭풍 속에서 폭풍이 멈추기 전까지 모든 걸 걸 수밖에 없는 첫 번째 사람들을 기억하려고 했다. 분노의 폭풍의 한복판에 있던 강남역과 혜화역의 유령들을, 생존의 공포에 압도되어가고 있는 여성들의 계절을 기억하는 두 번째 사람이고자 한다. 출산을 겪고 있는 애인의 표정과 젖 냄새를 기억하지 못할 아이의 곁에서, 폭풍을 지나고 있는 사람들 곁에서 그들이 기억해낼 수 없는 한복판의 신음소리와 표정을 최후까지 기억하는 두 번째 사람이고자 했다. "두 번째로 슬픈 사람이 첫 번째로 슬픈 사람을 생각하며 쓰는 게 시"(심보선)라는 것을 떠올리며 첫 번째 사람을 지키고 선 두 번째 사람으로……

3

나는 다시 탄생했다. 내 안의 여성-유령과 함께 두 번째 페미니스트로. 누군가에게 "저는 페미니스트입니다."라고 선언하는 첫 번째 사람이 아니라, 그 곁에 위치한 두 번째 자리에서 "나도 페미니스트입니다."라고 다시 선언하며 책임을 다하려는 두 번째 사람으로. "우리 모두 페미니스트가 되어야 합니다."라고 주장하는 첫 번째 사람이 아니라, 그 곁에 위치한 두 번째 자리에서 "저도 페미니스트가 되려고 합니다."라고 응답할 수 있는 사람으로 있으려 한다. 두 번째 페미니스트로서……

의 일이란 적극적으로 페미니즘을 주장하는 것이 아니라 구체적인 삶의 질감들 속에서 실현해내는 일이 될 것이다. "나는 페미니스트입니다."라는 말을 꾹 참고 견디며 말이 아니라 구체적인 일상 속에서 드러내는 것으로서 옷, 음식, 색깔, 말투, 포즈, 앞치마, 화폐, 가족 등의 용법을 바꿔내며. 차별의 은유들을 재배치하며. 페미니즘이란 무엇인가라는 질문보다 페미니즘을 어떻게 실현해나갈 것인가에 대해 물으며. 두 번째 페미니스트라는 이름으로……

세상이 바뀌지 않는다는 말을 나의 삶을 바꾸지 않는 변명으로 삼지 않으려 한다. "다른 세상은 없다. 다른 삶의 방식이 있을 뿐이다."(자크 메스린)라는 문장을 떠올리며 두 번째 페미니스트, 라는 이름을 나에게 붙여본다. 진지함과 비장함은 두 번째 페미니스트에게……

어울리지 않는다. 가볍게, 춤추듯, 반복하며, 실패하며, 조금씩, 앞으로, 한발씩, 그렇게. 페미니즘은 언젠가 도달해야 할 세계의 이름이 아니다. 물음과 시도와 행위 속에서 늘 실현되는 것이다. 그래서 늘 언제나 구체적일 수밖에 없는 삶의 방식일 것이다. 나는 페미니스트인가? 라는 이 질문 앞에서 망설일 수밖에 없는 절박한 오류를 끌어안은 채 "사랑하지 못해 아프기보다, 열렬히 사랑하다 버림받게 되기를" 희망했던 김선우 시인의 문장에 기대어 정체성으로서의 격렬한 페미니스트라기보다 과제와 책임을 떠맡아 열렬히 응답하는 사람으로서의 두 번째 페미니스트라고.

나는.

자본주의 비무장지대

1

나름 비장한 각오로 문패를 걸어두었다. '자본주의 비무장지
대'(디자이너 박활민의 네이밍이다). 가끔 집에 놀러 오는 친구
들은 웬 헛소리를 걸어두었냐며 비아냥대지만 어쩔 수 없다.
화폐 권력에 의해 정해지는 가치법칙들 아래서 명랑함을 잃
지 않기 위해선 헛소리가 필요하기도 한 법이니까.

지구에 돈만 벌러 오지 않았다
삶이 아닌 것은 살지 않겠다
시를 살아내겠다

가 우리 집사람들의 받침 문장이다. 이 받침 문장이 나오기까
지 고혈압약 임상 실험에 참여하기도 하고, 한여름에 막힌 하
수구를 뚫기도 하고, 호박 농장에서 허리도 한 번 못 펴고 일
하다 빈혈에 걸리고, 온갖 잡다한 글을 쓰느라 몇 날 밤을 꼬
박 새기도 했다. 이런 수많은 날을 보내면서 우리는 화폐 권력

으로부터 우리를 보호할 수 있는 세 가지 경제원칙을 세웠다.

첫째, 선물. 잘 받고 잘 준다.

선물에서 가장 중요한 것은 잘 주는 것에 있다. 선물에는 주는 만큼 받고, 받는 만큼 주는 시장경제의 원칙이 적용되지 않는다. 무조건적이고 일방적인 과정을 통해서만 유지되는 신통한 경제체제다. 선물의 진정한 묘미는 주는 것에 있으며, 많이 주면 그보다 더 다양한 방식으로 선물이 돌아온다. 신기하게도. 우리는 수년간 선물의 경제 속에서 '선물을 주는 것'이 삶을 얼마나 풍성하게 할 수 있는지 숱하게 경험했다. 선물은 돌고 돌아 또 다른 선물로 돌아온다. 즉각적인 응답도 있고, 10년을 넘게 돌고 돌아서 온 선물도 있고, 지금 저 멀리서 오고 있는 선물도 있다. 특히 아이를 낳고 나서는 이곳저곳으로부터 장난감, 옷, 책, 신발들이 도착했다. 우리가 아이를 낳고 직접 산 것이라고는 삶기 기능이 있는 세탁기(아내는 빨래에 굉장히 민감하다) 한 대뿐, 나머지는 다 선물받았다. 잘 받기 위해서는 있는 힘껏 감사를 표해야 한다. 그래서 우리는 편지와 엽서를 적극 활용한다. 또한 도움이나 일손이 필요할 때 우리도 기꺼이 선물이 되고자 한다. 선물받은 용품들 중 멀쩡한 것들을 다른 가정에 다시 선물로 보낸다.

둘째, 공유. 나누어 쓰고 빌려 쓴다.

장난감 대여소와 도서관 등을 활용한다. 공동 육아방도 장난감 대여소와 도서관 역할을 한다. 돌 잔칫날 아이에게 입힌 한복도 맘카페에서 빌린 것이다. 자동차가 필요할 때도 빌려 쓴다. 공공재와 공유재를 잘 활용하면 불필요한 소유욕을 제압할 수 있는 힘이 생기기도 한다.

셋째, 생산. 가능하면 직접 만들어 쓴다.

시간이 걸리더라도, 내구성이 조금 떨어지더라도, 웬만하면 만들어 쓴다. 우리 집 선반, 베란다 테이블, 밥솥 거치대, 책상, 수납함 같은 것은 버려진 나무들을 모아 직접 만들었다. 숟가락과 주걱도 뒷산 아카시아 나무로 만들어 쓰고 있다. 그 밖에도 가방, 목걸이, 팔찌, 옷, 아기 목도리, 모자, 자전거 바구니, 냄비 받침 등등.

2

독일의 에코페미니스트들은 『자급의 삶은 가능한가』라는 책을 통해 세계화된 자본주의 경제의 4중 착취 구조를 알린다. 노동자와 농민에 대한 자본의 착취, 여성에 대한 남성의 착취(무보수 가사노동, 보살핌 노동), 제3세계에 대한 제1세계의 착취(소농, 장인, 미성년 노동), 자연에 대한 인간의 착취까지. 이것이 "자본주의적 가부장제 경제"(자본과 임금노동)에서 가려진 착취 구조라고 말한다. 이러한 자본주의 경제에 저항하기 위해 이들은 '자급'을 이야기한다. "자급 생산은 삶을 창조, 재창조, 유지하는 데 쓰이며 다른 목적을 갖지 않는 모든 일을 포함한다. 자급 생산의 목적은 '삶'인 반면 상품 생산의 목적은 더 많은 '돈'"이라고 말하면서 자본주의, 가부장제, 식민주의, 성장주의에 저항해나가며 "자급의 관점"에서 삶을 꾸려볼 것을 제안한다.

석유 문명으로부터 시작된 전기 도구들은 자본에 의해서 상품화되면서 더 좋은 성능의 질 좋고 저렴한 상품을 소비하게 했다. 이는 삶의 기술을 가꿔나갈 수 있는 손의 감각을 빼앗았다. 무력해진 손은 가성비를 따지고, 최저가를 비교하며 상품 후기를 남기는 손으로 퇴화하면서 "삶의 능력이 잘려나간 사람들이 겪어야 하는 풍요 속의 절망"(이반 일리치)이 요즘 유행이다. 삶을 이어나갈 수 있게 했던 자급의 기술이 박물관 속 유물이 되어갈수록 우리 삶의 기술도 덩달아 사라진다. 따라서 삶의 기술, 손의 기술을 회복하는 일이 필요하다.

흔히들 자급자족이라고 하지만, 사실은 자급공족이라고 해야 맞다. 자급을 자족으로만 이해하면 자급의 관점은 급격히 축소되어버린다. 자급이 공족될 때, 자급의 관점은 비로소 '자본주의 비무장지대'를 향한 실마리를 제공한다. 생산자-소비자 협동조합, GMO 식품 거부, 초국적 식량기업 상품 불매, 풀뿌리 네트워크 구축과 같은 자급공족의 경제 안에서 자급은 비로소 본연의 의미를 획득한다.

이런 자급의 관점을 바탕으로, 우리는 대형마트 대신 시장에 가거나 조합원으로서 생협에서 장을 보며 농촌 직거래를 선호한다. 필요한 물건이 있을 때면 바로 사지 않고 만들어 쓸 수 있는 방법을 알아보며, 옥상 텃밭을 경작한다. 가능하면 지역 상품을 선호하고 수입산은 되도록 피한다. 작은 냉장고를 사용하는 등 전자제품은 최소한으로 유지한다. 이렇게 지내면 서울에서 사는 3인 가족 기준 한 달 평균 생활비는 100만 원으로도 가능하다. 이 정도 금액으로 산다고 하면 다들 엄청 아끼면서 산다고 생각할지 모르지만, 사실 우리는 가계부도 쓰지 않고 잔액 확인도 자주 하지 않을 정도로 별 어려움 없이 생활한다. 그렇게 벌써 5년 넘게 지내고 있다. 목돈이 들어갈 경우를 대비해서 차곡차곡 저축도 하고, 매달 기부금도 낸다. 자급의 관점에서 선물/공유/생산의 경제를 구축하다 보면 관성적인 소비를 줄일 수 있을뿐더러 좋은 이웃도 많이 만날 수 있다. 또한 굳이 절약하지 않아도 생활비가 남는 일이 생기며(진짜다!) 무엇보다 삶에 충실해질 수 있다.

3

하지만 최저생계비용이라는 언덕이 마련되지 않을 때는 난감한 상황이 벌어지기도 한다. 육아휴직수당 지급이 끝나고, 육아를 위해 모아둔 생활비도 다 쓰고 잔고가 바닥을 쳤을 때, 나는 생활비용을 마련하기 위해 임금노동을 시작할 수밖에 없었다. 그쯤부터 우리는 기본소득과 시민배당에 대한 생각을 절박하게 했다. 70만 원의 기본소득이 우리에게 주어진다면, 생계활동비용을 마련하기 위한 불안정 임금노동 안에서 덜 불안해할 텐데……. 아름다운 공동체를 짓기 위한 사회적 협력에 조금 더 적극적일 수 있을 텐데……. 기본소득이 복지비용이 아니라 사회의 방향을 전환하기 위한 사회비용이라고 본다면 기본소득은 확실히 여러 사회/노동문제들을 풀어나갈 수 있는 힘센 해법이 될 수 있을 텐데……. 하는 생각이 들곤 했다. 당장 국가가 나설 것 같지 않으니 우리는 기본소득계좌를 일단 하나 만들었다.

취지를 공감해줄 수 있을 만한 어른들에게 "아이 하나 키우기에도 숨이 차는 세상을 만들어 놓으셨으니 배상하시라."고 당차게 알리고, 기본소득 실험을 제안했다. 그 뒤 얼마 있지 않아 새로운 아버지의 사례를 만들어달라는 부탁과 함께 한 달에 50만원씩 2년간 기본소득으로 배상하겠으니 좋은 삶을 살아달라는 어른들의 응답이 돌아왔다. 그리고 우리는 벌써 1년이 넘게 기본소득을 받고 있는 중이다. 그 덕분에 최소생계에 대한 불안을 덜어내고 적당한 임금노동 속에서 육아를 온전히 함께할 수 있게 되었다. 어른들의 격려와 응원에 기대어 받고 있는 이 기본소득이 아이가 청년으로 자랄 무렵이 되면 제도적으로 자리잡았으면 한다. 우리의 작고 큰 생활의 실험들이 실패로 끝날 수도 있지만 그것이 또 어떤 실험을 가능하게 할지는 모를 일이다.

벤야민은 "이야기의 생명력은, 아직 모른다는 것에 있다."라고 했다. 아직 모르기 때문에 '자본주의 비무장지대'의 실험과 모험의 이야기는 끝나지 않는다. 혼인 의례를 어떻게 바꿀 것인가? 임신/출산/육아/가사노동을 둘러싼 젠더 질서를 어떻게 뒤집을 것인가? 습관적으로 쓰는 젠더 용어 중에 반드시 고쳐야 할 낱말은 무엇인가? 지구에 덜 해를 끼치는 생활용품을 어떤 기준으로 선택할 것인가? 땅을 돌보는 유기농업 농부들과 어떻게 우정을 나눌 것인가? 덜 소비할 수 있는 생활의 목록들을 어떤 기준으로 만들어볼 수 있을까? 등등. 질문 뒤에는 정답의 모습을 한 또 다른 질문들이 이어진다. 이야기의 생명력은 여기에 있다. 어떻게 될지 모르기 때문에 감히 무모해야 하는 미래를 위해 '자본주의 비무장지대'에서는 좋은 삶을 위한 생활의 실험들이 계속되고 있다!

시민과 시인으로서의 시시한 일상

1

태풍이 온다고 한다. 이제야 겨우 꼿꼿해진 텃밭 작물이 걱정이다. 집 주변에 떨어진 나뭇가지들을 주워다 작물을 받쳤다. 장마가 시작되었다. 계속해서 비가 왔다. 집 주변을 어슬렁거리는 고양이들을 위해 창문 앞에 작은 지붕을 달았다. 고양이 두 마리가 지붕 아래서 털을 핥으며 누웠다. 특별히 주목할 일은 아니다. 그저 작은 일이다. 비닐봉투를 사용하지 않기 위해 휴대용 장바구니를 챙겨 다닌다. 일회용 컵을 쓰지 않기 위해 텀블러를 들고 다닌다. 작은 일이다. 나무젓가락을 사용하지 않기 위해 수저 세트를 챙겨 다닌다. 가능하면 노트는 재활용된 종이로 만들어진 것을 쓴다. 무척 작은 일이다.

웬델 베리는 『온 삶을 먹다』에서 이렇게 말했다. "하지만 이런 작은 일들이 자기 안에 쌓이면, 자기가 중요한 존재라는 걸 이해하게 된다. (……) 모든 생명에게 중요한 사람이라는 걸 느끼게 된다."

일상의 작고 구체적인 경험들을 통해서 우리는 자신의 한계와 욕망의 질량을 확인한다. 일상의 작은 경험들이 부재할 때 삶은 무기력과 지루함으로 빠져든다. 일상 속에서 우리는 우리의 존재감을 확인한다. 무너지지 않는 일상 속에서 존재는 존재감을 획득할 수 있다. 존재한다는 감각을 회복하기 위해 일상의 시시한 것들을 재창안하고 돌보는 일만큼 중요한 일은 없을 것이다.

니체는 영양 섭취, 장소, 풍토, 휴양 등 어떻게든 자기를 이롭게 하는 것들을 두고 "이제껏 중요하다고 받아들여졌던 것보다 상상을 초월할 정도로 중요하다. 여기서 바로 다시 배우는 일이 시작되어야 한다."고 말했다. 사소하다고 여겨지는 이 일상의 문제들이 철학, 역사, 종교, 사랑, 평화, 투쟁, 계급혁명 같은 추상적이고 거대한 것보다 우리 삶에 직접적인 영향을 끼친다고. 내가 여행한 곳, 오늘 아침에 먹은 반찬, 나를 전율하게 했던 음악 같은 것들이 삶을 바꾼다고 말이다. 일상은 반복을 강제한다. 일상의 시시함을 반복해서 '다시 배우는 일'을 배워야 한다. 시시함, 사소함, 평범함, 미천함 속에 삶의 미학과 정치학이 녹아 있다. 감각과 습관을 만들어나가는 일상 속에 윤리학과 시학이 깃든다. 여기에 다 있다.

2

아이가 시민과 시인으로, 시시한 일상을 잘 살아내는 아이로 자랐으면 한다. 무대에 올릴 만한 삶이 아니라 자기 자리에서 묵묵히 일상의 의무(살림)를 충실히 해낼 수 있는 사람이 되었으면 한다. 영어를 기가 막히게 잘하는 아이가 아니라 모국어의 질감을 온전히 느낄 수 있는 사람이 되었으면 한다. 승리의 기쁨과 1등의 뿌듯함을 먼저 느끼기보다 다른 아이들과의 협력 과정을 통해 타인에 대한 신뢰와 함께하는 성취감을 느낄 수 있었으면 한다. 성역할이라는 경계를 넘나들며 자신의 생활을 만들어나갔으면 한다. 자신과 주변을 돌볼 줄 아는 아이였으면 한다. 물론 내 마음대로 안 되겠지만. 그러니,

먼저 내가 그렇게 살아야겠다. 시민으로서의 '세계관'을 만들어나가며.
성별에 따른 성역할의 분리에 맞서 우리 모두의 역할에 대해서 고민하면서. 가부장적 남성에게 부과된 의무와 책임을 돌파해나가며 탄생되는 새로운 남성성에 대해 고민하면서. 우리 시대의 날씨(기후변화, 계급갈등, 아파르트헤이트, 노동) 속에서 아름다운 공동체를 짓는 일에 고민하면서. 무엇보다 가장 중요한 일은 "아름다움에도 관심을 두고 돌보며 비참한 것에도 관심을 두고 돌보는 일"(카뮈)이라는 것을 끝까지 떠올리며.

먼저 내가 그렇게 살아야겠다. 시인으로서의 '세계감'을 다듬으며.
흙을 돌보고 지구를 돌보고 주변을 돌보고 자신을 돌보고 생

활을 돌보며, 돌봄의 감각을 맑게 가꾸며 지내야겠다. 경이
로움을 잃어가고 있는 세계 속에서 글썽이는 세계를 발견/발
명할 줄 아는 아름다움의 감각을 다듬으며 지내야겠다. 고통
과 비애에 젖은 이들의 목소리를 끝까지 경청할 줄 아는 듣기
의 감각을 두텁게 만들며 지내야겠다. 그래야겠다.

먼저 내가 그렇게 살아야겠다. 시시한 일상으로서의 '세계상'
을 돌보며.
해진 수건을 잘라 걸레로 만들어 바닥을 쓸고 닦으며 어지럽
혀진 방 청소를 하는 일. 베이킹소다를 풀어 설거지하는 일.
텃밭에 나가 모종에 물을 주는 일. 바지를 종아리까지 걷어 올
려 빨래를 하는 일. 식탁에 앉아 농부님께 감사 인사를 드리
는 일. 이런 시시하고, 보잘것없는 일. 날마다 반복되는 일
상의 감각을 만들어나가는 일을 통해 나의 존재감을 확인하
며 세계의 모양을 만들어나가야겠다.

내가 내 삶을 배반하지 말아야겠다. 카뮈는 "자유롭지 못
한 어떤 세계를 상대할 수 있는 유일한 방법은, 단지 당신
이 실존한다는 그 사실 자체만으로도 하나의 반항의 행위
가 되도록 절대적으로 자유로워지는 것"이라고 했다. 내가 실
존한다는 사실 그 자체로 이 지긋지긋한 가부장(남성, 국가, 자
본) 세계에서 하나의 반항 행위가 되는 '시민과 시인으로서
의 시시한 일상'을 떠올려본다.

3

사랑은 우리를 향하는 모험이다. 우리, 라는 동일성으로 모
이는 것이 아니라 아버지로, 어머니로, 아이로 각각의 관
점과 욕망을 긍정하는 한에서 모험은 지속될 것이다. 모험
의 과정 속에서 사랑은 하나의 사유가 된다. "우리가 사랑
으로 부를 수 있는 것은 무엇보다 지속되는 하나의 구축"이
라고 할 때 사랑은 "끈덕지게 이어지는 일종의 모험"으로서
의 사랑일 것이다. "사랑에 부과하는 장애물들을 지속적으
로, 간혹 매몰차게 극복해나가"(알랭 바디우)며 구축되는 사랑
의 과정 속에서 우리는 삶을 재발명할 수 있고, 이 시대의 사
랑은 우르르 쾅쾅 탄생할 것이다.

사유로서의 사랑은 "지옥에서도 아름다운 공동체를 짓
는 일"(고병권)을 수행하는 자들의 삶과 일상 속에서 증명
될 것이다. 가부장(남성, 국가, 자본)의 세계 안에서 불화하고,
갈등하고, 번뇌하며 좋은 삶과 세계에 가까워지려고 애쓰
며 사유하는 사랑은, 분명 고통스럽고 슬픈 일들의 냄새가 진
동하는 사랑일 것이다. 이 사랑은 언제나 고통스러운 행복, 슬
픈 행복의 냄새를 풍기며 행복은 마음속에만 있는 내용이 아
니라 존재의 형식(태도) 속에서 불현듯 나를 껴안고 도는 행
복으로 존재할 것이다. 위대한 사랑은 그 자신이 사랑할 대상
을 먼저 창조하듯, 우리가 사랑할 세계를, 우리가 사랑할 공동
체를, 우리가 사랑할 사랑이라는 관념을 재창안해나갈 것이
다. 사유하는 사랑은 분명, 무모하고 감히, 아름다울 것이다.

감은 눈 위로 내리는 사랑을 위하여

애인은 말한다.
그래도 조금이라도 보일 때 자기랑 아이를 실컷 봐둬야지.

애인은 느낀다.
아이가 열 살이 되었을 때의 얼굴을 보지 못할 수도 있다는
걸. 느닷없이 비 오는 날 우산을 들고 학교 앞에 나가지 못할
수도 있다는 걸.

애인은 안다.
결국 도달하게 될 캄캄한 세계에서 잠잠히 손끝으로 나의
얼굴을, 아이의 얼굴을 더듬게 될 것을. 그래서 가끔 울기도
한다.

애인은 듣는다.
캄캄한 이 어둠 속에서 누가 울고 있는지. 이 어둠 속에서 누
가 잠들지 못하는지. 이 캄캄한 어둠에서도 잠들지 못하고 있

는 나를 듣고, 이불을 걷어차고 뒤척이는 아이를 듣는다.

나는 믿어본다.
감히 '우리'라고 말하기 위해서는 보이는 것이 전부가 아니라는 것을. 감히 '사랑한다'고 말하기 위해서는 잠시 눈을 감아야 한다는 것을.

감히, 의 세계

그리고 감히,

우리가 마침내 사랑할 문장 하나.

"과거에게 그랬듯 미래에게도 아첨하지 않을게"(진은영, 「청혼」중).

'자본주의 비무장지대'를 만들고 있는 시인의 기도

페미니스트라는 단어가 빛나던 때가 있었다. 그들이 펼친 자리마다 마술 같은 일들이 벌어졌다. '안티미스코리아 축제'에서는 아름다움을 한껏 뽐낼 수 있었고 '월경 페스티벌'에서는 위축된 몸을 한껏 뻗어볼 수 있었다. 그렇게 1990년대부터 2000년도 초 대학 캠퍼스는 페미니스트 열기로 가득했다. 최고 인기 교양 과목은 '여성학'이었으며 학내 가장 활발한 활동 부서는 총여학생회였다. 대학 때 페미니스트 강좌를 들은 이들은 일상적으로 일어나던 성폭력을 더 이상 묵인 않겠다며 '반성폭력 규약'을 만들었고, 데이트 비용을 나누어 내는 '평등 데이트 가이드북'도 마련했다. 총여학생회에는 남학생들도 있었다. 그들은 흑인해방운동에 참여하는 백인들처럼 때로는 환영을 받았으나, 때로는 눈칫밥을 먹으며 총여 활동을 했다. 이 책의 저자 서한영교 같은 남자 말이다. 이들은 폭력적 남성문화에 적응하지 못한, 아니면 하지 않기로 한 남자들이었다.

"개인적인 것은 정치적인 것이다."라는 슬로건을 생활신조로 받아들인 그 당시 청년 페미니스트들은 신자유주의 광풍을 맞은 지금도 자기만의 방식으로 삶의 전환을 이루어내고 있다. 이 책 저자의 표현을 빌리면 "정체성으로서의 페미니스트라기보다 과제와 책임을 떠맡아 응답하는 자"로서 말이다. 서한영교는 그 누구보다 열정적으로 응답하는 삶을 살았던 것 같다. 이 책에서 보듯 그는 매번 결단한다. 목적을 향해 달리기 위한 근대적 존재로서의 결단이 아니라 해서는 안 될 일을 하지 않기 위한 탈근대적/탈인본주의적 결단 말이다.

눈이 멀어가는 애인의 곁에 머무르기로 했고 돌봄을 도맡는 '남성 아내'가 되기로 했다. 100일간 아기를 품에서 키우고, 매일 기도하고, 신뢰할 수 있는 선배 아빠를 곁에 두면서, 자기 속의 여성성을 키워냈다. (취)약한 아내를 선택함으로 그는 '금남의 세계-돌봄'에 진입할 수 있었고 육아의 시간을 통해 '마술적 마주침'(지젝)이 일어나는 실존의 세계에 들어가 구원을 얻었다. 강함이 아니라 (취)약함을 선택한 그는 남성적 동일성을 위해 억압했던 자신의 여성성을 찾았고, '여성스러움과 게이스러움과 장애인스러움을 긍정'하는 아름다운 사람이 되었다. 그리고 그는 선언한다.

지구에 돈만 벌러 오지 않았다
삶이 아닌 삶은 살지 않겠다

시를 살아내겠다

그렇게 시인 서한영교는 우리 곁에 왔다. 서로를 아끼고 돌보
는 시간, 용서와 사랑, 분노와 용기, 정성으로 사는 삶, 생사를
오가는 신화의 세계, 더 큰 질서와 연결하는 기도, 천복을 따
르는 삶의 이야기보따리를 가지고 왔다. 그의 용감무쌍한 삶
이 도달한 결론은 자급과 공유의 원리이다. "선물, 잘 받고 잘
준다. 공유, 나누어 쓰고 빌려 쓴다. 생산, 가능하면 직접 만들
어 쓴다." '자급'의 삶이 '공유'와 만날 때 인류는 구원받을 수
있다. 그래서 기본소득 논의가 시급하고 삶의 태도를 바꾸는
것이 긴급하다. 그런데 그것을 실현해내는 것은 쉬운 일이 아
닐 것이다. 온몸으로 하는 시인의 기도에 힘입어 "각자의 몫
을 잘 감당하자"고 말하고 싶다. 감히.

2019년 6월 15일 제주 해변에서

조한혜정(문화인류학자, 연세대 명예교수)

두 번째 페미니스트

1판 1쇄 발행 2019년 6월 28일
개정 1판 1쇄 2021년 7월 20일

지은이 서한영교
펴낸이 김영곤
펴낸곳 아르테

영업팀 한충희
제작팀 이영민 권경민

출판등록 2000년 5월 6일 제406-2003-061호
주소 (우 10881) 경기도 파주시 회동길 201(문발동)
대표전화 031-955-2100 **팩스** 031-955-2151

ISBN 978-89-509-9669-7 (03810)
아르테는 (주)북이십일의 문학 브랜드입니다.

(주)북이십일 경계를 허무는 콘텐츠 리더

아르테 채널에서 도서 정보와 다양한 영상자료, 이벤트를 만나세요!
네이버오디오클립/ 팟캐스트 [클래식클라우드]김태훈의 책보다 여행
페이스북 facewbook.com/21arte   블로그 arte.kro.kr
인스타그램 instagram.com/21_arte   홈페이지 arte.book21.com